悦阅

YUEYUE

唐宋八大家散文品讀

方笑一 评注

图书在版编目（ＣＩＰ）数据

　　唐宋八大家散文品读 / 方笑一评注. —— 上海：
上海古籍出版社，2019.8
　　ISBN 978-7-5325-9266-1

　　Ⅰ. ①唐… Ⅱ. ①方… Ⅲ. ①唐宋八大家—古典散文—散文集
Ⅳ. ①I264.2

　　中国版本图书馆CIP数据核字(2019)第120867号

书　　　名　唐宋八大家散文品读
评　　　注　方笑一
出　　　版　上海古籍出版社出版发行
地　　　址　上海瑞金二路272号
邮政编码　200020
　　　　　　（1）网址：www.guji.com.cn
　　　　　　（2）Email：guji1@guji.com.cn
　　　　　　（3）易文网网址：www.ewen.co
印　　　刷　上海盛通时代印刷有限公司
开　　　本　890×1240 1/32
印　　　张　12.25
插　　　页　4
字　　　数　265，000
印　　　次　2019年8月第1版　2019年8月第1次印刷
印　　　数　1——13,200
ＩＳＢＮ　978-7-5325-9266-1
Ｉ·3399　定价：55.00元

如有质量问题，请与承印公司联系

扫二维码，享受立体阅读

看对谈：
方智范教授、方笑一教授散文品读视频

听朗诵：
方笑一教授经典散文朗读音频

学课程：
唐宋诗词文品读视频课程
更多精彩不容错过

前言

唐代的韩愈、柳宗元，宋代的欧阳修、苏轼、王安石、曾巩、苏洵、苏辙这八位作家，因在古文创作上成绩卓著，被后世称为"唐宋八大家"。关于他们的生平事迹、文学主张和创作风格，在本书中的作者介绍部分已经略讲了一些，这里就相关的情况再作些补充。

"唐宋八大家"这一称呼，可以追溯到明初朱右编的《六先生文集》（一名《唐宋六家文衡》，实际收录了八家文章）。明代中期，王慎中、唐顺之、归有光、茅坤等古文家推崇八家的文章，形成了一个古文流派——"唐宋派"。其中的茅坤遴选八家古文，编成一部《唐宋八大家文钞》，"八大家"之名由此正式确定下来。

中国古代散文源远流长，先秦时代就已涌现优秀的历史散文和诸子散文。汉代以降，政论文得以繁荣，《史记》的诞生，标志着古代散文出现了一座高峰。到了魏晋南北朝，骈文逐渐占据了文坛的主导地位。骈文讲究声律、对偶、用典，在艺术形式上堪称精美，也出现了不少佳作。然而，一些作家过分追求词藻的富丽，使这种文体日益陷入形式主义的窠臼。

从唐代前期开始，陈子昂、萧颖士、李华、独孤及、元结、梁肃等有识之士相继起来反对骈文、提倡古文，但基于种种原因，未取得明显成效。"安史之乱"后，思想领域兴起儒学复兴思潮。与之相伴随，在贞元、元和年间，韩愈和柳宗元倡导了文学领域的革新，即文学史上著名的古文运动。他们主张用一种先秦和西汉时代曾经盛行的、以单行散句为主的文体取代内容空疏的骈文。由于这种文体时代较久远，就被称为"古文"。韩、柳不仅提出一系列鲜明的古文创作主张，更以其数量众多、题材丰富、形式多样的古文作品享誉士林。在他们周围，团结了李翱、皇甫湜、刘禹锡等一批古文作家。遗憾的是，古文兴盛的局面并没有维持多长时间。韩、柳的后继者创作能力有限，他们只知尽力模仿韩愈奇崛的文风，而不能自铸伟词，写出器局宏大、构思新颖的古文力作。因此，晚唐时期骈文复炽，古文运动的任务没有彻底完成。

到了宋代，朝廷对文化教育事业的重视为古文的重新繁荣提供了契机。宋初即出现了柳开、王禹偁等提倡古文的作家。当时流行于文坛的是雕章琢句的"西昆体"时文。石介等文人极力抨击这种文风，可是矫枉过正，文坛上兴起了一种措辞怪异、佶屈聱牙的"太学体"古文。欧阳修扭转了这种古文创作中的不良倾向，使宋文走上了健康的发展道路。欧阳修早年就为韩愈的文章而倾倒，踏上仕途后更是学而不厌。他明智地抛弃了韩文"怪怪奇奇"的一面，继承了其部分作品平易的特点。在不断提高古文创作水平的同时，他还尽力从多方面保证古文的主导地位。他发现了曾巩、王安石、"三苏"等古文创作人才，并在科举考试中，运用主考官的权力竭尽所能地奖掖后进，提倡古文。正是因为后继有人，宋代没有出现像唐代那样骈文复炽的情况。欧阳修的后辈中，苏轼是最杰出的一位。他早年的应试文章已让人刮目相看，后期历经磨难，又创作出许多脍炙人口的名篇佳作，奠定了北宋古文运动的胜局。王安石、曾巩、苏洵、苏辙四人，成就虽不及苏轼，但在古文运动中功不可没，在当时亦享有很高的声誉。因此，这八人被称为"唐宋八大家"，反映了文学发展的实际情况，也为后世所公认。

自茅坤采用"唐宋八大家"的称呼以来，出现了不少选录八家古文的选本，较为著名的有清代张伯行的《唐宋八大家文钞》、清代沈德潜的《唐宋八大家文读本》等。这些选本各有特色，也扩大了八家的影响。但是，由于编选者个人好恶等因素，各选本也存在着一些不足。例如，张伯行的《唐宋八大家文钞》选韩愈文60篇、苏轼文26篇，曾巩文却达128篇，这样的选文比例虽反映了编选者个人的兴趣，但毕竟与八大家中各人实际成就的高低不相符合。这也说明，编选唐宋八大家文的工作还是值得今人再去尝试的。

本书选录八大家文共78篇，其中韩愈和苏轼各16篇，柳宗元和欧阳修各13篇，王安石7篇，曾巩6篇，苏洵4篇，苏辙3篇，这样的选文比例或许是比较合适的。每篇选文都附有白话译文，主要是为了帮助读者更好地理解原文。译文力求准确流畅，符合现代人的语言习惯。对于文中的人名、地名、官名等专用名词，以及少数难字，则略加注释。因为已有译文，注释就尽量简明扼要。每一篇文章最后，都有一段品读文字，以简练的语言说明文章的主旨和艺术特色，不求面面俱到，却体现了评注者最直观的阅读感受。本书一定存在不尽如人意之处，希望得到读者的批评指正。

方笑一

2001年8月于华东师范大学

目录

字退之，河南河阳（今河南孟州南）人，郡望昌黎（今河北昌黎），世称「韩昌黎」。唐代杰出的文学家、思想家。与柳宗元同为中唐古文运动的倡导者。

三岁丧父。随长兄韩会生活，兄死后由嫂郑氏抚养成人。贞元八年（七九二）中进士，后在汴州（今河南开封）、徐州节度使幕府任职。贞元十八年（八〇二）任四门博士，次年迁监察御史。因上书谏宫市之弊，贬阳山（今属广东）令。元和初任国子博士，中书舍人。元和十二年（八一七）因随裴度平淮西有功，任刑部侍郎。十四年（八一九）因上书谏迎佛骨，触怒宪宗，贬潮州刺史。穆宗即位后任国子祭酒、吏部侍郎、京兆尹等要职。长庆四年（八二四）逝世。

韩愈在政治上主张天下一统，反对藩镇割据。在思想上推尊儒道，极力排抑佛老。在文学创作上，主张文道合一，提倡古文，反对骈文，认为文章须「惟陈言之务去」（《答李翊书》），强调「词必己出」（《南阳樊绍述墓志铭》）。他创作各体散文，风格变化多端，既有「文从字顺」的一面（《南阳樊绍述墓志铭》），有时又不免「怪怪奇奇」的一面（《送穷文》）。就总体来说，他的散文广泛吸收了先秦以来散文与骈文创作的有益经验，气势雄浑，纵横恣肆，善用修辞，推陈出新，是中国古代散文的又一座高峰，对古文的繁荣作出了不可磨灭的贡献。他的诗歌开创了「以文为诗」的风格，在后世亦颇有影响。有《昌黎先生集》。

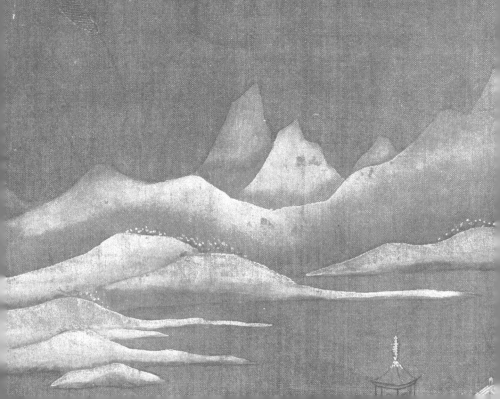

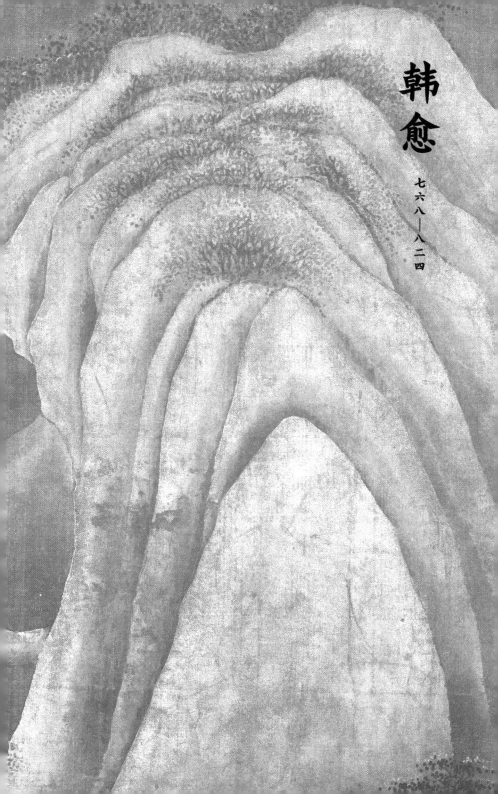

韩
愈

七六八—八二四

原毁

古之君子，其责己也重以周，其待人也轻以约。重以周，故不怠；轻以约，故人乐为善。闻古之人有舜者[①]，其为人也，仁义人也，求其所以为舜者，责于己曰："彼，人也，予，人也；彼能是，而我乃不能是。"早夜以思，去其不如舜者，就其如舜者。闻古之人有周公者，其为人也，多才与艺人也，求其所以为周公者，责于己曰："彼，人也，予，人也；彼能是，而我乃不能是。"早夜以思，去其不如周公者[②]，就其如周公者。舜，大圣人也，后世无及焉；周公，大圣人也，后世无及焉。是人也，乃曰："不如舜，不如周公，吾之病也。"是不亦责于身者重以周乎！其于人也，曰："彼人也，能有是，是足为良人矣；能善是，是足为艺人矣。"取其一不责其二，即其新不究其旧，恐恐然惟惧其人之不得为善之利。一善，易修也；一艺，易能也。其于人也，乃曰："能有是，是亦足矣。"曰："能善是，是亦足矣。"不亦待于人者轻以约乎！

今之君子则不然，其责人也详，其待己也廉。详，故人难于为善；廉，故自取也少。己未有善，曰："我善是，是亦足矣。"己未有能，曰："我能是，是亦足矣。"外以欺于人，内以欺于心，未少有得而止矣。不亦待其身者已廉乎！其于人也，曰："彼虽能是，其人不足称也；彼虽善是，其用不足称也。"举其一不计其十，究其旧不图其新，恐恐然惟惧其人之有闻也。是不亦责于人者已详乎！夫是之谓不以众人待其身，而以圣人望于人，吾未见其尊己也。

虽然，为是者，有本有原，怠与忌之谓也。怠者不能修，而忌者畏人修。吾尝试之矣，尝试语于众曰："某良士，某良士。"其应者必其人之与也；不然，则其所疏远，不与同其利者也；不然，则其畏也。不若是，强者必怒于言，懦者必怒于色矣。又尝语于众曰："某非良士，某非良士。"其不应者，必其人之与也；不然，则其所疏远，不与同其利者也；不然，则其畏也。不若是，强者必说于言，懦者必说于色矣。是故事修而谤兴，德高而毁来。呜呼！士之处此世，而望名誉之光，道德之行，难已！

将有作于上者，得吾说而存之，其国家可几而理欤！

注释

①舜：传说中的古代帝王。
②周公：周武王的弟弟姬旦。

【译文】

　　古代的君子，他要求自己严格而全面，他待人宽厚而简约。对自己要求严格而全面，所以不会松懈；对待他人宽厚而简约，所以他人乐于做好事。他听说古代有个舜，从为人来看，是个仁义的人，就探求他所以成为舜的原因，责问自己说："他是人，我也是人；他能这样做，而我却做不到。"日思夜想，改掉身上不如舜的地方，发扬那些和舜相同的地方。听说古代有个周公，从为人来看，是个多才多艺的人，就探求其所以成为周公的原因，责问自己说："他是人，我也是人；他能这样做，而我却做不到。"日思夜想，改掉身上不如周公的地方，发扬那些和周公相同的地方。舜，是大圣人，后世的人都比不上他；周公，是大圣人，后世的人都比不上他。那人就说："比不上舜，比不上周公，这是我的缺点。"这难道不是要求自己严格而全面吗？对于别人，他就说："那人呢，能有这样的优点，就足以成为好人了；能擅长做这件事，就足以成为有技能的人了。"他只求别人有一点长处，而不要求别人有更多的长处；只看他们现在的表现，而不去追究他们的过去，小心翼翼，唯恐别人得不到做好事应得的好处。一种好品德，是容易培养的；一种技艺，是容易掌握的。对于别人，他就说："能有这个品德，也足够了。"又说："能有这个技艺，也足够了。"这不是待人宽厚而简约吗？

　　现在的君子就不是这样，他对别人要求太多，对自己要求太少。对别人要求太多，所以别人难以做好事；对自己要求太少，所以自己进步很少。自己没有什么优点，却说："我有这个优点，也就足够了。"自己没有什么技能，却说："我擅长做这件事，也就足够了。"对外欺骗别人，对内欺骗自己，还没有什么收获就停止不前了。这不是对自己要求很少吗？他对别人呢，说："他虽然能这样做，他这个人也不值得称道；他虽然擅长做这件事，他的作用也不值得称道。"只举出他的一点缺陷，而不考虑其他的长处，追究他的过去，而不看他现在的表现，提心吊胆地唯恐那人出名。这不是对别人要求太多了吗？这就叫作不拿常人的标准要求自己，却拿圣人的标准期望别人，我不认为这种人是尊重自己的。

尽管如此，这么做的人，是有他的根源的，那就是懈怠和忌妒。懈怠的人不能提高自己的修养，忌妒的人害怕别人提高修养。我曾经试验，对大家说："某某是好人，某某是好人。"响应的人必定是那人的朋友；要不然，就是和那人关系疏远，没有共同利益的人；要不然，就是害怕他的人。不是这样的话，强硬的人一定会用言语表示愤怒，懦弱的人一定会满脸不高兴。我又曾对大家说："某某不是好人，某某不是好人。"不响应的人必定是那人的朋友；要不然，就是和那人关系疏远，没有共同利益的人；要不然，就是害怕他的人。不是这样的话，强硬的人一定会开口赞同，懦弱的人一定会喜形于色。因此，事业成功之后，诽谤也随之兴起，德望提升之后，诋毁也就来了。唉！士大夫处在这样的世上，希望名誉的显扬，道德的推广，太难了！

在位的希望将来有所作为的人，听了我的话记在心里，那么国家差不多可以治理好了吧！

【品读】

本文由对比"古之君子"与"今之君子"待人待己的不同态度入手，探究出当时社会上毁谤盛行的根源在于"怠"与"忌"，批判了士大夫中的恶劣风习。

师说

古之学者必有师。师者，所以传道、受业、解惑也。人非生而知之者，孰能无惑？惑而不从师，其为惑也，终不解矣。

生乎吾前，其闻道也固先乎吾，吾从而师之；生乎吾后，其闻道也亦先乎吾，吾从而师之。吾师道也，夫庸知其年之先后生于吾乎？是故无贵无贱、无长无少，道之所存，师之所存也。

嗟乎！师道之不传也久矣，欲人之无惑也难矣。古之圣人，其出人也远矣，犹且从师而问焉；今之众人，其下圣人也亦远矣，而耻学于师。是故圣益圣，愚益愚。圣人之所以为圣，愚人之所以为愚，其皆出于此乎？

爱其子，择师而教之，于其身也，则耻师焉，惑矣！彼童子之师，授之书而习其句读者①，非吾所谓传其道、解其惑者也。句读之不知，惑之不解，或师焉，或不焉②，小学而大遗，吾未见其明也。

巫医、乐师、百工之人③，不耻相师；士大夫之族，曰师曰弟子云者，则群聚而笑之。问之，则曰："彼与彼年相若也，道相似也。位卑则足羞，官盛则近谀。"呜呼！师道之不复可知矣。巫医、乐师、百工之人，君子不齿，今其智乃反不能及，其可怪也欤！

圣人无常师。孔子师郯子、苌弘、师襄、老聃④。郯子之徒，其贤不及孔子。孔子曰："三人行，则必有我师⑤。"是故弟子不必不如师，师不必贤于弟子，闻道有先后，术业有专攻，如是而已。

李氏子蟠，年十七，好古文，六艺经传⑥，皆通习之，不拘于时，学于余。余嘉其能行古道，作《师说》以贻之。

注释

① 句读（dòu）：即句逗，读书时断句点逗。
② 不（fǒu）：同"否"。
③ 巫医：古代巫、医不分，指祈祷鬼神为人治病的人。
④ 郯（tán）子：春秋时郯国国君，孔子曾向他请教官制。
  苌（cháng）弘：周敬王时大夫，孔子曾向他请教音乐。
  师襄：春秋时鲁国乐官，孔子曾向他学弹琴。
  老聃（dān）：即老子，姓李名耳，孔子曾向他问礼。
⑤ 三人行句：语出《论语·述而》，原文是"三人行，必有我师焉"。
⑥ 六艺：即六经，《诗》《书》《礼》《乐》《易》《春秋》。
  传：指解释经文的著作。

【译文】

　　古代求学的人必定有老师。老师,是传授道理、教授学业、解决疑难的人。人没有天生就懂得道理的,谁能没有疑难呢?有了疑难不跟老师学习,那么疑难永远不能解决。

　　生在我之前的人,他懂得道理本来就比我早,我跟从他,拜他为师;生在我之后的人,他懂得道理也可能比我早,我就跟从他,拜他为师。我学习的是道理,哪里管他年龄比我大还是小呢?因此,无论高贵低贱,年长年幼,道理在谁那里,他就是老师。

　　唉!从师学习的传统没人继承已经很久了,想要人们没有疑难也很困难了。古代的圣人,他们比常人高明很多,尚且跟从老师,向老师请教;现在的人们,比圣人差得远了,却把从师学习当作耻辱。所以圣人更加圣明,愚夫更加愚蠢。圣人之所以是圣人,愚夫之所以是愚夫,大概都是由于这个缘故吧?

　　喜爱自己的孩子,选择老师教他,自己呢,倒把从师学习当作耻辱,糊涂啊!那孩子的老师,教孩子读书,让他们学会断句,不是我所说的传授道理、解决疑难的那种老师。不懂得断句,就跟老师学习,疑难不能解决,倒不向老师请教,学习了小的方面,遗漏了大的方面,我看不出他们的明智之处。

　　巫医、乐师、手工匠这些人,不把从师学习当作耻辱;士大夫这类人,说起"老师""弟子"等称呼,就会聚在一起讥笑人家。如果问他们,他们就会说:"那人和他年龄相近,学问也差不多。拜地位低的人为师是难为情的事,拜大官为师则接近于拍马。"啊!从师的传统不能恢复,那原因就可以明白了!巫医、乐师、手工匠这些人,君子看不起他们,现在君子的见识倒反而不如他们,那不是很奇怪吗？

圣人没有固定的老师。孔子以郯子、苌弘、师襄、老聃为师。郯子这些人，才能比不上孔子。孔子说："三个人同行，其中必定有可以做我老师的。"因此，弟子不一定比不上老师，老师不一定超过弟子。懂得道理有先有后，学业上各有专长，不过这样罢了。

李家的孩子名叫蟠，十七岁，喜欢古文，六经的经文和传文，全部学习过了。他不拘泥于时代风气，跟我学习。我赞赏他能够遵循古代的道理，写了《师说》送给他。

【品读】

本文正面阐述了老师的作用、择师的标准，又用几组对比阐明从师的必要性，体现出作者匡扶儒道的苦心。语言平实，论证有力，为议论文中佳作。

杂说四

世有伯乐①，然后有千里马。千里马常有，而伯乐不常有。故虽有名马，只辱于奴隶人之手②，骈死于槽枥之间③，不以千里称也。

马之千里者，一食或尽粟一石。食马者不知其能千里而食也，是马也，虽有千里之能，食不饱，力不足，才美不外见，且欲与常马等不可得，安求其能千里也！

策之不以其道，食之不能尽其材，鸣之而不能通其意，执策而临之曰："天下无马！"呜呼！其真无马邪？其真不知马也？

注释

① 伯乐：传说中善于识别好马的人。一般认为他就是春秋时期秦穆公的大臣，姓孙名阳。
② 奴隶人：奴和隶，指饲养马的人。
③ 槽枥：指马厩。枥，马棚。

世上有了伯乐,而后才有千里马。千里马经常有,伯乐却不常有。所以即使有出色的马,也只会辱没在饲养的仆役手里,与普通的马并排死在马厩里,不会以日行千里著称。

千里马,一顿有时能吃完一石小米。饲养马的人不知道它能日行千里而不喂饱它,这匹马,虽然有日行千里的能力,吃不饱,力气不够,才能和优点就表现不出来,想要和普通的马一样尚且不能,难道能要求它日行千里吗?

驾驭时不顺应它的习性,喂养时不满足它的食量,听到它鸣叫却不能理解它的意思,手拿着马鞭对千里马说:"天下没有千里马!"唉!难道真的没有千里马吗?还是人们不能识别好马呢?

【品读】

本文以千里马象征那些怀才不遇的读书人,以伯乐象征善于发现人才的官员,痛切地指出当时社会缺乏"伯乐",而使人才埋没。言近旨远,发人深省。

国子先生晨入太学^①，招诸生立馆下，诲之曰："业精于勤，荒于嬉；行成于思，毁于随。方今圣贤相逢，治具毕张，拔去凶邪，登崇俊良。占小善者率以录，名一艺者无不庸，爬罗剔抉，刮垢磨光。盖有幸而获选，孰云多而不扬？诸生业患不能精，无患有司之不明；行患不能成，无患有司之不公。"

言未既，有笑于列者曰："先生欺余哉！弟子事先生，于兹有年矣。先生口不绝吟于六艺之文，手不停披于百家之编。记事者必提其要，纂言者必钩其玄；贪多务得，细大不捐，焚膏油以继晷^②，恒兀兀以穷年^③。先生之业，可谓勤矣。抵排异端，攘斥佛老；补苴罅漏^④，张皇幽眇；寻坠绪之茫茫，独旁搜而远绍；障百川而东之，回狂澜于既倒。先生之于儒，可谓有劳矣。沉浸酡郁，含英咀华。作为文章，其书满家。上规姚姒^⑤，浑浑无涯，周诰殷盘^⑥，佶屈聱牙^⑦，《春秋》谨严，左氏浮夸^⑧，《易》奇而法，《诗》正而葩；下逮《庄》《骚》，太史所录^⑨，子云、相如^⑩，同工异曲。先生之于文，可谓闳其中而肆其外矣。少始知学，勇于敢为；长通于方，左右具宜。先生之于为人，可谓成矣。然而公不见信于人，私不见助于友，跋前疐后^⑪，动辄得咎。

暂为御史，遂窜南夷。三年博士，冗不见治。命与仇谋，取败几时！冬暖而儿号寒，年丰而妻啼饥。头童齿豁，竟死何裨！不知虑此，而反教人为！"

先生曰："吁！子来前！夫大木为杗[12]，细木为桷[13]，樽栌侏儒[14]，椳闑扂楔[15]，各得其宜，施以成室者，匠氏之工也。玉札丹砂[16]，赤箭青芝[17]，牛溲马勃[18]，败鼓之皮，俱收并蓄，待用无遗者，医师之良也。登明选公，杂进巧拙，纡馀为妍，卓荦为杰[19]，校短量长，惟器是适者，宰相之方也。昔者孟轲好辩[20]，孔道以明，辙环天下，卒老于行；荀卿守正[21]，大论是弘，逃谗于楚，废死兰陵[22]。是二儒者，吐辞为经，举足为法，绝类离伦，优入圣域，其遇于世何如也？今先生学虽勤而不由其统，言虽多而不要其中，文虽奇而不济于用，行虽修而不显于众。犹且月费俸钱，岁靡廪粟；子不知耕，妇不知织，乘马从徒，安坐而食；踵常途之促促，窥陈编以盗窃。然而圣主不加诛，宰臣不见斥，兹非其幸欤！动而得谤，名亦随之，投闲置散，乃分之宜。若夫商财贿之有亡，计班资之崇庳[23]，忘己量之所称，指前人之瑕疵，是所谓诘匠氏之不以杙为楹[24]，而訾医师以昌阳引年[25]，欲进其豨苓也[26]。"

注释

① 国子先生：韩愈自称，当时他任国子学博士。唐代主管教育的官署为国子监，下辖国子学、太学等各类学校，每个学校设博士负责教学。

太学：中央高等学校，在唐代仅次于国子学。

② 晷（guǐ）：日影。

③ 兀兀：劳累的样子

④ 补苴（jū）：填补。苴，补，填塞。

罅（xià）：缝隙。

⑤ 姚姒（sì）：虞舜、夏禹姓氏，这里指虞夏时代的作品。

⑥ 周诰：《尚书·周书》中有《大诰》等篇。

殷盘：《尚书·商书》有《盘庚》篇。

⑦ 佶（jí）屈：曲折。

聱（áo）牙：拗口。

⑧ 左氏：指《左传》。

⑨ 太史：指司马迁，西汉史学家，曾任太史令，撰有《史记》。

⑩ 子云：扬雄，字子云，西汉文学家。

相如：司马相如，西汉辞赋家。

⑪ 踬（zhì）：绊倒。

⑫ 宎（máng）：房梁。

⑬ 桷（jué）：方形椽子。

⑭ 欂栌（bó lú）：斗拱。

侏儒：这里指短柱。

⑮ 椳（wēi）：门枢。

闑（niè）：上门框。

扂（diàn）：门闩。

楔：门两旁所立木柱。

⑯ 玉札：地榆。

丹砂：朱砂。

⑰ 赤箭：天麻。

青芝：中药名。

按，玉札、丹砂、赤箭、青芝四种为名贵中药材。

⑱ 牛溲：车前草。

马勃：马屁菌。

按，牛溲、马勃两种为普通中药材。

⑲ 卓荦（luò）：卓越。

⑳ 孟轲：孟子，名轲，战国时邹人，孔子之后儒家学派的代表人物。

㉑ 荀卿：荀子，名况，战国时赵人，思想家。

㉒ 兰陵：今山东兰陵。荀子曾为兰陵令，后著书终老其地。

㉓ 庳（bēi）：同"卑"，低下。

㉔ 杙（yì）：小木桩。

楹：大柱子。

㉕ 訾（zī）：批评。

昌阳：即菖蒲。

㉖ 豨（xī）苓：即猪苓，一种中药，用以治疗小便不畅、水肿等疾病。

【译文】

国子先生早晨走进太学，召集学生们站在学馆的台阶下面，教导他们说："学业因勤奋而精进，因玩乐而荒废；德行因独立思考而成就，因随声附和而败毁。当今圣贤君臣相遇，法令政令俱在。铲除凶恶奸邪之人，进用推崇优秀人才。有少许优点的人都已录用，长于某一技艺的也无不委派。搜罗爬梳，去芜取精；刮去污垢，磨出光亮。或许有才能不高而侥幸获选的，谁说学问渊博而得不到举荐发扬？你们怕的是学业不能精，不要怕主管官员看不清；怕的是德行不能成，不要怕主管官员不公正。"

话还未了，队列中就有人笑着说："先生在骗我们吧！我们跟随先生学习，至今已有多年了。先生口中不停地吟诵六经的文章，手中不停地翻阅诸子的书籍；对于记事的史传必定提挈它的要点，对于说理的著作必定探求它的奥玄。贪图多学，务求有得，大的小的都不丢一边；点灯燃烛，夜以继日，孜孜不倦一年又接一年。先生对于学业，可以说是很勤奋的了。抵制抨击异端邪说，排斥指责佛教道教；填补儒学缺漏，阐发幽妙。寻找那茫无头绪、中断了的儒家道统，独自广泛搜求，承继远古的道统。如同阻止横溢的百川引它东流，把已经倾泻的狂澜拨回正道。先生对于儒学，可以说是有功劳的了。如品味醇厚美酒般潜心于古籍，咀嚼玩味其中的精华；动手写作起文章来，那些书堆满了书房。往上取法虞夏的著作，博大而深远；周诰和殷盘，文字艰深，不易消化。《春秋》简要严谨，《左传》铺陈夸大，《周易》奇妙而有法则，《诗经》纯正而辞藻优雅。下及《庄子》和《离骚》，司马迁的记载，还有扬雄和司马相如的著作，各有特色却一样美妙精彩。先生作文章，可以说内容闳富而文辞奔放的了。先生年轻时刚开始学习，就已勇敢大胆，敢作敢为；长大通晓处世之道，更是左右得宜。先生做人，可以说是很成熟完美的了。然而，先生在官场上不被别人信任，在私交上也得不到朋友相助；做事进退两难，动不动就惹罪招怨。刚做了御史没多久，就又被贬到南方边远之处；三年的国子博士，这闲职不足显示您的治国才能。命运早就跟您的仇敌商妥，所以您才失败屡屡。先生的家里，冬天暖和而孩子冻得号呼，年成丰收而妻子饿得啼哭。您发秃齿落，就到老死，又有什么裨补？不知道考虑这些，还来教训别人，真是何苦！"

先生说："唉！你到前面来！用大木料做屋梁，用小木料做方椽、斗拱、短柱、门枢、门框、门闩和门限，各种木料尽其用，合理安排成室院，这是工匠的技巧。地榆、朱砂、天麻、青芝、车前草、马屁菌，还有破鼓皮，贵贱药材一起收，留待医用无遗弃，这是医家的奥妙。选拔人才明而公，灵巧笨拙错杂用，厚重稳实而美好，才具卓越更超群，比较短长量才器，合理安排最适中，这是宰相的高招。当初孟轲喜欢辩论，孔子学说因之得以昌明，但他坐着车走遍天下，终在旅途中度过一生；荀卿一贯恪守正道，发扬光大了儒家理论，但他逃避谗言到了楚国，终于废黜失官死在兰陵。这两位大儒，说出话儿就成经，一举一动皆法则，言行远超同辈人，文妙已入圣人列。可是他们在当时的遭遇又如何呢？现在我学习虽然勤奋，却不能形成什么系统；话儿虽然说得不少，却不切合要旨；文章写得虽然出色，却于实际毫无功用；品行虽然有些修习，在众人中也无法显露。尚且要月月领取朝廷的俸钱，年年耗费国家的粮食；孩子不懂得耕种，妻子不会纺织；出门骑马有仆役跟随，安然坐着，不劳而食。我是谨小慎微地走着世俗的常路，读些古书，从中抄录些现成的词句；然而圣主不对我责罚，宰相也未对我斥逐。这不已是我的侥幸了吗？我的一举一动遭到诽谤，名声也随着败坏；安置在闲散的职位上，实在是理所应该。至于那种考虑俸禄的有无，计较品级的高低，忘记自己的能力所适，却对在位者去吹毛求疵的做法，就和人们说的指责工匠不用小木块去做大梁，批评医生用菖蒲延年而想改荐猪苓一样。"

【品读】

　　本文是作者遭贬后所发的高明牢骚语。文中假托师生对话，先扬后抑，从自身学业精进却屡受打击的遭际出发，用反语抒发了对执政者的不满情绪。全文寓庄于谐，显示了作者极高超的语言技巧，其中不少词语已成为脍炙人口的成语。

元和二年四月十三日夜，愈与吴郡张籍阅家中旧书②，得李翰所为《张巡传》③。翰以文章自名，为此传颇详密。然尚恨有阙者：不为许远立传，又不载雷万春事首尾④。

远虽材若不及巡者，开门纳巡，位本在巡上。授之柄而处其下，无所疑忌，竟与巡俱守死，成功名，城陷而虏，与巡死先后异耳。两家子弟材智下，不能通知二父志，以为巡死而远就虏，疑畏死而辞服于贼。远诚畏死，何苦守尺寸之地，食其所爱之肉，以与贼抗而不降乎？当其围守时，外无蚍蜉蚁子之援⑤，所欲忠者，国与主耳，而贼语以国亡主灭。远见救援不至，而贼来益众，必以其言为信，外无待而犹死守，人相食且尽，虽愚人亦能数日而知死所矣。远之不畏死亦明矣！乌有城坏其徒俱死，独蒙愧耻求活？虽至愚者不忍为，呜呼！而谓远之贤而为之邪！

说者又谓远与巡分城而守，城之陷，自远所分始。以此诟远，此又与儿童之见无异。人之将死，其脏腑必有先受其病者；引绳而绝之，其绝必有处。观者见其然，从而尤之，其亦不达于理矣！小人之好议论，不乐成人之美，如是哉！如巡、远之所成就，如此卓卓，犹不得免，其他则又何说！

当二公之初守也，宁能知人之卒不救，弃城而逆遁？苟此不能守，虽避之他处何益？及其无救而且穷也，将其创残饿羸之馀，虽欲去，必不达。二公之贤，其讲之精矣！守一城，捍天下，以千百就尽之卒，战百万日滋之师，蔽遮江淮，沮遏其势，天下之不亡，其谁之功也！当是时，弃城而图存者，不可一二数；擅强兵坐而观者，相环也，不追议此，而责二公以死守，亦见其自比于逆乱，设淫辞而助之攻也。

愈尝从事于汴、徐二府^⑥，屡道于两州间，亲祭于其所谓双庙者。其老人往往说巡、远时事云：南霁云之乞救于贺兰也^⑦，贺兰嫉巡、远之声威功绩出己上，不肯出师救；爱霁云之勇且壮，不听其语，强留之，具食与乐，延霁云坐。霁云慷慨语曰："云来时，睢阳之人，不食月馀日矣！云虽欲独食，义不忍；虽食，且不下咽！"因拔所佩刀，断一指，血淋漓，以示贺兰。一座大惊，皆感激为云泣下。云知贺兰终无为云出师意，即驰去；将出城，抽矢射佛寺浮图^⑧，矢著其上砖半箭，曰："吾归破贼，必灭贺兰！此矢所以志也。"愈贞元中过泗州^⑨，船上人犹指以相语。城陷，贼以刃胁降巡，巡不屈，即牵去，将斩之；又降霁云，云未应。巡呼云曰："南八⑩，男儿死耳，不可为不义屈！"云笑曰："欲将以有为也；公有言，云敢不死！"即不屈。

张籍曰："有于嵩者，少依于巡；及巡起事，嵩常在围中。籍大历中于和州乌江县见嵩⑪，嵩时年六十馀矣。以巡初尝得临涣县尉⑫，好学，无所不读。籍时尚小，粗问巡、远事，不能细也。云：巡长七尺馀，须髯若神。尝见嵩读《汉书》，谓嵩曰：'何为久读此？'嵩曰：'未熟也。'巡曰：'吾于书读不过三遍，终身不忘也。'因诵嵩所读书，尽卷不错一字。嵩惊，以为巡偶熟此卷，因乱抽他帙以试，无不尽然。嵩又取架上诸书试以问巡，巡应口诵无疑。嵩从巡久，亦不见巡常读书也。为文章，操纸笔立书，未尝起草。初守睢阳时，士卒仅万人，城中居人户，亦且数万，巡因一见问姓名，其后无不识者。巡怒，须髯辄张。及城陷，贼缚巡等数十人坐，且将戮。巡起旋，其众见巡起，或起或泣。巡曰：'汝勿怖！死，命也。'众泣不能仰视。巡就戮时，颜色不乱，阳阳如平常⑬。远宽厚长者，貌如其心；与巡同年生，月日后于巡，呼巡为兄，死时年四十九。"嵩贞元初死于亳、宋间^⑭。或传嵩有田在亳、宋间，武人夺而有之，嵩将诣州讼理，为所杀。嵩无子。张籍云。

注释

① 张中丞：指张巡（709—757），唐蒲州河东（今山西永济）人，一说邓州南阳（今属河南）人，在"安史之乱"中与许远同守睢阳（今河南商丘南），城破后被俘，与部将三十六人一同殉难。《张中丞传》即《张巡传》，唐李翰撰，已佚。

② 吴郡：今江苏苏州。

③ 李翰：张巡的朋友，曾住在睢阳，亲见守城事迹。

④ 许远："安史之乱"时任睢阳太守，与张巡同守城，城破被俘后送往洛阳，在偃师被害。

　　雷万春：张巡部下勇将，据下文似当为"南霁云"。

⑤ 蚍蜉（pí fú）：蚂蚁的一种。

⑥ 汴、徐：汴州（今河南开封）和徐州，韩愈曾在那里任推官。

⑦ 南霁云：张巡部将。

　　贺兰：指贺兰进明，当时任御史大夫、河南节度使，驻扎在临淮（今江苏泗洪）。

⑧ 浮图：佛塔。

⑨ 泗州：今江苏宿迁。

⑩ 南八：指南霁云，排行第八。

⑪ 和州乌江县：在今安徽和县东北。

⑫ 临涣：在今安徽濉溪。

⑬ 阳阳：安详的样子。

⑭ 亳（bó）、宋：指亳州（今安徽亳州）和宋州（今河南睢阳）。

【译文】

　　元和二年四月十三日晚上，我和吴郡张籍翻阅家中的旧书，发现了李翰所写的《张巡传》。李翰因文章而自负，写这篇传记十分详密。但遗憾的是还有缺陷：没有为许远立传，又没有记载雷万春事迹的始末。

　　许远虽然才能似乎比不上张巡，打开城门迎接张巡，地位本在张巡之上。他把指挥权交给张巡，甘居于其下，毫无猜疑妒忌，最终和张巡一起守城而死，成就了功名，城破后被俘，不过和张巡死的时间有先后的不同罢了。张、许两家的子弟才智低下，不能了解其父辈的志向，认为张巡战死而许远被俘，怀疑许远是怕死而投降了叛军。如果许远真的怕死，何苦守住这小小的地盘，以他所爱之人的肉充饥，来和叛军对垒而不投降呢？当他在包围中守城时，外面没有一点哪怕极为微弱的援助，所要效忠的，就是国家和皇上，而叛军会告诉他国家灭亡、皇上已死。许远见救兵不来，而叛军越来越多，一定会相信他们的话；外面毫无希望却仍然死守，军民相食，人越来越少，纵然是傻瓜也会计算日期而知道自己将要死在这里了。许远不怕死也很清楚了！哪有城破且部下都已战死，自己却偏偏蒙受耻辱苟且偷生的？即使再笨的人也不愿这样做，唉！难道说像许远如此贤明的人会这样做吗？

　　议论的人又认为许远和张巡分守城门，城陷落是从许远分守的西南方开始的。拿这个理由来诬蔑许远，这又和小孩的见识没有两样。人将要死的时候，他的内脏必定有一个先受到侵害；拉紧绳子，把它拉断，绳子必定有一个先断的地方。有人看到这种情况，就来责怪这个先受侵害和先断的地方，他也太不通达事理了！小人喜欢议论，不愿成人之美，竟到了这样的地步！像张巡、许远成就如此杰出的功业，尚且躲不掉小人的诽谤，其他人还有什么可说呢！

张、许两位刚守城的时候，哪能知道别人终不相救，从而预先弃城逃走呢？如果睢阳城守不住，即使逃到其他地方又有什么用处？等到没有救兵而且走投无路的时候，率领着那些受伤残废、饥饿瘦弱的残兵，即使想逃走，也一定无法到达要去的地方。张、许两位的功绩，前人已有十分精当的评价了！守住孤城，捍卫天下，仅凭千百个濒临灭亡的士兵，来对付近百万天天增加的敌军，保护着江淮地区，挡住了叛军的攻势，天下能够不亡，这是谁的功劳啊！在那个时候，丢掉城池而只想保全性命的人，不在少数；拥有强兵却安坐观望的人，一个接着一个。不追究讨论这些，却拿死守睢阳来责备张、许两位，也可见这些人把自己放在与逆乱者同类的地位，捏造谎言来帮他们一起攻击有功之人了。

我曾经在汴州、徐州任职，多次经过两州之间，亲自在那叫作双庙的地方祭祀张巡和许远。那里的老人常常说起张巡、许远时候的事情：南霁云向贺兰进明求救的时候，贺兰进明妒忌张巡、许远的威望和功劳超过自己，不肯派兵相救；但看中了南霁云的勇敢和壮伟，不采纳他的话，却勉力挽留他，还准备了酒食和音乐，请南霁云入座。南霁云慷慨陈词说："我来的时候，睢阳军民已经一个多月没有东西吃了！我即使想一个人享受，道义不能允许；即使吃了，我也难以下咽！"于是拔出自己的佩刀，砍断一个手指，鲜血淋漓，拿给贺兰进明看。在座的人大吃一惊，都感动得为南霁云流下了眼泪。南霁云知道贺兰进明终究没有为自己出兵的意思，立即骑马离去；将出城时，他抽出箭射寺庙的佛塔，那支箭射进佛塔砖面半箭之深，说："我回去打败叛军后，一定要消灭贺兰进明！就用这支箭来作为标记！"我于贞元年间经过泗州，船上的人还指点着说给我听。城破后，叛军拿刀逼张巡投降，张巡坚贞不屈，马上被绑走，准备杀掉；叛军又叫南霁云投降，南霁云没有吱声。张巡呼喊南霁云道："南八，男子汉一死而已，不能向不义之人屈服！"南霁云笑道："我本想有所作为，您既然这样说，我哪敢不死！"于是英勇就义。

张籍说："有一个人叫于嵩，年轻时跟随张巡；等到张巡起兵抗击叛军，于嵩曾在围城之中。我大历年间在和州乌江县见到过于嵩，那时他已六十多岁了。因为张巡的缘故，于嵩起先曾得到临涣县尉的官职，学习努力，无所不读。我那时还幼小，简单地询问过张巡、许远的事迹,不太详细。他说:张巡身长七尺有余，一口胡须活像神灵。他曾经看见于嵩在读《汉书》，就对于嵩说：'你怎么老是在读这本书？'于嵩说：'没有熟读呀。'张巡说：'我读书不超过三遍，一辈子不会忘记。'就背诵于嵩所读的书，一卷背完不错一个字。于嵩很惊奇，以为张巡是碰巧熟悉这一卷，就随便抽出一卷来试他，他都像刚才那样能背诵出来。于嵩又拿书架上其他书来试问张巡，张巡随口应声都背得一字不错。于嵩跟张巡时间较久，也不见张巡经常读书。可张巡写起文章来，拿起纸笔一挥而就，从来不打草稿。起先守睢阳时，士兵将近万人，城里居住的人家也将近几万，张巡只要见一次问过姓名，以后没有不认识的。张巡发起怒来，胡须都会竖起。等到城破后，叛军绑住张巡等几十人让他们坐着，立即就要处死。张巡起身去小便，他的部下见他起身，有的跟着站起，有的哭了起来。张巡说：'你们不要害怕！死是命中注定的。'大家都哭得不忍抬头看他。张巡被杀时，脸色毫不慌张，神态安详，就和平日一样。许远是个宽厚的长者，长相也和他的内心一样随和；和张巡同年出生，但比张巡稍晚，称张巡为兄，死时四十九岁。"于嵩贞元初年死在亳、宋一带。有人传说他在那里有块田地，武人把它强夺霸占了，于嵩打算到州里提出诉讼，却被武人杀死。于嵩没有后代。这些都是张籍告诉我的。

【品读】

　　张巡、许远殉国后，社会上兴起一些流言，或以为两人不该死守，或指责许远畏死投降。作者在文中澄清史实，辩明是非，有力驳斥了对张、许的诬蔑。文章叙事简洁、写人逼真，论证严密，激情勃发，充满了正义感，为韩文中一流佳作。

大凡物不得其平则鸣。草木之无声，风挠之鸣。水之无声，风荡之鸣。其跃也或激之，其趋也或梗之，其沸也或炙之。金石之无声，或击之鸣。人之于言也亦然，有不得已者而后言，其歌也有思，其哭也有怀，凡出乎口而为声者，其皆有弗平者乎？

乐也者，郁于中而泄于外者也，择其善鸣者而假之鸣。金、石、丝、竹、匏、土、革、木八者，物之善鸣者也^②。维天之于时也亦然，择其善鸣者而假之鸣。是故以鸟鸣春，以雷鸣夏，以虫鸣秋，以风鸣冬，四时之相推夺，其必有不得其平者乎？其于人也亦然。人声之精者为言，文辞之于言，又其精也，尤择其善鸣者而假之鸣。

其在唐虞，咎陶、禹其善鸣者也^③，而假以鸣。夔弗能以文辞鸣，又自假于《韶》以鸣^④。夏之时，五子以其歌鸣^⑤。伊尹鸣殷^⑥。周公鸣周。凡载于《诗》《书》六艺，皆鸣之善者也。周之衰，孔子之徒鸣之，其声大而远。传曰："天将以夫子为木铎^⑦。"其弗信矣乎？其末也，庄周以其荒唐之辞鸣^⑧。楚，大国也，其亡也，以屈原鸣。臧孙辰、孟轲、荀卿，以道鸣者也^⑨。杨朱、墨翟、管夷吾、晏婴、老聃、申不害、韩非、慎到、田骈、邹衍、尸佼、孙武、张仪、苏秦之属，皆以其术鸣^⑩。秦之兴，李斯鸣之^⑪。汉之时，司马迁、相如、扬雄，最其善鸣者也^⑫。其下魏、晋氏，鸣者不及于古，然亦未尝绝也。就其善者，其声清以浮，其节数以急，其辞淫以哀，其志弛以肆，其为言也，乱杂而无章。将天丑其德莫之顾邪？何为乎不鸣其善鸣者也？

唐之有天下，陈子昂、苏源明、元结、李白、杜甫、李观^⑬，皆以其所能鸣。其存而在下者，孟郊东野始以其诗鸣，其高出魏晋，不懈而及于古，其他浸淫乎汉氏矣。从吾游者，李翱、张籍其尤也^⑭。三子者之鸣信善矣。抑不知天将和其声，而使鸣国家之盛邪？抑将穷饿其身，思愁其心肠，而使自鸣其不幸邪？三子者之命，则悬乎天矣。其在上也，奚以喜？其在下也，奚以悲？东野之役于江南也，有若不释然者，故吾道其命于天者以解之。

注释

① 孟东野：孟郊，字东野，唐代著名诗人，作者的好友。
② 匏（páo）：指笙、竽之类的吹奏乐器。
③ 唐虞：指传说中的古代帝王唐尧、虞舜。

咎陶（gāo yáo）：即皋陶，舜的大臣，掌管刑法。

　　禹：舜的大臣，后建立夏朝。

④ 夔：舜的乐官。

　　《韶》：相传为虞舜时的乐曲。

⑤ 五子：夏王太康的五个弟弟，因怨恨太康沉湎于游乐而失国，作《五子之歌》。

⑥ 伊尹：名挚，商朝名臣，曾助汤灭夏桀，后又辅佐汤的孙子太甲。

⑦ 天将句：出自《论语·八佾》，意思是说孔子著书立说，收徒讲学，其效果就像帝王发布政令一样。

　　木铎（duó），装有木舌的大铃，古代发布政令时摇木铎召集百姓。

⑧ 庄周：即庄子，战国时道家学派的代表人物。

⑨ 臧孙辰：即臧文仲，春秋时鲁国大夫。

　　孟轲：即孟子，战国时邹人，孔子之后儒家学派的代表人物。

　　荀卿：即荀子，名况，战国时赵人，思想家。

⑩ 杨朱：战国时魏人，思想家。

　　墨翟：即墨子，战国时鲁人，思想家。

　　管夷吾：字仲，春秋时齐人，辅佐齐桓公称霸。

　　晏婴：春秋时齐国大夫。

　　申不害：战国时郑人，曾为相，法家学派代表人物之一。

　　韩非：战国末韩人，法家学派代表人物。

　　慎到：战国时赵人，思想家。

　　田骈：战国时齐人，曾为上大夫。

　　邹衍：战国末齐人，阴阳家。

　　尸佼：战国时晋人，一说为鲁人，杂家。

　　孙武：即孙子，战国时齐人，军事家。

　　张仪：战国时魏人，纵横家，主张连横。

　　苏秦：战国时周人，主张合纵。

⑪ 李斯：战国末楚人，后为秦始皇丞相。

⑫ 相如：指司马相如，西汉辞赋家。

　　扬雄：西汉文学家。

⑬ 陈子昂：初唐著名诗人。

苏源明：唐代诗人。

元结：唐代文学家。

李观：唐代文学家。

⑭ 李翱：唐代散文家、哲学家，韩愈的学生。

张籍：唐代诗人，韩愈的学生。

【译文】

凡是万物得不到平静就会发出声音。草和树原来是无声的，风吹动它就会发出声音。水原来是无声的，风激荡它就会发出声音。水花飞腾，因为有东西阻碍它，水流湍急，因为有东西堵塞它，水沸腾，因为有火烧煮它。钟、磬这些乐器本来是无声的，有东西敲击它就发出声音。人说话也是这样，有了抑制不住的情感才说，他唱歌是因为有所思念，他哭泣是因为有所感怀。凡是从口中发出声音的人，大概心中都不平静吧？

音乐，是人向外发泄内心郁积的感情的产物，选择那些善于发声的材料，借它们来发声。金、石、丝、竹、匏、土、革、木这八种乐器，是善于发声的东西。上天对于四季也是这样，选择善于发声的东西，借助它们来发声。所以，借鸟儿来发出春天的声音，借雷电来发出夏天的声音，借昆虫来发出秋天的声音，借大风来发出冬天的声音。四季推移更替，一定有使它们不能处于平静状态的原因吧！对人来说也是这样。人的声音中最精华的部分就是语言，文辞对于语言来说，又是它的精华，尤其要选择善于文辞的人，借助他们来发声。

在唐尧、虞舜的时代，咎陶、禹是最善于发表意见的，所以借助他们来发表意见。夔不能用文辞来发表意见，自己就借助《韶》乐来发表意见。夏朝的时候，太康的五个弟弟用他们的歌声来发表意见。商朝有伊尹来发表意见，周朝有周公来发表意见。凡是记录在《诗经》《尚书》等六经上的人，都是意见发得很好的。周朝衰落时，孔子和他的弟子发出了时代的声音，这声音宏大而深远。《论语》上说："上天将把孔子当作周朝的木铎。"这难道不是真的吗？周朝末年，庄周用他荒诞的文章来发表意见。楚国是个大国，它灭亡的时候，靠屈原来发表意见。臧孙辰、孟轲、荀卿，用他们的学说来发表意见。杨朱、墨翟、管夷吾、晏婴、老聃、申不害、韩非、慎到、田骈、邹衍、尸佼、孙武、张仪、苏秦这些人，都靠他们的主张来发表意见。秦朝兴起的时候，由李斯发表意见。汉代的时候，司马迁、司马相如、扬雄，是最善于发表意见的人。这以后的魏、晋两代，发表意见的人够不上前朝的水平，但也未曾中断。就其中善于发表意见的人来说，他们的声音清丽而浮华，节奏繁密而急促，文辞放荡而哀怨，情志松懈而放旷。他们的语言，杂乱而没有法度。大概是上天憎恶他们的德行而不顾念他们吧？为什么不让那些善鸣者来发表意见呢？

李唐得了天下，陈子昂、苏源明、元结、李白、杜甫、李观，都用他们所擅长的来发表意见，那些活着而地位低下的人中，孟郊开始用他的诗歌表达感受。他的诗超过魏、晋诗歌，其中一些作品尤懈可击达到了古代诗歌的水准，其他作品也接近汉代的水平。跟我学习的人中，李翱、张籍最为杰出。这二个人的表达确实好极了。但不知道上天是要使他们的声音和谐，而让他们歌颂国家的兴盛呢？还是要使他们受穷挨恶，内心忧愁苦恼，而让他们表达出自己的不幸呢？这三个人的命运，就掌握在上天手里。身居高位有什么可喜？沉沦下僚又有什么可悲呢？东野到江南去任职，好像有点儿想不通，所以我讲了这番命运取决于上天的话来安慰他。

【品读】

　　孟郊屡试不第，五十岁才赴江南任溧阳县尉。韩愈在这篇赠序里紧扣"鸣"字，罗列有史以来的"善鸣者"，旨在为孟郊鸣不平，以宽解其内心的郁闷。作者视野开阔，挫古今于笔端，行文流畅如水银泻地。

送李愿归盘谷序①

太行之阳有盘谷②。盘谷之间，泉甘而土肥，草木丛茂，居民鲜少。或曰：谓其环两山之间，故曰盘。或曰：是谷也，宅幽而势阻，隐者之所盘旋。友人李愿居之。

愿之言曰："人之称大丈夫者，我知之矣。利泽施于人，名声昭于时，坐于庙朝，进退百官，而佐天子出令。其在外，则树旗旄③，罗弓矢。武夫前呵，从者塞途，供给之人，各执其物，夹道而疾驰。喜有赏，怒有刑。才畯满前④，道古今而誉盛德，入耳而不烦。曲眉丰颊，清声而便体⑤，秀外而惠中，飘轻裾，翳长袖⑥，粉白黛绿者，列屋而闲居，妒宠而负恃，争妍而取怜。大丈夫之遇知于天子，用力于当世者之所为也。吾非恶此而逃之，是有命焉，不可幸而致也。

"穷居而野处，升高而望远，坐茂树以终日，濯清泉以自洁。采于山，美可茹；钓于水，鲜可食。起居无时，惟适之安。与其有誉于前，孰若无毁于其后；与其有乐于身，孰若无忧于其心？车服不维，刀锯不加，理乱不知，黜陟不闻⑦。大丈夫不遇于时者之所为也，我则行之。

"伺候于公卿之门，奔走于形势之途，足将进

38

而趑趄⑧，口将言而嗫嚅⑨，处污秽而不羞，触刑辟而诛戮。侥幸于万一，老死而后止者，其于为人贤不肖何如也！"

昌黎韩愈闻其言而壮之。与之酒，而为之歌曰："盘之中，维子之宫；盘之土，可以稼；盘之泉，可濯可沿；盘之阻，谁争子所？窈而深，廓其有容，缭而曲，如往而复。嗟盘之乐兮，乐且无央！虎豹远迹兮，蛟龙遁藏，鬼神守护兮，呵禁不祥。饮且食兮寿而康，无不足兮奚所望？膏吾车兮秣吾马⑩，从子于盘兮，终吾生以徜徉。"

注释

　①李愿：韩愈的朋友。
　　盘谷：在今河南济源。
　②太行：山名，在今山西、河北交界处。
　③旄（máo）：旗杆用牦牛尾装饰的旗帜。
　④畯（jùn）：同"俊"。
　⑤便（pián）体：体态轻盈。
　⑥翳（yì）：遮。
　⑦黜陟（zhì）：贬斥和提升。
　⑧趑趄（zī jū）：犹豫不前。
　⑨嗫嚅（niè rú）：想说话又不敢说的样子。
　⑩秣（mò）：用草料喂。

【译文】

　　太行山南面，有一个盘谷。盘谷之中，泉水甘甜，土壤肥沃，草木茂盛，居民很少。有人说：这个山谷环绕在两座山之间，所以称为"盘谷"。有人说：这个山谷，环境幽静，地势险阻，是隐士盘桓的地方。我的朋友李愿就住在这里。

　　李愿说："人们称之为大丈夫的人，我是了解的。他们把利益施与别人，让名声显赫一时。他们坐在朝廷上，升降百官，辅佐皇帝发号施令。他们在外面，竖起旗帜，罗列弓箭，武士在前面吆喝，随从堵塞了道路，伺候的仆役，各自拿着物品，在道路两旁骑马快跑。他们高兴了就赏赐别人，发怒了就动用刑罚。有才能的人都在他跟前，说古论今，歌功颂德，听了也不会厌烦。那些眉毛弯弯，脸颊丰润，话音清亮，体态轻盈，外表秀美，内心聪慧，衣襟轻柔飘动，长袖遮掩面容，香粉涂脸，青黛画眉的女子，在一排排房屋里悠闲地住着，自恃受宠而忌妒别人，互相比美而博取宠爱。这是被皇帝赏识、在当代拥有权力的大丈夫的所作所为。我并非厌恶这些人而逃离的，这是命中注定，不能侥幸获得。

　　"困厄地居住在荒野之地，登上高处眺望远方，在茂密的树下坐上一整天，在清澈的泉水中沐浴，清洁身体。从山上采摘的果子，甜美可口；从水中钓来的鱼儿，新鲜美味。作息没有固定的时间，只要舒适就行。与其当面接受赞誉，不如背后不遭诋毁；与其肉体享乐，不如内心无忧。不受官职的拘束，不受刑罚的惩处，不知道天下的治乱，不关心官员的升降。这是在当时不得志者的所作所为，我就这样去做。

　　"等候在大官的门前，奔跑在通向权势的路上，脚将要跨出去却又踌躇不前，嘴将要张开说话却欲言又止，处在卑污的地位却不知羞耻，触犯了刑法就遭到杀戮，总盼望着偶然获得机会成功，直到老死为止，这样的人在为人方面，到底是好还是不好呢？"

昌黎韩愈听了他的话，认为很有气魄。给他斟酒，并为他唱歌："盘谷之中，有您的房屋；盘谷的土地，可以种农作物；盘谷的泉水，可以用来洗涤，也可以沿着它散步；盘谷的地势险阻，谁来和你争地盘？山谷幽暗深远，广阔得可以容纳万物；山谷迂回曲折，就像来回往复。感叹盘谷的乐趣啊，快乐无量！虎豹远离啊，蛟龙隐藏。鬼神守卫保护啊，赶走了灾祸。有吃有喝，长寿而安康，没什么不满足，还有什么期望？把我的车轮润上油啊，用粮草喂饱我的马，跟着您去盘谷啊，让我一生在那里游荡。"

【品读】

贞元十七年（801），友人李愿将归盘谷隐居，韩愈亦正失意，作此序送之。文章赞扬了洁身自好的隐士，对一时得势的权贵，钻营禄位、趋炎附势的小人极尽讽刺之能事。全文忽骈忽散，又以韵语煞尾，别具匠心。

送董邵南序①

　　燕赵古称多感慨悲歌之士②。董生举进士，连不得志于有司，怀抱利器，郁郁适兹土，吾知其必有合也。董生勉乎哉！

　　夫以子之不遇时，苟慕义强仁者，皆爱惜焉，矧燕赵之士出乎其性者哉③？然吾尝闻风俗与化移易，吾恶知其今不异于古所云邪？聊以吾子之行卜之也。董生勉乎哉！

　　吾因子有所感矣。为我吊望诸君之墓④，而观于其市，复有昔时屠狗者乎⑤？为我谢曰："明天子在上，可以出而仕矣！"

注释

① 董邵南：寿州安丰（今安徽寿县）人，生平不详。
② 燕、赵：战国时的两个国家，这里指河北一带。
③ 矧（shěn）：何况。
④ 望诸君：指乐毅，战国时赵人，曾为燕昭王攻破齐国。后投奔赵国，被封为望诸君。其墓在今河北邯郸。
⑤ 屠狗者：指以屠狗为业，隐居民间的义士，如高渐离等。

　　燕、赵一带自古以来就有很多情绪激昂，意气悲壮的义士。董生考进士，接连几次没被主考官录取，怀着杰出的才能，心情抑郁地到那个地方去。我知道他一定会有好的遭遇。董生，好好努力啊！

　　像你这样不得志，如果是仰慕仁义、勉力施行仁政的人，都会爱惜你，何况燕、赵的义士追求仁义本来就出自他们的天性呢？然而，我曾听说风俗是随着教化而改变的，我怎么能知道现在那里的风俗和古代所说的是否一样呢？姑且用你此行来检验吧。董生，好好努力啊！

　　我因此有些感想。你为我在望诸君的墓前凭吊一番，再看看那里的街市，还有古代那样以屠狗为业的义士吗？你替我向他们致意说："英明的皇上在位执政，你们可以出来做官了！"

【品读】

　　本文一题《送董邵南游河北序》。唐代"安史之乱"后，河北地区仍是藩镇割据，董邵南不得已投奔那里，韩愈既给予勉励，又委婉地告诫他不应为藩镇效力，对朝廷不能用才也有微讽。文章极其含蓄，主旨须细心体味。

蓝田县丞厅壁记[1]

丞之职，所以贰令，于一邑无所不当问。其下主簿、尉[2]，主簿、尉乃有分职。丞位高而偪[3]，例以嫌不可否事。文书行，吏抱成案诣丞，卷其前，钳以左手，右手摘纸尾，雁鹜行以进[4]，平立，睨丞曰[5]："当署。"丞涉笔占位署惟谨，目吏问可不可。吏曰"得"，则退，不敢略省，漫不知何事。官虽尊，力势反出主簿、尉下。谚数慢，必曰丞，至以相訾謷[6]。丞之设，岂端使然哉！

博陵崔斯立[7]，种学绩文，以蓄其有，泓涵演迤，日大以肆。贞元初，挟其能，战艺于京师，再进，再屈于人。元和初，以前大理评事言得失黜官，再转而为丞兹邑。始至，喟曰："官无卑，顾材不足塞职。"既噤不得施用，又喟曰："丞哉丞哉！余不负丞而丞负余！"则尽枿去牙角[8]，一蹑故迹，破崖岸而为之。丞厅故有记，坏漏污不可读。斯立易桷与瓦[9]，墁治壁[10]，悉书前任人名氏。庭有老槐四行，南墙巨竹千梃，俨立若相持，水虢虢循除鸣[11]。斯立痛扫溉，对树二松，日哦其间。有问者，辄对曰："余方有公事，子姑去。"

考功郎中知制诰韩愈记[12]。

注释

① 蓝田：今陕西西安东南。

② 主簿：官名，掌管一县文书、簿册。

　尉：县尉，官名，掌管一县军事。

③ 偪（bī）：同"逼"，接近。

④ 鹜（wù）：野鸭。

⑤ 睨（nì）：斜视。

⑥ 訾謷（zīáo）：诋毁。

⑦ 博陵：在今河北蠡县南。

　崔斯立：贞元进士，曾任大理评事。

⑧ 枿（niè）：这里指砍去。

⑨ 桷（jué）：方形椽子。

⑩ 墁（màn）：粉刷涂抹。

⑪ 瀄瀄（guó）：流水声。

　除：台阶。

⑫ 考功郎中：官名，掌管官吏考核。

　知制诰：官名，掌管诏令起草。

【译文】

　　县丞这个职务，是县令的副职，对于全县的事务，没有不该过问的。在他之下，就是主簿、县尉。主簿、县尉各有分管的职责。县丞的职位较高，容易侵犯县令的职权，照例为了避嫌，对问题不置可否。公文传阅时，小吏抱着已写定的文书来到县丞面前，将前部卷起来，用左手夹住，右手牵住公文的尾部，好像大雁和鸭子摇摆着走进来，面对县丞站着，斜眼看着县丞说："你应当签字。"县丞动笔时看清要签名的地方，小心谨慎地签上名，看着小吏，问道："行不行？"小吏说："行了。"县丞就退下，不敢略微看一下，糊里糊涂，不知道公文写的是什么内容。官职虽高，权势反而在主簿、县尉之下。社会上说到闲散的官员，必定会举县丞的例子。甚至以县丞作为骂人的话。县丞的设置，难道本意就是这样吗？

博陵人崔斯立，像种地织布一样辛勤地学习作文，来积累自己的学问，学问博大精深，天天有长进，不能限量。贞元初年，怀着他的才能，在京城应考，两次考中，两次折服大家。元和初年，他任大理评事时因议论朝廷得失被贬官，两次调动后在这个县任县丞。刚来的时候，斯立感叹说："官职无所谓大小，只怕自己的才能不够称职。"后来被迫闭口不言，才能无法施展，他又叹息说："县丞啊，县丞啊，我没有辜负县丞这个职位，是这个职位辜负了我！"于是完全去掉棱角，按照旧例，遵循常规去做。县丞的厅上原来有壁记，只是破损模糊，不能读了。斯立新换了椽子和屋瓦，粉刷整修了墙壁，将前任的姓名全部写上。庭院中有四行老槐树，南墙边有大竹千竿，两者相对而立，好像不相上下，流水潺潺，顺着台阶发出声响。斯立尽力打扫和清洗了一番，在相对的位置种上两棵松树，每天在这里吟诗。有人请示，他就回答说："我正好有公事要办，你姑且走吧。"

考功郎中知制诰韩愈记。

【品读】

县丞在当时地位最是尴尬，既无实权又易受猜忌，因此让人有才能而不得施展。作者在本文中以戏剧化的笔调，抨击了官僚制度的不合理，为在这一职位上被埋没的友人崔斯立深感不平。

圬者王承福传 ①

圬之为技，贱且劳者也。有业之，其色若自得者。听其言，约而尽。问之：王其姓，承福其名，世为京兆长安农夫。天宝之乱 ②，发人为兵，持弓矢十三年，有官勋。弃之来归。丧其土田，手镘衣食 ③。馀三十年，舍于市之主人，而归其屋食之当焉。视时屋食之贵贱，而上下其圬之佣以偿之。有馀，则以与道路之废疾饿者焉。

又曰："粟，稼而生者也；若布与帛，必蚕绩而后成者也；其他所以养生之具，皆待人力而后完也。吾皆赖之。然人不可遍为，宜乎各致其能以相生也。故君者，理我所以生者也；而百官者，承君之化者也。任有小大，惟其所能，若器皿焉。食焉而怠其事，必有天殃。故吾不敢一日舍镘以嬉。夫镘易能，可力焉。又诚有功，取其直；虽劳无愧，吾心安焉。夫力，易强而有功也；心，难强而有智也。用力者使于人，用心者使人，亦其宜也。吾特择其易为而无愧者取焉。

"嘻！吾操镘以入富贵之家有年矣。有一至者焉，又往过之，则为墟矣；有再至三至者焉，而往过之，则为墟矣。问之其邻，或曰：噫！刑戮也！或曰：身既死，而其子孙不能有也。或曰：死而归之官也。吾以是观之，非所谓食焉怠其事，而得天殃者邪？非强心以智而不足，不择其才之称否，而冒之者邪？非多行可愧，知其不可，而强为之者邪？将富贵难守，薄功而厚飨之者邪？抑丰悴有时，一去一来而不可常者邪？吾之心悯焉，是故择其力之可能者行焉。乐富贵而悲贫贱，我岂异于人哉！"

又曰："功大者，其所以自奉也博。妻与子皆养于我者也，吾能薄而功小，不有之可也。又吾所谓劳力者，若立吾家而力不足，则心又劳也。一身而二任焉，虽圣者不可能也。"

愈始闻而惑之，又从而思之；盖贤者也，盖所谓"独善其身"者也。然吾有讥焉，谓其自为也过多，其为人也过少。其学杨朱之道者邪？杨之道，不肯拔我一毛而利天下。而夫人以有家为劳心，不肯一动其心以畜其妻子，其肯劳其心以为人乎哉！虽然，其贤于世之患不得之而患失之者，以济其生之欲，贪邪而亡道以丧其身者，其亦远矣！又其言有可以警余者，故余为之传而自鉴焉。

注释

①圬（wū）者：泥瓦匠。
②天宝之乱：即"安史之乱"。
③镘（mán）：抹墙的工具。

【译文】

泥瓦匠的这门手艺，又卑贱又劳苦。有个人干这行，脸上好像挺得意。听他说的话，简单透彻。问他，说是姓王，名叫承福，世世代代在京兆长安做农民。"安史之乱"中，征召百姓参军，他拿弓箭参战十三年，有官职和勋位。他放弃了回到家乡。没有了自己的土地，只得拿着泥水匠的镘谋生。以后三十多年，他就住在街市上的雇主家里，付给雇主房钱和饭钱。根据当时房钱和饭钱的贵贱，增加或减少干活儿的工钱，来偿还雇主。有了多余的钱，就送给街道上残疾、挨饿的人。

他又说："粟，是播种了才生长的；至于布和帛，肯定是经过养蚕和纺织之后才有的；其他用来供养生命的东西，都是依靠人力才能制造出来的。我都要依靠它们过日子。然而人不能什么都干，应当各尽所能，相互供养。所以皇帝呢，是治理所有人的，而百官呢，是秉承皇帝教化的。官职有大有小，但他们的作用，就像器皿各有用途一样。吃着饭却不认真做事，必定遭受上天降下的灾祸。所以我一天也不能丢下镘玩乐。粉刷墙壁这门手艺，容易掌握，可以努力去做。又确实有功效，能挣到工钱。虽然很辛劳，却毫不惭愧，我心安理得。人的力气，容易勉强使用并取得成效；人的心灵，难以勉强使用并获得智慧。体力劳动者，被人役使，脑力劳动者，役使他人，这也是理所当然的。我特地选择容易的、取得报酬无愧于心的事情来做。

"啊！我拿着镘住进富贵的人家已有多年了。有的人家去过一回，再经过的时候，已变成一片废墟。有的人家去过两三次，再经过的时候，也已变成一片废墟。向他们的邻居打听，有人说：唉，是犯了罪处死了。有人说：那人死后，他的子孙不能维持家业了。有人说：人已经死了，家产被官府没收了。我从这看到，难道不是吃着饭不认真做事，而遭受了上天降下的灾祸吗？难道不是勉强使用心智，可智慧又不够，不管才能是否与之相称，还要冒险去做的结果吗？难道不是干过很多亏心事，明知不行还要去硬做的结果吗？是因为富贵难以维持，功劳少而享受多呢，还是因为家道的兴盛和衰落各有时运，时运来来去去不能长久呢？我心里怜悯他们，所以选择力所能及的事去做。喜欢富贵，以贫贱为可悲，这一点我和别人哪有什么不同！"

又说："功劳大的人，他用来供养自己的东西就多。妻子和孩子，都靠我供养，我能力很小，功劳也很少，不要妻子、孩子也行。再说我是人们所说的体力劳动者，如果建立了家庭，而能力又不够，那么又要操心了。一个人既花力气又操心，即使是圣人也做不到。"

我刚听说这话还疑惑，又接着顺着他的思路思考：他是贤人啊，就是人们所说的只求独个儿洁身自好的人吧。然而我对他也有责备，认为他为自己做得太多，为别人做得太少。他是在学习杨朱的主张吗？杨朱的主张，是不肯拔下自己的一根毛发来为天下人谋求利益。而这人把建立家庭当作操心的事，不肯操一下心来养活妻子和孩子，他肯为别人操心吗？即使是这样，他比社会上那种担心得不到，得到了又怕失去，为了满足生活的欲望，贪婪奸邪又丧失道义，最终送了命的人，要好得多了！而且他的话中有可以使我警醒的地方，因此，我为他写了传记，并作为自己的借鉴。

【品读】

　　作者为一个普通的泥瓦匠王承福立传，肯定了他的自食其力，借其口说出作者对社会分工的看法，同时又间接揭示了那些富贵者的可悲下场。

毛颖传^①

毛颖者，中山人也。其先明眎^②，佐禹治东方土，养万物有功，因封于卯地，死为十二神。尝曰："吾子孙神明之后，不可与物同，当吐而生。"已而果然。明眎八世孙䶉^③，世传当殷时居中山，得神仙之术，能匿光使物，窃姮娥^④、骑蟾蜍入月，其后代遂隐不仕云。居东郭者曰㕙^⑤，狡而善走，与韩卢争能^⑥，卢不及，卢怒，与宋鹊谋而杀之^⑦，醢其家^⑧。

秦始皇时，蒙将军恬南伐楚^⑨，次中山，将大猎以惧楚，召左、右庶长与军尉^⑩，以《连山》筮之^⑪，得天与人文之兆。筮者贺曰："今日之获，不角不牙，衣褐之徒，缺口而长须，八窍而趺居^⑫，独取其髦^⑬，简牍是资。天下其同书，秦其遂兼诸侯乎！"遂猎，围毛氏之族，拔其豪，载颖而归，献俘于章台宫^⑭，聚其族而加束缚焉。秦始皇帝使恬赐之汤沐，而封诸管城^⑮，号曰管城子，日见亲宠任事。

颖为人，强记而便敏，自结绳之代以及秦事，无不纂录。阴阳、卜筮、占相、医方、族氏、山经、地志、字书、图画、九流、百家、天人之书，及至浮图、老子、外国之说^⑯，皆所详悉。又通于当代之务，官府簿书、市井货钱注记，惟上所使。自秦皇帝及太子扶苏、胡亥、丞相斯、中车府令高^⑰，

韩愈   53

下及国人，无不爱重。又善随人意，正直、邪曲、巧拙，一随其人，虽见废弃，终默不泄。惟不喜武士，然见请，亦时往。累拜中书令^⑱，与上益狎，上尝呼为"中书君"。上亲决事，以衡石自程^⑲，虽宫人不得立左右，独颖与执烛者常侍，上休乃罢。颖与绛人陈玄、弘农陶泓及会稽褚先生友善^⑳，相推致，其出处必偕。上召颖。三人者不待诏辄俱往，上未尝怪焉。

后因进见，上将有任使，拂拭之，因免冠谢。上见其发秃，又所摹画不能称上意，上嘻笑曰："中书君老而秃，不任吾用。吾尝谓君中书，君今不中书耶？"对曰："臣所谓尽心者。"因不复召，归封邑，终于管城。其子孙甚多，散处中国夷狄，皆冒管城，惟居中山者，能继父祖业。

太史公曰^㉑：毛氏有两族，其一姬姓，文王之子，封于毛，所谓鲁、卫、毛、聃者也^㉒，战国时有毛公、毛遂^㉓。独中山之族，不知其本所出，子孙最为蕃昌。《春秋》之成，见绝于孔子，而非其罪。及蒙将军拔中山之豪，始皇封诸管城，世遂有名，而姬姓之毛无闻。颖始以俘见，卒见任使，秦之灭诸侯，颖与有功，赏不酬劳，以老见疏，秦真少恩哉！

注释

① 毛颖：毛笔的戏称。颖，物体末端的尖锐部分。

② 明眡（shì）：兔子的别名。

③ 毚（nōu）：刚生下的小兔。

④ 姮（héng）娥：即嫦娥。

⑤ 㕙（jùn）：狡兔。

⑥ 韩卢：古代韩国的名犬。

⑦ 宋鹊：古代宋国的名犬。

⑧ 醢（hǎi）：肉酱。

⑨ 蒙将军恬：蒙恬，秦国名将，相传他发明了毛笔。

⑩ 左、右庶长：秦朝的爵位。

　军尉：军官名。

⑪《连山》：古代的占卜书。

⑫ 趺（fū）居：盘腿而坐。

⑬ 髦（máo）：双关语，毛中的长毫，又指人中的俊杰。

⑭ 章台宫：秦朝宫殿名。

⑮ 汤沐：双关语，指汤沐邑（古代赐给诸侯的领地），又指制
　笔前用热水洗涤毫毛。

　管城：双关语，指周文王之子管叔的封地（今河南郑州），
　又指毛笔（因笔杆用竹管制成）。

⑯ 浮图：佛教。

⑰ 扶苏：秦始皇长子。

　胡亥：秦始皇次子，即秦二世。

　中车府令：官名，掌管皇帝称的车马。

⑱ 中书令：中书省的长官，掌管起草诏书等。

⑲ 石：古代重量单位，相当于一百二十斤。

⑳ 绛人陈玄：墨的戏称。因唐代绛州（今山西新绛）产墨，又
　以陈年的为优，故云。

　弘农陶泓：砚的戏称。因唐代弘农（今河南灵宝）产砚，砚
　为陶制，能容水，故云。

　会稽褚先生：纸的戏称。因唐代会稽（今浙江绍兴）产纸，
　纸为楮（与"褚"谐音）木纤维制成，而汉代史学家褚少孙
　续补《史记》，人称褚先生，故云。

㉑太史公曰:《史记》每篇传记后都有"太史公曰",对史实加以评论或补充。韩愈在本文中模仿它的写法。太史公,指汉代史学家司马迁,曾任太史令,撰《史记》。

㉒鲁、卫、毛、聃:周文王四个儿子的封地。

㉓毛公:战国时赵国隐士。

毛遂:战国时赵国人,平原君门客,曾自荐出使楚国。

【译文】

毛颖是中山国人。他的祖先明眎,辅佐大禹治理东方,培育万物有功,所以被封在卯地,死后变为十二神。曾说:"我的子孙是神的后代,不能和万物相同,生子应当从口中吐出。"不久之后确实是这样。明眎的第八代孙叫䝤,世上传说商朝时住在中山国,获得神仙的本领,能够隐藏在阳光下使人看不见,并能驱使各种鬼物,掠得嫦娥、骑着癞蛤蟆到月亮上去,他的后代就隐居而不做官了。住在东门外的一个人叫䨲,矫健而善于奔跑,与叫韩卢的比能耐,韩卢比不上他,便发怒了,和宋鹊一起谋杀他,把他全家人剁成肉酱。

秦始皇的时候,将军蒙恬攻打楚国,驻扎在中山国,准备举行大规模的打猎活动来恫吓楚国,召集左、右庶长和军尉,用《连山》来占卜,获得了天文和人文的征兆。占卜的人祝贺蒙恬说:"今天打猎所得的,不长角,不长牙,是身穿布衣的家伙,嘴上有豁口,胡须很长,全身只有八窍,坐下时盘腿,我们只需取他的长毫,用来撰写竹简和木牍,天下或许能统一文字,秦国大概就能并吞各诸侯国了吧?"于是就打猎,包围了毛氏全族,选拔出其中优秀的,用车子载着毛颖回国，在章台宫进献俘虏，把毛氏全族人聚集在一起，捆绑起来。秦始皇命令蒙恬赐给毛颖汤沐邑，并把他封在管城，封号为"管城子"，皇帝对他日益亲信重用。

　　毛颖为人，记性好，聪明伶俐，从结绳记事的时代到秦朝的事件，没有不编集记录的。阴阳、卜筮、相术、医方、族氏、山经、地志、字书、图画、九流百家的学说、研究天道与人事关系的书籍，以及佛教、老子、外国的学说，都详细地了解；又精通当代事务，官府的簿册文书，市场上进出钱物的账册，只要皇帝使唤就会写。从秦始皇到太子扶苏、胡亥、丞相李斯、中车府令赵高，下到秦国的百姓，没有不爱惜和重视他的。又善于顺从别人的意图，或正、或直、或邪、或曲、或巧、或拙，完全听从使唤他的人。即使被抛弃不用，始终不声不响，不泄露机密。只是不喜欢武士，但被邀请时也去。毛颖一直升官做到中书令，和皇上更加亲近而随便了，皇上曾叫他"中书君"。皇上亲自决定事务，每天规定要看一百二十斤重的文书，即使是宫女也不能站在他边上，只有毛颖和拿蜡烛的人经常在跟前伺候，到皇上休息了才结束。毛颖和绛州人陈玄、弘农人陶泓以及会稽人褚先生关系很好，互相推崇，做官和隐退都在一起。皇上召见毛颖，其他三人不等命令，就一同去，皇上不曾责怪过他们。

　　后来觐见皇帝的时候，皇上要任用他，给他身上拂去灰尘，毛颖就脱下帽子致谢。皇上看见他的头发秃了，写的字也不能使皇上满意。皇上笑着说："中书君年纪大了，头发秃了，不能胜任我派给的工作了。我曾说您能写字，您现在不能写字了吗？"毛颖回答说："臣下就是人们所说的尽心的人。"皇上就不再召见他，让他回到封地，最后死在管城。他的子孙很多，分散居住在中原和少数民族地区，都冒称自己是管城毛氏的后代，只有住在中山国的后代继承父辈祖辈的事业。

太史公说：毛氏有两支。其中一支姓姬，是文王的一个儿子封在毛地，就是人们所说的鲁、卫、毛、聃四国中的一国。战国时候有毛公、毛遂。唯独中山国的毛氏一族，不知道源自哪里，子孙却最多，最兴旺。《春秋》写完后，他们被孔子抛弃，但这并不是毛氏的过错所致。到蒙将军选拔出中山毛氏中优秀的毛颖，秦始皇将他封在管城，中山毛氏就在世上出名了，而那一支姓姬的毛氏就默默无闻。毛颖一开始以俘虏的身份被召见，终于得到任用，秦国消灭诸侯，毛颖在其中是有功劳的，秦始皇给他的赏赐却不足以酬报他的功劳，毛颖因为年老而被疏远，秦国真是缺少恩义啊！

【品读】

作者别出心裁地为毛笔作传，将与之有关的文献记载和传说故事熔于一炉，以拟人的手法，巧妙地勾勒了毛笔的"一生"。末尾模仿司马迁的口吻，对毛笔为人类文化所作的贡献大加揄扬，又对其"以老见疏"的命运寄予了深切同情。

送穷文

元和六年正月乙丑晦，主人使奴星结柳作车，缚草为船，载糗舆粮[1]，牛系轭下，引帆上樯。三揖穷鬼而告之曰："闻子行有日矣，鄙人不敢问所途[2]，窃具船与车，备载糗粮。日吉时良，利行四方。子饭一盂，子啜一觞。携朋挈俦，去故就新。驾尘犷风[3]，与电争先。子无底滞之尤，我有资送之恩。子等有意于行乎？"

屏息潜听，如闻音声，若啸若啼，砉欻嚘嘤[4]。毛发尽竖，竦肩缩颈，疑有而无，久乃可明。若有言者曰："吾与子居，四十年馀：子在孩提，吾不子愚，子学子耕，求官与名，惟子是从，不变于初。门神户灵，我叱我呵，包羞诡随，志不在他。子迁南荒，热烁湿蒸，我非其乡，百鬼欺陵。太学四年，朝齑暮盐[5]，惟我保汝，人皆汝嫌。自初及终，未始背汝，心无异谋，口绝行语。于何听闻，云我当去？是必夫子信谗，有间于予也。我鬼非人，安用车船，鼻嗅臭香，糗粮可捐。单独一身，谁为朋俦？子苟备知，可数已不？子能尽言，可谓圣智；情状既露，敢不回避？"

主人应之曰："子以吾为真不知也耶？子之朋俦，非六非四，在十去五，满七除二。各有主张，私立名字。捩手覆羹⑥，转喉触讳，凡所以使吾面目可憎、语言无味者，皆子之志也。其名曰智穷：矫矫亢亢，恶圆喜方，羞为奸欺，不忍害伤。其次名曰学穷：傲数与名，摘抉杳微，高挹群言，执神之机；又其次曰文穷：不专一能，怪怪奇奇，不可时施，只以自嬉；又其次曰命穷：影与形殊，面丑心妍，利居众后，责在人先；又其次曰交穷：磨肌戛骨，吐出心肝，企足以待，置我仇冤。凡此五鬼，为吾五患：饥我寒我，兴讹造谤，能使我迷，人莫能间。朝悔其行，暮已复然，蝇营狗苟，驱去复还。"

言未毕，五鬼相与张眼吐舌，跳踉偃仆，抵掌顿脚，失笑相顾。徐谓主人曰："子知我名，凡我所为。驱我令去，小黠大痴。人生一世，其久几何？吾立子名，百世不磨。小人君子，其心不同。惟乖于时，乃与天通。携持琬琰⑦，易一羊皮，饫于肥甘，慕彼糠糜。天下知子，谁过于予？虽遭斥逐，不忍子疏。谓予不信，请质《诗》《书》！"

主人于是垂头丧气，上手称谢，烧车与船，延之上座。

注释

① 糗（qiǔ）：干粮。

糚（zhǎng）：米粮。

② 涂：同"途"。

③ 旷（guō）：扩大。

④ 砉欻（huā chuā）：细小的声音。

嚘嘤（yōu yīng）：杂乱的声音。

⑤ 齑（jī）：菜末。

⑥ 捩（liè）：扭转。

⑦ 琬琰（wǎn yǎn）：美玉。

【译文】

元和六年正月的最后一天，我让仆人星用柳条编成一辆小车，用草扎出一只小船，装上干粮，把拉车的牛拴在车前，把帆拉上桅杆。对穷鬼三次拱手作揖，告诉他："听说您马上要走，我不敢询问您要去的地方，私下准备了船和车，装满了干粮，日子和时辰都很吉祥，到哪儿去都行，您吃碗饭，您喝杯酒，携带着朋友和同伴，离开老地方，到新地方去。车后尘土飞扬，船上的帆迎风舒张，能和闪电比快。您没有逗留在这儿的怨气，我有资助送行的恩情，你们有要走的打算吗？"

我屏住呼吸偷听，好像听到了一点声音，像是长啸，又像啼哭，细小杂乱。我吓得头发都竖起来了，耸起肩膀，缩着脖子，怀疑有声音，又好像没了，时间长了才听清楚，好像有人在说："我和你住在一起，有四十多年了。你还是孩子的时候，我不嫌你无知，你长大后读书耕田，谋求官职和声名，我都跟着你，和一开始没什么两样。守门的神灵，大声怒斥我，我忍受着羞辱，假意相随，没有二心。你被贬到南方的蛮荒之地，酷热灼人，湿气蒸腾，我不是当地的，受到当地各种鬼的欺负。你在太学任职的四年，整天吃些碎菜和盐，只有我守护你，别人都嫌弃你。自始至终，我没有离开过你，心里没别的想法，嘴上没说过一句想要离开的话，你从哪里听说，我要离你而去？这肯定是你听到了谗言，同我有了隔阂。我是鬼不是人，哪里用得着车和船？我只用鼻子闻臭闻香，干粮可以扔掉了。我单独一个，谁是我的朋友和同伴？你如果全知道，可以数出来吗？你说得那么透彻，可以说是智慧超人。情况都已经暴露了，我敢不避开你吗？"

我回答说："您认为我真的不知道吗？您的朋友和同伴，不是四个六个，是十个去掉五个，七个减去两个。他们各有各的主张，私自立下名字，一动手就把羹汤碗打翻，一说话就触犯了忌讳，凡是令我模样讨厌、说话无味的，都是你们的意愿。你们中有一个名叫'智穷'，正直高尚，厌恶圆滑，喜欢方正，羞于做奸邪欺诈的事情，不忍心伤害别人；老二名叫'学穷'，轻视数术和名物这类学问，研究阐发深远微妙的道理，高瞻远瞩地吸收各种学说，掌握了最深刻的道理；老三叫'文穷'，不局限于一种写作技巧，文章奇奇怪怪，不能应用于当时，只能用来自娱；老四叫'命穷'，影子和形体不同，外表丑陋，内心美好，获利的事总做在别人之后，承担责任总在别人之前；老五叫'交穷'，能为了朋友消耗肌肉，损伤骨骼，对朋友毫无保留，简直能吐出自己的心肝来，一直踮起脚尖等待别人，别人却把他当作仇敌。总共这五个鬼，是我的五个祸害。使我挨饿受冻，对我造谣诽谤，能使我受骗上当，没人能把我和穷鬼隔开。早晨后悔自己干的事，晚上又照样去干。你们像苍蝇那样钻营追逐，像狗那样苟且地生活，刚被赶走，又回来了。"

话还没说完，五个鬼互相瞪着眼睛，吐着舌头，上蹿下跳，前俯后仰，拍手跺脚，相互看着笑了起来。他们慢慢地对我说："你知道我们的名字，和我们所干的一切，还要赶我们走，真是小事聪明，大事糊涂。人活一辈子，有多长久呢？我们使你树立了名声，永远不会磨灭。小人和君子，他们的心思不同。君子虽然不合当时的潮流，却和天道相通。你要拿美玉去换一张羊皮，你饱食美味却羡慕别人吃的糠粥。天下了解你的人，谁还能超过我们呢？虽然你遭到排斥驱逐，我们不忍心疏远你。假如你认为我们的话不可靠，就请去向《诗经》《尚书》请教！"

我这时垂头丧气，举起手向穷鬼表示感谢。烧掉扎好的车和船，请穷鬼坐到上座。

【品读】

作者想驱走穷鬼，结果却适得其反，留住了五个穷鬼。在这篇奇文里，韩愈旨在说明，士大夫如果为人正直，那么穷困的处境将不可避免，而作者最终也自甘穷困。文章语多四言，在横生的谐趣之下，隐含着讽刺的意味。

维年月日。潮州刺史韩愈，使军事衙推秦济^①，以羊一、猪一，投恶溪之潭水^②，以与鳄鱼食，而告之曰：

昔先王既有天下，列山泽^③，网绳擉刃^④，以除虫蛇恶物为民害者，驱而出之四海之外。及后王德薄，不能远有，则江汉之间，尚皆弃之，以与蛮夷楚越，况潮岭海之间，去京师万里哉？鳄鱼之涵淹卵育于此，亦固其所。今天子嗣唐位，神圣慈武，四海之外，六合之内，皆抚而有之，况禹迹所揜，扬州之近地，刺史、县令之所治，出贡赋以供天地、宗庙、百神之祀之壤者哉？鳄鱼其不可与刺史杂处此土也！

刺史受天子命，守此土，治此民。而鳄鱼睅然不安溪潭^⑤，据处食民畜、熊、豕、鹿、麚^⑥，以肥其身，以种其子孙，与刺史亢拒，争为长雄。刺史虽驽弱，亦安肯为鳄鱼低首下心，伈伈睍睍^⑦，为民吏羞，以偷活于此邪？且承天子命，以来为吏，固其势不得不与鳄鱼辨。

鳄鱼有知，其听刺史言：潮之州，大海在其南。鲸鹏之大，虾蟹之细，无不容归，以生以食。鳄鱼朝发而夕至也。今与鳄鱼约：尽三日，其率丑类南徙于海，以避天子之命吏！三日不能，至五日；五日不能，至七日。七日不能，是终不肯徙也，是不有刺史听从其言也；不然，则是鳄鱼冥顽不灵，刺史虽有言，不闻不知也。夫傲天子之命吏，不听其言，不徙以避之，与冥顽不灵而为民物害者，皆可杀。刺史则选材技吏民，操强弓毒矢，以与鳄鱼从事，必尽杀乃止。其无悔！

注释

① 军事衔推：官名，唐代节度使、观察使、团练使的属官。

② 恶溪：今广东的韩江。

③ 列：同"迾"，阻挡。

④ 擉（chuò）：用利刃刺。

⑤ 睅（hàn）：眼睛瞪大而突出。

⑥ 麚：兽名，似鹿，略小。

⑦ 伈伈（xīn）：小心恐惧的样子。

  睍睍（xiàn）：不敢正视的样子。

【译文】

    某年某月某日，潮州刺史韩愈命令军事衙推秦济，将一只羊、一头猪，投进恶溪的潭水中，把它们喂给鳄鱼吃，并告诉鳄鱼说：

    古代帝王统一天下后，封禁山林湖泽，用绳子结成网，用利刃刺扎，来除去危害百姓的虫蛇之类凶恶的动物，将它们驱逐到四海以外。到后来帝王的恩德微薄了，不能统治边远地区，即使长江、汉水流域，都放弃给了少数民族和越国、楚国，何况潮州处在五岭和南海之间，离开京城还很遥远呢？鳄鱼在这里潜藏繁殖，本来也是适合它们的地方。现在皇上继承了大唐的皇位，神圣、仁慈而威武，四海之外，天下之内，都安抚和占领了，何况是这块大禹足迹到过，又靠近古代扬州，由刺史、县令所管辖，缴纳赋税来供给祭祀天地、宗庙、各位神明活动的土地呢？鳄鱼你们是不能和刺史同住在这个地方的！

    刺史接受皇帝的命令，守护这块土地，管理这里的百姓，可鳄鱼凶狠，不肯在溪水中安分守己，盘踞在这里吃掉家畜、熊、猪、鹿、獐等动物来养肥自己，繁衍后代，和刺史相对抗，争做一方的主人。刺史虽软弱无能，又怎么肯对鳄鱼低头屈服，小心恐惧，不敢正视，给百姓和官吏丢脸，在这里苟且偷生呢？况且他是奉皇上的命令来做官，就势必不得不对鳄鱼把道理说说清楚了。

    鳄鱼如果有灵性，请听刺史说：潮州，大海在它南面。大到鲸鱼、大鹏，小到虾、蟹，没有不被大海容纳的，可以在那里觅食、生活。鳄鱼早晨出发，晚上就能到达。现在和鳄鱼约定，三天之内，你们领着同伴向南迁徙到海上去，来避让皇帝派来治理这地方的官吏。三天不行，就五天；五天不行，就七天；七天不行，那就是最终不肯迁徙，那就是眼里没有刺史，不听他的话。如果不是这样，就是鳄鱼愚蠢顽固，不通灵性，刺史即使说了话，鳄鱼也不会听，不会理解。轻视皇帝派来的官员，不听他的话，不肯迁徙和避让他，和愚蠢顽固、不通灵性、祸害百姓和生灵的东西，都该杀。刺史就选拔有才能技艺的官吏和百姓，拿起硬弓毒箭，来跟鳄鱼较量，一定是杀光才停手。你们可不要后悔啊！

【品读】

　　本文一题《祭鳄鱼文》，写于作者潮州刺史之时，是针对当地鳄鱼肆虐的情况写下的一篇讨鳄檄文。作者假设鳄鱼能通人性，以朝廷命官的身份和姿态慷慨陈词，对这一危害百姓的孽障严加声讨，体现了关心百姓疾苦的品格。

祭田横墓文①

贞元十一年九月，愈如东京②，道出田横墓下，感横义高能得士，因取酒以祭，为文而吊之。其辞曰：

事有旷百世而相感者，余不自知其何心。非今世之所稀，孰为使余歔欷而不可禁？余既博观乎天下，曷有庶几乎夫子之所为？死者不复生，嗟余去此其从谁？当秦氏之败乱，得一士而可王，何五百人之扰扰，而不能脱夫子于剑铓？抑所宝之非贤，亦天命之有常？昔阙里之多士，孔圣亦云其遑遑；苟余行之不迷，虽颠沛其何伤？自古死者非一，夫子至今有耿光。跽陈辞而荐酒③，魂仿佛而来享。

注释

① 田横：战国时齐国田氏后裔，秦末起兵反秦，被汉将韩信击败后率五百人逃亡海岛，因不愿被刘邦招降，与手下一同自杀。其墓在今河南偃师。

② 东京：指洛阳。

③ 跽（jì）：长跪。

贞元十一年九月，我到东京，途经田横墓前，感慨田横很有义气，能受到士人拥戴，就拿酒来祭奠，写文章凭吊他。文章说：

事情有远隔百代而互相感应的，我不知道他心里怎么想。要不是现在这种人很少，怎能使我不禁叹息？我已经广泛地考察过天下，哪有和您所作所为差不多的人呢？死去的人不能复活，可叹我离开您又能去跟随谁？在秦朝衰败动乱的时候，得到一个真正的士人辅佐就可以统一天下，为什么跟随您的有五百人之众，却不能使您逃过自杀的剑刃？或者是率领的五百人都不是贤人，或是上天注定的命运？从前阙里士人很多，孔子也还免不了到处奔波，假如我的路没有走错，即使历经坎坷又有何妨？自古死者的情况都不一样，您的精神至今放出光芒。我长跪着念了祭文，献上好酒，感觉到您的灵魂似乎正过来享用。

【品读】

贞元十一年（795），韩愈三次上书宰相谋职未果，失意地离开京城。途经洛阳田横墓时，吊古伤今，感叹田横的悲剧命运，写下本文。全文情调深沉低回，柔中有刚。

祭十二郎文①

年月日，季父愈，闻汝丧之七日，乃能衔哀致诚，使建中远具时羞之奠，告汝十二郎之灵：

呜呼！吾少孤，及长，不省所怙②，惟兄嫂是依。中年，兄殁南方，吾与汝俱幼，从嫂归葬河阳③，既又与汝就食江南，零丁孤苦，未尝一日相离也。吾上有三兄，皆不幸早世。承先人后者，在孙惟汝，在子惟吾。两世一身，形单影只。嫂尝抚汝指吾而言曰："韩氏两世，惟此而已！"汝时尤小，当不复记忆；吾时虽能记忆，亦未知其言之悲也！

吾年十九，始来京城。其后四年，而归视汝。又四年，吾往河阳省坟墓，遇汝从嫂丧来葬。又二年，吾佐董丞相于汴州④，汝来省吾，止一岁，请归取其孥⑤。明年，丞相薨⑥，吾去汴州，汝不果来。是年，吾佐戎徐州⑦，使取汝者始行，吾又罢去，汝又不果来。吾念，汝从于东，东亦客也，不可以久；图久远者，莫如西归，将成家而致汝。呜呼！孰谓汝遽去吾而殁乎？吾与汝俱少年，以为虽暂相别，终当久相与处，故舍汝而旅食京师，以求斗斛之禄⑧。诚知其如此，虽万乘之公相，吾不以一日辍汝而就也！

去年，孟东野往，吾书与汝曰："吾年未四十，而视茫茫，而发苍苍，而齿牙动摇，念诸父与诸兄，皆康强而早世，如吾之衰者，其能久存乎？吾不可去，汝不肯来，恐旦暮死，而汝抱无涯之戚也。"孰谓少者殁而长者存，强者夭而病者全乎？呜呼！其信然邪？其梦邪？其传之非其真邪？信也，吾兄之盛德而夭其嗣乎？汝之纯明而不克蒙其泽乎？少者强者而夭殁，长者衰者而存全乎？未可以为信也！梦也，传之非其真也，东野之书，耿兰之报⑨，何为而在吾侧也？呜呼！其信然矣！吾兄之盛德而夭其嗣矣，汝之纯明宜其家者，不克蒙其泽矣！所谓天者诚难测，而神者诚难明矣！所谓理者不可推，而寿者不可知矣！

虽然，吾自今年来，苍苍者或化而为白矣，动摇者或脱而落矣，毛血日益衰，志气日益微，几何不从汝而死也！死而有知，其几何离？其无知，悲不几时，而不悲者无穷期矣！汝之子始十岁，吾之子始五岁，少而强者不可保，如此孩提者，又可冀其成立邪？呜呼哀哉！呜呼哀哉！

汝去年书云："比得软脚病⑩，往往而剧。"吾曰："是病也，江南之人，常常有之。"未始以为忧也。呜呼！其竟以此而殒其生乎？抑别有疾而至斯乎？汝之书，六月十七日也；东野云，汝殁以六月二日；耿兰之报无月日。盖东野之使者不知问家人以月日；如耿兰之报，不知当言月日；东野与吾书，乃问使者，使者妄称以应之耳。其然乎？其不然乎？

今吾使建中祭汝，吊汝之孤与汝之乳母。彼有食可守，以待终丧，则待终丧而取以来；如不能守以终丧，则遂取以来。其余奴婢，并令守汝丧。吾力能改葬，终葬汝于先人之兆，然后惟其所愿。

呜呼！汝病吾不知时，汝殁吾不知日，生不能相养以共居，殁不能抚汝以尽哀，敛不凭其棺，窆不临其穴⑪。吾行负神明，而使汝夭；不孝不慈，而不得与汝相养以生，相守以死。一在天之涯，一在地之角，生而影不与吾形相依，死而魂不与吾梦相接，吾实为之，其又何尤！彼苍者天，曷其有极！

自今已往，吾其无意于人世矣！当求数顷之田于伊、颍之上⑫，以待余年。教吾子与汝子，幸其成；长吾女与汝女，待其嫁，如此而已！呜呼！言有穷而情不可终，汝其知也邪？其不知也邪？呜呼哀哉！尚飨！

注释

① 十二郎：指韩老成，韩愈次兄韩介之子，过继给韩愈长兄韩会，排行十二。

② 怙（hù）：对父亲的依靠，所怙即指代父亲。

③ 河阳：今河南孟州。

④ 董丞相：指董晋，曾为相，任宣武军节度使时韩愈曾在其幕下任推官。

⑤ 孥（nú）：儿子，这里指妻儿。

⑥ 薨（hōng）：死。

⑦ 佐戎徐州：韩愈曾在徐州武宁节度使张建封幕下任推官。

⑧ 斛（hú）：一种量具。

⑨ 耿兰：韩愈老家的仆人。

⑩ 软脚病：脚气病。

⑪ 窆（biǎn）：把棺材埋入墓穴。

⑫ 伊、颖：水名，均在河南。

【译文】

　　某年某月某日，小叔叔韩愈听到你噩耗的第七天，方才能满怀悲痛向你表达心意，让建中远道而来准备些时鲜的美味祭奠，告慰你十二郎的魂灵：

　　唉！我从小失去父亲，长大了，不知道父亲的样子，只能依靠哥哥嫂嫂。哥哥才到中年就在南方去世，我和你都还小，跟着嫂嫂把哥哥的灵柩运回河阳下葬，不久又和你去江南谋生，孤苦伶仃，未曾分开过一天。我上面有三个哥哥，都不幸很早去世。先父的后代，孙辈里只有你，儿辈里只有我，儿孙两代都只剩下一个人，非常孤单。嫂嫂曾经抚摸着你，指着我说："韩家两代人，只有这两人了！"你当时还年幼，应该不记得了，我当时虽然能记住这话，可也无法理解其中的悲凉。

我十九岁，第一次来京城，四年以后，我才回来看你。又过了四年，我到河阳去凭吊祖坟，遇上你送嫂嫂的灵柩来安葬。又过了两年，我在汴州辅佐董丞相，你来看我，只住了一年，你请求回去接家眷来。第二年，董丞相去世，我离开汴州，你没能来。这年，我在徐州辅助军事，派去接你的使者刚刚动身，我又离职了，你又没能来。我想你跟我到东边来，东边也是异乡，不能久留。如作长远的打算，还不如我回到西边去，成了家再接你来。唉！谁想到你一离开我就去世了呢？我和你都还年轻，认为即使暂时分别，终究应该能长久地在一起，所以我抛下你到京城谋生，谋求微薄的俸禄。早知道会这样，即使有王公宰相的高位，我也不愿意离开你一天去就职啊！

去年孟东野去你那儿，我写信对你说："我年龄还没到四十，可视力模糊，头发花白，牙齿松动。想起各位叔父和各位兄长，都是在年富力强的时候过早去世，像我这样身体衰弱的人，难道能活得长吗？我不能到你那儿去，你不肯来，恐怕我早晚死了，你会感到无尽的悲哀。"谁想到年轻的人死了，年长的却活着，强壮的人过早死了，生病的却保住了性命？唉！这是真的吗？还是一场梦呢？传来的消息不是真的吗？如果是真的，我哥哥德性那么好，竟会过早失去了儿子？你那么纯正贤明，却不能蒙受他的福泽？年轻而强壮的人竟然先死，年长而衰弱的人竟然保全了性命？这些都不是真的吧！假如是一场梦，传来的消息不是真的话，东野的信、耿兰送来的消息，为什么就在我身边呢？唉！这是真的呀！我哥哥那么好的德性，却过早失去了儿子，你这样纯正贤明，应该继承他家业的，现在却不能蒙受他的福泽了，这就是所谓的天命难以预料，神明的意图难以明白了！所谓规律不能推断，寿命不能预知了！

虽然这样，我从今年以来，花白的头发有的变成白发了，松动的牙齿有的脱落了，身体日益衰弱，精神日益衰微，过不了几天，就会跟着你一起死了！死后如果有知觉，那么我们分离的日子不会太久了；死后如果没有知觉，那么我也悲痛不了多长时间，可不再悲痛的日子倒是没有尽头了。你儿子才十岁，我儿子才五岁，年轻而强壮的人都不能保住性命，像这样的孩子，还能指望他们长大成人吗？悲痛啊！悲痛啊！

你去年来信说："近来得了脚气病，常常发作得厉害。"我说："这种病，江南的人，常常会得。"不曾为你担心过。唉！你竟然因为这病而丧了命吗？或许是另外有什么病造成这样的结果？你的信，我是六月十七日收到的。东野说，你是六月二日去世的。耿兰的消息没有说你去世的时间。大概东野的使者，不知道要问家里人你去世的时间，像耿兰报丧一样，不知道应该说明你去世的时间。东野写信给我，才去问使者，使者随便说个日期应付他罢了。是这样吗？或许不是这样？

现在我派建中来祭奠你，慰问你的遗孤和你的奶妈，如果他们有粮食可以维持到为你守丧结束，就等结束之后把他们接来；如果不能维持到丧期结束，我就马上把他们接来。剩下的奴婢，也叫他们为你守丧。我有能力迁葬的话，终究要把你迁葬到祖先的墓地里，这样才能了却了我的心愿。

唉！你生病的时候我不知道时间，你去世的时候我不知道日子，你活着时我不能和你住在一起互相照顾，你去世时我不能抚摸你的遗体来表达我的哀思，你大殓时我不在你的棺木旁，你下葬时我不在你的墓穴边。我的所作所为有负于神明，因而上天让你夭折；我对长辈不孝顺，对晚辈不慈爱，因而不能和你互相照顾着一起生活，不能和你互相陪伴直到死亡。你我一个在天涯，一个在地角，你活着时影子不和我相伴，死了以后魂灵不和我在梦里相遇，这都是我造成的，又去怨恨谁呢？上苍啊，我的悲痛什么时候才有尽头？从今往后，我对于人间已经没有什么留恋了。应该在伊水、颍水边求取几顷田地，来度过我的余生。教育我儿子和你儿子，希望他们长大成人；抚育我女儿和你女儿，等待她们出嫁，也只不过这样罢了。唉！话会说完，但哀痛之情没有止境，你知道吗？还是不知道呢？悲痛啊！请享用吧！

【品读】

　　这是一篇摧人肝肠的祭文。韩愈与侄子十二郎，幼年时朝夕相伴，成年后相互牵挂，十二郎的死给作者的打击可想而知。全文用最朴实的言语，将最深切的悲痛抒写得淋漓尽致，堪称祭文中的千古绝唱。

子厚讳宗元。七世祖庆，为拓跋魏侍中[①]，封济阴公[②]。曾伯祖奭，为唐宰相，与褚遂良、韩瑗俱得罪武后[③]，死高宗朝。皇考讳镇，以事母弃太常博士[④]，求为县令江南。其后，以不能媚权贵，失御史[⑤]。权贵人死，乃复拜侍御史。号为刚直，所与游，皆当世名人。

子厚少精敏，无不通达，逮其父时，虽少年，已自成人，能取进士第，崭然见头角。众谓柳氏有子矣。其后以博学宏词[⑥]，授集贤殿正字[⑦]。俊杰廉悍，议论证据今古，出入经史百子，踔厉风发，率常屈其座人，名声大振，一时皆慕与之交。诸公要人争欲令出我门下，交口荐誉之。贞元十九年由蓝田尉拜监察御史[⑧]。顺宗即位，拜礼部员外郎[⑨]。遇用事者得罪，例出为刺史[⑩]。未至，又例贬州司马[⑪]。居闲，益自刻苦，务记览，为词章，泛滥停蓄，为深博无涯涘，而自肆于山水间。

元和中，尝例召至京师，又偕出为刺史，而子厚得柳州。既至，叹曰："是岂不足为政邪？"因其土俗，为设教禁，州人顺赖。其俗以男女质钱，约不时赎，子本相侔，则没为奴婢。子厚与设方计，悉令赎归。其尤贫力不能者，令书其佣，足相当，则使归其质。观察使下其法于他州⑫，比一岁，免而归者且千人。衡湘以南，为进士者，皆以子厚为师。其经承子厚口讲指画为文词者，悉有法度可观。

其召至京师而复为刺史也，中山刘梦得禹锡亦在遣中⑬，当诣播州⑭。子厚泣曰："播州，非人所居，而梦得亲在堂。吾不忍梦得之穷，无辞以白其大人；且万无母子俱往理。"请于朝，将拜疏，愿以柳易播，虽重得罪，死不恨。遇有以梦得事白上者，梦得于是改刺连州⑮。呜呼！士穷乃见节义。今夫平居里巷相慕悦，酒食游戏相征逐，诩诩强笑语以相取下，握手出肺肝相示，指天日涕泣，誓生死不相背负，真若可信；一旦临小利害，仅如毛发比，反眼若不相识，落陷阱，不一引手救，反挤之又下石焉者，皆是也。此宜禽兽夷狄所不忍为，而其人自视以为得计。闻子厚之风，亦可以少愧矣。

子厚前时少年，勇于为人，不自贵重顾藉，谓功业可立就，故坐废退。既退，又无相知有气力得位者推挽，故卒死于穷裔，材不为世用，道不行于时也。使子厚在台省时，自持其身，已能如司马、刺史时，亦自不斥；斥时，有人力能举之，且必复用不穷。然子厚斥不久，穷不极，虽有出于人，其文学辞章，必不能自力以致必传于后如今，无疑也。虽使子厚得所愿，为将相于一时，以彼易此，孰得孰失，必有能辨之者。

子厚以元和十四年十一月八日卒，年四十七。以十五年七月十日，归葬万年先人墓侧[16]。子厚有子男二人：长曰周六，始四岁；季曰周七，子厚卒乃生。女子二人，皆幼。其得归葬也，费皆出观察使河东裴君行立[17]。行立有节概，重然诺，与子厚结交，子厚亦为之尽，竟赖其力。葬子厚于万年之墓者，舅弟卢遵。遵，涿人[18]，性谨慎，学问不厌。自子厚之斥，遵从而家焉，逮其死不去。既往葬子厚，又将经纪其家，庶几有始终者。

铭曰：是惟子厚之室，既固既安，以利其嗣人。

注释

① 拓跋魏：即北魏，由鲜卑族拓跋氏建立。
   侍中：官名，为皇帝侍从官员。
② 济阴：今山东菏泽一带。
③ 褚遂良：官至尚书右仆射，因反对武则天被贬官，忧愤而死。
   韩瑗：曾任侍中，因反对武则天被贬官。
④ 太常博士：官名，太常寺属官，掌管宗庙礼仪。
⑤ 御史：这里指殿中侍御史，是御史台的属官。
⑥ 博学宏词：唐代科举考试名目之一。

⑦ 集贤殿正字：集贤殿，官属名，掌管刊辑经籍，搜罗佚书。

正字：官名，掌管校勘书籍。

⑧ 监察御史：官名，属御史台，掌管监察百官等。

⑨ 礼部员外郎：礼部下设的副长官。

⑩ 刺史：这里指邵州（今湖南邵阳）刺史。

⑪ 司马：刺史的属官，是闲职。

⑫ 观察使：观察处置使的简称，掌管考察州、县官的政绩。

⑬ 刘梦得禹锡：刘禹锡，字梦得，唐代文学家，祖籍中山（今河北定州）。

柳宗元的好友，参加永贞革新后与他一起被贬。

⑭ 播州：今贵州遵义。

⑮ 连州：今广东连州。

⑯ 万年：在今陕西西安。

⑰ 河东：郡名，在今山西永济。

裴君行立：裴行立，时任桂管观察使，是柳宗元的上司。

⑱ 涿：指涿县，即今河北涿州一带。

【译文】

　　子厚名叫宗元。七世祖名庆，担任过北魏的侍中，被封为济阴公。曾伯祖父柳奭做过唐朝的宰相，和褚遂良、韩瑗一起得罪了武则天，在高宗时去世。父亲名镇，因为要服侍母亲而放弃了太常博士的职务，请求到江南任县令。后来因为不会讨好权贵，丢了殿中侍御史的职位。权贵死后才重新担任侍御史。他号称刚毅正直，与之交往的都是当时的名人。

　　子厚小时候精明聪慧，没有不明白的事。他父亲还在世的时候，他虽然很年轻，已经长大成才，能够考取进士，崭露头角，大家都说柳家有个有出息的儿子。后来考取博学宏词科，被任命为集贤殿正字。子厚才能杰出，清廉刚毅，讨论问题时旁征博引古今事例，精通经史及诸子百家著作，言辞犀利，意气风发，常常折服在座的人，名声远扬，当时的人都仰慕他愿与他交往。各位显要的人物，都争着让他做自己的门生，异口同声地推举赞扬他。贞元十九年，子厚由蓝田县尉升为监察御史。顺宗即位后，又任命他为礼部员外郎。赶上当权者被治罪，就和人一起遣出朝廷担任刺史，还没到任所，又和人一起被贬为州司马。身居闲职，自己更加刻苦，努力记诵和阅读书籍，写诗作文，时而文笔恣肆，时而风格凝练，达到深厚博大无止境的境界。同时自己常常恣意享受山水风光。

元和年间，子厚曾和人一起被召回京城，又一起被遣出担任刺史，子厚任柳州刺史。到那里之后，他叹息说："这个地方难道不值得作出政绩吗？"他根据当地的风俗，制定了教化措施和禁令，柳州百姓都顺从信赖他。当地有个风俗，可以把儿女作为抵押向人借钱，约定假如不能按时赎回，到了本金和利息相等的时候，就将人质作为奴婢。子厚替借钱的人想办法，让他们全部把人质赎回去。其中特别贫穷、无力赎取的，就叫债主记下人质做工的工钱，到了工钱和债务相当的时候，就把人质放回去。观察使把这个办法推广到其他州，一年之后，免除奴役而回家的有一千人。衡山、湘水以南考进士的人，都拜子厚为师。其中经过子厚亲自讲授指点的，所写文章，都符合规矩，值得一看。

子厚被召回京城，又再次遣出担任刺史时，中山刘禹锡也在遣出的人当中，应该去播州担任刺史。子厚哭着说："播州不是人住的地方，可梦得的老母亲还健在，我不忍心看到梦得这样困窘，这件事也没法向他的老母亲交代，况且万万没有母子一起到播州去的道理。"向朝廷请求，打算给皇帝上奏章，愿意用柳州来换播州，即使再次获罪，死了也不后悔。正好遇到有把梦得的情况报告朝廷的人，梦得因此改任连州刺史。唉！士大夫在困穷时才显示出节操和道义！现在的人啊，平时住在小巷子里，彼此仰慕友好，吃吃喝喝，玩玩乐乐，互相招呼追随，融洽地聚集在一起，假惺惺地说笑，自己甘居对方之下，握手时像要把心肝掏出来给对方看，指着天日流泪，发誓说不论生死都不背叛朋友，真像可以信赖似的；一旦遇上小小的利害冲突，仅仅像毛发那样细微的事，就翻脸不认人，朋友掉下陷阱，不但不伸手相救，反而使劲推挤，又往下扔石头，这种人到处都是啊！这该是禽兽和野蛮人都不忍心做的事，可那些人自认为得计。他们听到子厚的风范，也该有点惭愧了。

子厚从前年轻时，勇于助人，不保重爱惜自己，认为功业可以立刻成就，所以受牵连而被贬。贬官后，又没有了解他的、有势力有地位的人推举，因此，最终死在荒凉的边远地区，才能不被当世所用，抱负也不能在当世施展。假如子厚在任御史和员外郎时，自己谨慎从事，已能像任司马、刺史时那样，也就不会被贬斥；被贬斥的时候如果有得力的人能推举他，也就一定会重新被起用，不至于这样困穷。然而，如果子厚被贬斥的时间不长，没有困穷到极点，纵使才能高出别人，他的文学创作，一定不会这样刻苦用力，取得像现在这样流传后世的成就，这是毫无疑问的。即使让子厚如愿以偿，一度成为将相，拿那个来换这个，哪种合算，哪种不合算，一定有人能分辨清楚的。

子厚在元和十四年十一月八日去世，享年四十七岁。在元和十五年七月十日回乡安葬在万年县他祖坟的旁边。子厚有两个儿子：大的名叫周六，才四岁；小的名叫周七，子厚去世后才出生。有两个女儿，都还幼小。子厚能回乡安葬，费用都是观察使裴行立所出。

行立有气节，重信用，和子厚交往，子厚也为他尽心尽力，最后还是依靠了他的力量。把子厚安葬在万年县祖先墓地的人，是他的表弟卢遵。卢遵是涿县人，个性谨慎，研究学问从不满足。自从子厚被贬斥，卢遵就跟着他安家，直到他去世也不离开。去安葬了子厚之后，又安排料理他的家事，算得上是个有始有终的人了。

铭文说:这是子厚的墓室,既坚固,又安宁,有利于他的子孙后代。

【品读】

元和十四年（819）十一月，柳宗元在柳州去世，次年，韩愈写了这篇墓志铭。文章凸显了宗元出众的才学、显著的政绩、对友人的情意以及杰出的文学成就，赞扬了他"勇于为人"的优秀品格，顺便讽刺了士大夫中为私利而背信弃义，对朋友落井下石的无耻行径。

字子厚，河东解（今山西运城西南）人。唐代杰出的文学家，与韩愈同为中唐古文运动倡导者。世称「柳河东」。

贞元九年（七九三）中进士。后又中博学宏词科。授集贤殿正字。曾任蓝田县尉、监察御史里行。贞元二十一年（八〇五）参加主叔文集团的政治革新任礼部员外郎。永贞革新失败后，贬为永州（今属湖南）司马。元和十年（八一五）回京，不久外任柳州（今属广西）刺史，直至逝世。

柳宗元主张「文者以明道」（《答韦中立论师道书》），反对骈文，提倡古文，并致力于文体、文风及散文语言的改革。在创作上，最擅长山水游记、寓言和传记。山水游记中以「永州八记」最为著名，不但描写了当地的自然风光，更融入作者遭受政治挫折后内心的苦闷。寓言篇幅颇短小，文字犀利，对社会丑恶现象极力鞭挞。传记则颇为传神，同时又注重立意。柳文对后世影响深远。其诗风格清淡幽峭，在中唐诗坛自成一格。有《柳河东集》。

柳宗元

七七三——八一九

捕蛇者说

永州之野产异蛇，黑质而白章。触草木，尽死；以啮人①，无御之者。然得而腊之以为饵②，可以已大风、挛踠、瘘、疠③，去死肌，杀三虫。其始，太医以王命聚之，岁赋其二，募有能捕之者，当其租入，永之人争奔走焉。

有蒋氏者，专其利三世矣。问之，则曰："吾祖死于是，吾父死于是，今吾嗣为之十二年，几死者数矣。"言之，貌若甚戚者。余悲之，且曰："若毒之乎？余将告于莅事者，更若役，复若赋，则何如？"

蒋氏大戚，汪然出涕曰："君将哀而生之乎？则吾斯役之不幸，未若复吾赋不幸之甚也！向吾不为斯役，则久已病矣。自吾氏三世居是乡，积于今六十岁矣，而乡邻之生日蹙。殚其地之出，竭其庐之入，号呼而转徙，饥渴而顿踣④，触风雨，犯寒暑，呼嘘毒疠，往往而死者相藉也。曩与吾祖居者，今其室十无一焉；与吾父居者，今其室十无二三焉；与吾居十二年者，今其室十无四五焉。非死则徙尔，而吾以捕蛇独存。悍吏之来吾乡，叫嚣乎东西，隳突乎南北⑤，哗然而骇者，虽鸡狗不得宁焉。吾恂恂而起，视其缶，而吾蛇尚存，则弛然而卧。谨食之，时而献焉。退而甘食其土之有，以尽吾齿。盖一岁之犯死者二焉，其余则熙熙而乐，岂若吾乡邻之旦旦有是哉！今虽死乎此，比吾乡邻之死则已后矣，又安敢毒耶？"

余闻而愈悲。孔子曰："苛政猛于虎也[6]。"吾尝疑乎是。今以蒋氏观之，犹信。呜呼！孰知赋敛之毒，有甚是蛇者乎！故为之说，以俟夫观人风者得焉。

注释

① 啮（niè）：咬。
② 腊（xī）：晒干。
　 大风：麻风病。
　 挛踠（wǎn）：手脚蜷曲痉挛。
③ 瘘（lòu）：脖子肿。
　 疠（lì）：恶疮。
④ 顿踣（bó）：跌倒。
⑤ 隳（huī）突：冲撞骚扰。
⑥ 苛政句：出自《礼记·檀弓》。

永州的郊野生长着一种奇异的蛇，身上黑底子、白花纹。它碰到草木，草木都会枯死；如果来咬人，没有人能够抵挡它。但将它捕来晒干作为药饵，可以用来医治麻风病、手脚痉挛、脖子肿大、恶疮，能除去坏死的肌肉，杀灭多种寄生虫。当初，太医奉皇上的命令来征收这种毒蛇，每年征收两次，招募能捕毒蛇的人，他们可用蛇来充抵应缴的赋税。永州人争着为这事奔走。

有一个姓蒋的人，专享这种捕蛇充租的好处已经有三代了。问他，就说："我祖父因捕蛇而死，我父亲也因捕蛇而死，现在我接着干这件事已有十二年了，有好几次险些死掉。"说这话时，神情好像很悲伤。我为他感到悲哀，就说："你怨恨捕蛇这件事吗？我会告诉管事的官吏，更换你的差事，恢复你应缴的赋税，怎么样？"

姓蒋的人大哭起来，泪水夺眶而出，说："您想可怜我，让我活下去吗？那么，我干这件差事的不幸，还没有恢复我缴赋税的不幸来得大呢！假如以前我不干这件差事，那早就困苦不堪了。从我家三代住在这个乡，累计到现在有六十年了，乡邻的生活一天比一天困窘。他们把田地里出产的东西全都交出来，用尽家里的全部收入，哭喊着到处迁徙，饥渴交加地跌倒，吹风淋雨，冒着严寒酷暑，呼吸着毒雾瘴气，由此死去的人的尸体横七竖八地堆在地上。以前和我祖父住在一起的人家，现在十户中一户都没幸存下来；和我父亲住在一起的人家，现在十户中连二三户都没幸存下来；和我一起住了十二年的人家，现在十户中幸存下来的还不到四五户。这些人不是死了，就是搬家了，但我靠着捕蛇独自幸存下来。凶悍的小吏来到我们乡，到处乱喊乱叫，到处骚扰破坏，叫声大得让人害怕，即使是鸡狗也不得安宁。我小心地起身，看看瓦罐，我捕的蛇还活着，于是就轻松地躺下。我小心地喂养捕的蛇，到规定的时候再上缴官府。回家后津津有味地享用田地里出产的东西，这样一直活到老。一年中只有两次要冒着死亡的危险，剩下的日子，就快快乐乐的，哪里像我的乡邻们这样天天担惊受怕呢？现在我即使因捕蛇而死，就已经比我的乡邻活得长了，又哪里敢怨恨呢？"

我听了更感到悲哀。孔子说："苛酷的政令比老虎还要凶猛。"我曾经怀疑这种说法。现在从蒋氏的经历看来，还是可信的。唉！谁知道横征暴敛的毒害竟比毒蛇还厉害呢？我因此写了这篇文章，来等待那些观察民风的官吏看到它。

【品读】

本文通过蒋氏的遭遇和充满血泪的控诉，揭露了当时朝廷横征暴敛给百姓造成的危害。文章以叙述为主，参以议论，运用对比手法，最后揭示出"赋敛之毒有甚是蛇者"的主题，充满思想的震撼力。

愚溪诗序①

灌水之阳有溪焉，东流入于潇水②。或曰："冉氏尝居也，故姓是溪为冉溪。"或曰："可以染也，名之以其能，故谓之染溪。"余以愚触罪，谪潇水上，爱是溪，入二、三里，得其尤绝者家焉。古有愚公谷③，今余家是溪，而名莫能定，土之居者犹龂龂然④，不可以不更也，故更之为愚溪。

愚溪之上，买小丘，为愚丘。自愚丘东北行六十步，得泉焉，又买居之，为愚泉。愚泉凡六穴，皆出山下平地，盖上出也。合流屈曲而南，为愚沟，遂负土累石，塞其隘，为愚池。愚池之东为愚堂，其南为愚亭，池之中为愚岛。嘉木异石错置，皆山水之奇者，以余故，咸以"愚"辱焉。

夫水，智者乐也。今是溪独见辱于愚，何哉？盖其流甚下，不可以溉灌；又峻急，多坻石，大舟不可入也；幽邃浅狭，蛟龙不屑，不能兴云雨。无以利世，而适类于余，然则虽辱而愚之，可也。

宁武子邦无道则愚⑤，智而为愚者也，颜子终日不违如愚⑥，睿而为愚者也。皆不得为真愚。今余遭有道，而违于理，悖于事，故凡为愚者莫我若也。夫然，则天下莫能争是溪，余得专而名焉。

溪虽莫利于世，而善鉴万类，清莹秀澈，锵

鸣金石，能使愚者喜笑眷慕，乐而不能去也。余虽不合于俗，亦颇以文墨自慰，漱涤万物，牢笼百态，而无所避之。以愚辞歌愚溪，则茫然而不违，昏然而同归，超鸿蒙，混希夷，寂寥而莫我知也。于是作《八愚诗》，纪于溪石上。

注释

① 愚溪：在今湖南永州。
② 灌水：潇水的支流。
　　潇水：在今湖南境内。
③ 愚公谷：在今山东临淄。
④ 斸（yín）斸然：争辩的样子。
⑤ 宁武子：即春秋时卫国大夫宁俞，"邦无道"句出自《论语·公治长》。
⑥ 颜子：即孔子弟子颜回。

【译文】

　　灌水的北岸，有一条小溪，向东流入潇水。有人说："姓冉的人曾经住在这儿，所以就把这条小溪命名为冉溪。"有人说："溪水可以用来染色，用这一功能来命名，所以称它为染溪。"我因为愚蠢而犯了罪，被贬到潇水边，喜爱这条小溪，沿着它进去二三里，找到一个特别好的地方安了家。古代有愚公谷，现在我在这溪边安家，溪的名称却没能确定下来。当地居民还在为这事争论不休，看来不能不改名字了，所以将它更名为愚溪。

　　我在愚溪边买了一座小山丘，称为愚丘。从愚丘往东北走六十步，发现了一股泉水，又把它买了住下来，称为愚泉。愚泉共有六个泉眼，都出自山下的平地，泉水都是从地下涌出来的。水流汇合在一起，蜿蜒向南流动，成为愚沟。于是就堆上泥土，垒起石头，堵塞水流狭窄的地方，成为愚池。愚池东面是愚堂，南面是愚亭，池中是愚岛。秀树奇石交错安置，都是些奇特的山水，因为我的缘故，都被"愚"字玷辱了。

　　水，是智者所喜爱的。现在这条小溪偏偏被愚的名称玷辱了，为什么呢？因为它的水位太低，没法用来灌溉；水流又太急，凸起的石头很多，大船没法驶进去；它幽深偏僻，水道又浅又窄，蛟龙还看不上眼，因为不能呼云唤雨。这小溪不能给世人带来什么好处，恰好和我相似，那么即使玷辱了它，用"愚"字来命名，还是可以的。

　　宁武子在国家混乱的时候显得愚蠢，那是聪明人装傻呀。颜子整天不提问题，好像很愚蠢，那是明智的人装傻呀。这些都不能称为真正的愚蠢。现在我赶上了政治清明的时代，却违背事理，因此凡是称得上愚蠢的人，都比不上我。正因为这样，那天下就没人能和我争夺这条小溪，我能够独占它并为它命名。

愚溪虽然对世人没什么用处，但善于照出万物，清澈秀美，水声像金石撞击声那样清脆，能使愚人欢笑、眷恋、爱慕，快乐得不能离去。我虽然与世俗不合，也靠写作来自我安慰，洗涤万物，捕捉事物的各种状态，没有什么能逃过我笔端的。用愚拙的话来歌唱愚溪，那么就觉得茫茫然地和它不相背离，昏昏然地同它融为一体，超越了天地万物，进入空虚静谧的境界，在寂寥中忘却了自我。于是写了《八愚诗》，刻在溪边的石头上。

【品读】

这是作者为《八愚诗》所写的序言。全文共用了二十七个"愚"，表面上是讲景物因作者的"愚"而受玷辱，实则表达了作者对现实处境的不满和抑郁忧愤的心情。文中写景虚实相生，感情藏而不露，有曲径通幽之妙。

始得西山宴游记①

自余为僇人②，居是州，恒惴栗。其隙也，则施施而行③，漫漫而游。日与其徒上高山，入深林，穷回溪，幽泉怪石，无远不到；到则披草而坐，倾壶而醉；醉则更相枕以卧，意有所极，梦亦同趣；觉而起，起而归。以为凡是州之山水有异态者，皆我有也，而未始知西山之怪特。

今年九月二十八日，因坐法华西亭④，望西山，始指异之。遂命仆人过湘江，缘染溪，斫榛莽，焚茅筏⑤，穷山之高而止。攀援而登，箕踞而遨，则凡数州之土壤，皆在衽席之下。其高下之势，岈然洼然⑥，若垤若穴⑦；尺寸千里，攒蹙累积，莫得遁隐；萦青缭白，外与天际，四望如一。然后知是山之特立，不与培塿为类⑧。悠悠乎与颢气俱，而莫得其涯！洋洋乎与造物者游，而不知其所穷！引觞满酌，颓然就醉，不知日之入。苍然暮色，自远而至，至无所见，而犹不欲归，心凝形释，与万化冥合。然后知吾向之未始游，游于是乎始。故为之文以志。

是岁，元和四年也。

柳宗元　**97**

注释

① 西山：在永州。

② 僇（lù）人：罪人。作者遭贬官，故云。

③ 施施：走路缓慢的样子。

④ 今年：指元和四年（809）。

　法华西亭：作者在永州法华寺所建亭子。

⑤ 茷（fá）：茂盛的茅草。

⑥ 岈（xiā）然：山谷空旷的样子。

⑦ 垤（dié）：这里泛指小土堆。

⑧ 培（pǒu）嵝（lǒu）：小土山。

【译文】

　　自从我成为罪人，住到永州以后，心中常常恐惧不安。空闲下来的时候，就慢腾腾地走走，毫无目的地逛逛。每天和同伴们登上高山，进入深林，直到曲折溪水的尽头。只要有幽泉和怪石，更远的地方也无所不到。到了就分开杂草坐下，倒尽壶中的酒，喝得大醉；醉了酒互相枕靠着躺下，躺下就做梦，心中想到哪里，梦也就做到哪里；睡醒了就起来，起来就回城。自以为永州凡有点特别形态的山水，都被我游遍了，而从来不知道西山的怪异和奇特。

　　今年九月二十八日，由于坐在法华寺西面的亭子上，望见西山，才指点着以为不寻常。于是命令仆人渡过湘江，沿着染溪，砍去树丛，烧掉茅草，一直到山的最高处为止。我攀援着登上西山，叉腿坐下眺望四周，就看到周围几州的土地，都在我的坐席下面。那些高高低低的地形，有的深邃，有的低凹，有的像土堆，有的像洞穴。千里的距离仿佛仅在尺寸之间，各种景物聚拢紧缩，层层堆叠，都无法逃过我的目光而隐藏起来。青山和白水相互萦绕，远处与天相接，四望浑然一体。这才知道这座山卓然而立，与小山丘不是同类。我神思悠然地与天地之气相通，而找不到它的边际；心胸舒畅地与大自然共游，而不知道它的尽头。拿起酒杯一饮而尽，昏昏沉沉地进入醉乡，不知道太阳已经下山。苍茫的暮色，从远处而来，直到一无所见，我还不想回去。心神凝定，形体仿佛也已消散，与万物融为一体。这才知道我以前还不曾游览过，真正的游览从今天才开始。因此写了这篇文章来记载这件事。

这一年，是元和四年。

【品读】

本文为《永州八记》首篇，记述了作者对"特立"的西山的发现。从它"不与培塿为类"的姿态里，作者看到一种不同凡俗的气度品格，也体会了"与万化冥合"的美妙境界，这些将他从仕途的失意中解放出来。

钴鉧潭西小丘记①

得西山后八日，寻山口西北道二百步，又得钴鉧潭。潭西二十五步，当湍而浚者为鱼梁②。梁之上有丘焉，生竹树。其石之突怒偃蹇，负土而出，争为奇状者，殆不可数。其嵚然相累而下者③，若牛马之饮于溪；其冲然角列而上者，若熊罴之登于山④。丘之小不能一亩，可以笼而有之。

问其主，曰："唐氏之弃地，货而不售。"问其价，曰："止四百。"余怜而售之。李深源、元克己时同游⑤，皆大喜，出自意外。即更取器用，铲刈秽草，伐去恶木，烈火而焚之。嘉木立，美竹露，奇石显。由其中以望，则山之高，云之浮，溪之流，鸟兽之遨游，举熙熙然回巧献技，以效兹丘之下。枕席而卧，则清泠之状与目谋，瀯瀯之声与耳谋⑥，悠然而虚者与神谋，渊然而静者与心谋。不匝旬而得异地者二，虽古好事之士，或未能至焉。

噫！以兹丘之胜，致之沣、镐、鄠、杜⑦，则贵游之士争买者，日增千金而愈不可得。今弃是州也，农夫渔父过而陋之，价四百，连岁不能售。而我与深源、克己独喜得之，是其果有遭乎！书于石，所以贺兹丘之遭也。

注释

① 钴锅（gǔ mǔ）潭：潭名，形如熨斗，旧址在今湖南永州。

② 鱼梁：堵水的堰，中间留有缺口，可放置捕鱼用具。

③ 嵚（qīn）然：山石高峻的样子。

④ 罴（pí）：熊的一种。

⑤ 李源深、元克己：作者的朋友。

⑥ 滢（yíng）滢：流水声。

⑦ 沣（fēng）：在今陕西鄠邑东，周文王建都处。

镐（hào）：在今陕西西安西南，周武王建都处。

鄠（hù）：今陕西鄠邑。

杜：杜陵，在今陕西西安东南。

以上四处是唐都长安附近豪门贵族聚居之地。

【译文】

　　寻访到西山八天之后，我沿着山口西北的小路走了二百步，又发现了钴锅潭。潭西面二十五步远的地方，正对着急而深的水流的，是一道鱼梁。梁上有一座小丘，生长着竹子和树木。小丘上奋然突起、傲然耸立的石头，破土而出，竞相展现奇异的姿态，多得数也数不清。那些高峻重叠又向下倾斜的石头，好像牛马在溪中喝水；那些像兽角般突起又向上倾斜的石头，就仿佛熊罴在登山。小丘小得还不足一亩，简直可以用笼子装起来带走。

　　我打听它的主人，有人说："这是唐家舍弃的土地，想卖还卖不出去。"我询问价格，他说："只要四百文。"我很喜欢，就把它买下来。李深源、元克己当时和我一同游览，都非常高兴，这是意外的收获。

我们就轮流拿起农具，铲除乱草，砍伐掉杂树，用一把大火烧了荒秽。于是秀树挺立起来，美丽的竹子呈露出来，奇异的石头显现出来。从小丘中间远望，高山、浮云、溪流、漫游的飞鸟走兽，仿佛全都高兴地拿出各式各样的本领，来这座小丘之下表演一番。头枕着石块，席地躺下，清澈的水流看起来很悦目，潺潺的水声听起来很悦耳，那种悠远虚静的境界使人心旷神怡。不到十天我就发现了两个风景奇异的地方，即使是古代喜欢游山玩水的人，也许都没能做到。

唉！就凭这座小丘景色之美，把它放在沣、镐、鄠、杜这些地方，那么爱好游览的人肯定要竞相购买，天天抬高价格，就更加买不到了。现在被废弃在永州，农民、渔民路过这里还瞧不上眼，只卖四百文的价钱，一连几年都卖不出去。但我和深源、克己偏偏因为得到它而高兴，这难道果真是它的好运降临了？我把这篇文章刻在石头上，来庆贺这座小丘交了好运。

【品读】

本文为《永州八记》之三。文中被弃的小丘与遭贬官的作者之间存在着一层隐喻关系，小丘的命运其实正象征着作者的命运。而小丘的最终被赏识，又与作者的处境形成鲜明对比。

103

至小丘西小石潭记

从小丘西行百二十步，隔篁竹[1]，闻水声如鸣佩环，心乐之。伐竹取道，下见小潭，水尤清洌。全石以为底，近岸，卷石底以出，为坻，为屿，为嵁，为岩[2]。青树翠蔓，蒙络摇缀，参差披拂。

潭中鱼可百许头，皆若空游无所依。日光下澈，影布石上，佁然不动，俶尔远逝[3]，往来翕忽。似与游者相乐。

潭西南而望，斗折蛇行，明灭可见。其岸势犬牙差互，不可知其源。

坐潭上，四面竹树环合，寂寥无人，凄神寒骨，悄怆幽邃。以其境过清，不可久居，乃记之而去。

同游者：吴武陵，龚古[4]，余弟宗玄。隶而从者，崔氏二小生：曰恕己，曰奉壹。

注释

① 篁（huáng）竹：丛生的竹子。
② 坻（chí）：水中小洲。
   嵁（kān）：不平的山石。
③ 佁（yǐ）：痴呆的样子。
   俶（chù）尔：忽然。
④ 吴武陵：曾任韶州刺史，因罪贬永州，是作者的朋友。
   龚古：生平不详。

　　从小丘向西走一百二十步，隔着丛生的竹子，听见潺潺的水声，好像佩玉叮当作响，我心里真高兴。砍掉竹子，开辟出道路，只见下面有一个小水潭，潭水格外清澈。潭底由整块石头构成，靠近岸边的地方，潭底石头向上翻卷露出水面，形成小洲、小岛和不平的山石。周围的绿树翠藤，互相覆盖缠绕，摇曳连结，参差不齐，随风飘拂。

　　潭中的鱼儿大约有一百条，都像在空中游动，毫无依傍。阳光一直照到潭底，鱼儿的影子印在石头上，呆呆地一动也不动，忽然游到远处，往来就在顷刻之间，好像在和游人玩乐。

　　向潭的西南面望去，只见溪水像北斗般曲折，像游蛇般蜿蜒，忽隐忽现。溪岸地势像犬牙交错，没法探知它的源头。坐在潭边，四周竹子树木环抱，寂静而空无一人。心神凄凉，寒气透骨，那幽深的环境使人哀伤。因为这地方太清冷，不能久留，我们就留下标记离开了。

　　和我一同游览的人有吴武陵、龚古、我弟弟宗玄。跟我们来的，还有两个姓崔的青年，一个叫恕己，一个叫奉壹。

【品读】

　　本文为《永州八记》之四。小石潭给作者的感受是"凄神寒骨，悄怆幽邃"，这也正是作者试图传达给读者的情绪。文章写景笔墨简练，虚实结合，以动衬静，尤为精彩。

哀溺文

永之氓咸善游①。一日，水暴甚，有五、六氓乘小船绝湘水。中济，船破，皆游。其一氓尽力而不能寻常。其侣曰："汝善游最也，今何后为？"曰："吾腰千钱，重，是以后。"曰："何不去之？"不应，摇其首。有顷，益怠。已济者立岸上，呼且号曰："汝愚之甚，蔽之甚，身且死，何以货为？"又摇其首，遂溺死。吾哀之。且若是，得不有大货之溺大氓者乎？于是作《哀溺》。

吾哀溺者之死货兮，惟大氓之为忧。世涛鼓以风涌兮，浩滉荡而无舟②。不让禄以辞富兮，又旁窥而诡求。手足乱而无如兮，负重逾乎崇丘。既浮颐而灭督兮③，不忍释利而离尤。呼号者之莫救兮，愈摇首以沉流。发披鬒以舞澜兮④，魂怅怅而焉游？龟鼋互进以争食兮⑤，鱼鲔族而为羞⑥。始贪赢以啬厚兮，终负祸而怀仇。前既没而后不知惩兮，更揽取而无时休。哀兹氓之蔽愚兮，反贼己而从仇。不量多以自谏兮，姑指幸者而为谋。夫人固灵于鸟鱼兮，胡昧尉而蒙钩⑦？大者死大兮，小者死小。善游虽最兮，卒以道夭。与害偕行兮，以死自绕。推今而鉴古兮，鲜克以保其生。衣宝焚纩兮⑧，专利灭荣。豺狼死而犹饿兮，牛腹尸而不盈。民既贶贶而无知兮⑨，故与彼咸谥为氓。死者不足哀兮，冀中人为余再更。噫！

注释

① 氓（méng）：百姓。
② 滉（huàng）荡：波浪翻滚。
③ 颐：脸部。
　　膂（lǚ）：脊梁骨。
④ 纕（xiāng）：指头发。
⑤ 鼋（yuán）：鳖。
⑥ 鲔（wěi）：鲜鱼。
⑦ 罻（wèi）：捕鸟的网。
⑧ 衣宝焚纣：见《史记·殷本纪》。指纣王兵败穿宝玉衣服而死之事。
　　专利灭荣：见《国语·周语》。荣，指周厉王的大臣荣夷公。
⑨ 贸贸（mào）：无知的样子。

【译文】

　　永州百姓都善于游泳。有一天，河水突然暴涨，有五六个人乘小船横渡湘水。驶到中流，船破了，人们都只得下水游泳。其中一个人用尽全力，但游不出多远。他的同伴说："你最善于游泳，现在为什么落在后面呢？"那人说："我腰里缠着一千文钱，很重，所以落后了。"同伴说："为什么不扔了呢？"他不回答，只摇头。一会儿更没力气了。已经渡过河的人站在岸上大声喊叫说："你太蠢了，太糊涂了，命都要没了，财物还有什么用？"那人又摇头，就这样淹死了。我很为他悲哀。如果这样，能没有为了更多的财物而淹死的大傻瓜吗？因此写了《哀溺》。

　　我悲哀淹死的人为财物而丧命，只替那些大傻瓜担心。世间哪会风平浪静，波涛汹涌却没有船只。不肯让出禄位、拒绝富贵，又要从旁窥探、不择手段。手忙脚乱不知所措啊，背上的包袱重于大山。身体已经下沉，脑袋露出水面，还不忍放弃财物，远离灾难。叫喊的同伴没法救他啊，他愈加摇头，直至沉入水流。头发散乱地在波涛里翻滚，你的魂灵又迷茫地在哪里安顿？龟鳖一起向前来争着吃你啊，鲟鱼们也把你当作美味佳肴。一开始贪图利益吝啬财富，到头来遭灾还抱着仇敌一样的财物。前人已经淹死了，后人还不知引以为戒呀，更加一刻不停地捞取财物。我悲哀这人被愚昧蒙蔽啊，反而毁灭自身，跟随仇敌。不估量势态的严重而纠正自己的错误，却企图追步侥幸得利的人物。本来人就比鸟鱼更聪明，为何看不见罗网和鱼钩？大生灵为大利而死，小生灵为小利而死。即使是最善于游泳的人，也会为了争夺利益丧命。和祸害相伴随，把死亡缠上身。推究现在的情况而借鉴古代的事情，那样的人很少能保全自己的生命。商纣王穿着宝衣自焚，荣夷公独占财物而灭亡。豺狼死的时候还饿着，牛到死肚子还没填饱。百姓已经是懵懂无知了，所以和那淹死的人都被称为氓。死者不值得悲哀啊，希望具有中才的人为我改变这种情况。唉！

【品读】

这是一篇用骚体写成的讽刺小品。作者辛辣地讽刺了那些贪婪无度，一心榨取百姓财富的官僚。

鞭贾

市之鬻鞭者，人问之，其贾宜五十，必曰五万。复之以五十，则伏而笑；以五百，则小怒；五千，则大怒；必以五万而后可。

有富者子，适市买鞭，出五万，持以夸余。视其首，则拳蹙而不遂[1]；视其握，则蹇仄而不植[2]；其行水者，一去一来不相承；其节朽黑而无文，掐之灭爪，而不得其所穷；举之，翲然若挥虚焉[3]。

余曰："子何取于是而不爱五万？"曰："吾爱其黄而泽，且贾者云。"余乃召僮爝汤以濯之[4]，则遫然枯[5]，苍然白，向之黄者栀也[6]，泽者蜡也。富者不悦。然犹持之三年。后出东郊，争道长乐坂下[7]。马相踶[8]，因大击，鞭折而为五六。马踶不已，坠于地，伤焉。视其内，则空空然，其理若粪壤，无所赖者。

今之栀其貌，蜡其言，以求贾技于朝，当其分则善，一误而过其分则喜。当其分则反怒，曰："余曷不至于公卿？"然而至焉者亦良多矣。居无事，虽过三年不为害。当其有事，驱之于陈力之列以御乎物，以夫空空之内，粪壤之理，而责其大击之效，恶有不折其用，而获坠伤之患者乎？

注释

① 拳蹙（cù）：卷曲，不伸展。
② 骞仄：歪斜。
　　植：同"直"。
③ 翲（piāo）：同"飘"。
④ 爚（yuè）：烧。
⑤ 遫（sù）然：收缩的样子。
⑥ 栀（zhī）：栀子树，果实可作黄色染料。
⑦ 长乐坂：地名，在长安郊外。
⑧ 踶（dì）：踢。

【译文】

　　市场上卖鞭子的人，有人问他价钱，应该是五十文，他一定说五万文。还价到五十文，他就笑得弯下了腰；还价五百文，他就有点儿生气；还价五千文，他就非常生气；一定要人家出五万文，然后才肯卖。

　　有一个富家子弟，到市场上买鞭子，花了五万文，拿来向我夸耀。我看它的鞭梢，卷曲而不舒展；看它的手柄，歪斜而不直；鞭末的皮筋，来回不相衔接；鞭子的结节，腐朽发黑而没有纹路，指甲一掐就陷入，而且还没陷到底；将它举起来，轻飘飘地好像什么也没挥动。

　　我说："你为什么买这样的鞭子，却不爱惜五万文钱呢？"他说："我喜欢它的黄色，富有光泽，而且卖的人说这鞭子怎么怎么好。"我就叫来仆人烧热水洗鞭子，一洗鞭子就缩水没了光泽，变成灰白色。原来的黄色是用栀子汁染的，光泽是用蜡涂的。富家子弟不高兴了，但仍拿着鞭子用了三年。后来富家子弟去东郊，在长乐坂下和人抢道。两匹马互相踢了起来，富家子弟拼命用鞭子抽马，鞭子断成五六节。马仍然踢个不停，最后人从马上摔下来，受伤了。看看鞭子里面是空空的，它的质地像粪土，一点儿也靠不住。

现今像用栀子染色似的伪装外貌，像用蜡上光似的粉饰言语，以求在朝廷上兜售能耐的人，给他个适合实际能力的职位当然很好。一旦错误地给他个超过实际能力的职位，他就高兴。给他适合实际能力的职位，他反而生气，说："我为什么当不上公卿呢？"然而这样的人当上公卿的也很多。如果当官的时候国家太平无事，即使经过三年也没什么妨害。如果正当国家有事，派他们到需要出力的岗位去处理重要事务，就凭他们肚里空空，像粪土一样的素质，而要求他们尽力效劳，怎能不败坏使命，而招致坠地摔伤似的灾祸呢？

【品读】

本文借卖鞭一事巧妙地将矛头指向官场，讽刺了那些腹中空空，却靠巧言令色牟取官位的人。

吾恒恶世之人，不知推己之本，而乘物以逞；或依势以干非其类，出技以怒强，窃时以肆暴，然卒迫于祸。有客谈麋、驴、鼠三物，似其事，作《三戒》。

临江之麋

临江之人，畋得麋麑^①，畜之。入门，群犬垂涎，扬尾皆来。其人怒，怛之。自是日抱就犬，习示之，使勿动，稍使与之戏。

积久，犬皆如人意。麋麑稍大，忘己之麋也，以为犬良我友，抵触偃仆，益狎。犬畏主人，与之俯仰甚善，然时啖其舌。

三年，麋出门，见外犬在道甚众，走欲与为戏。外犬见而喜且怒，共杀食之，狼籍道上。麋至死不悟。

黔之驴

黔无驴，有好事者船载以入。至，则无可用，放之山下。虎见之，庞然大物也，以为神。蔽林间窥之，稍出近之，慭慭然莫相知^②。

他日，驴一鸣，虎大骇，远遁，以为且噬己也，甚恐。然往来视之，觉无异能者。益习其声，又近出前后，终不敢搏。稍近，益狎，荡倚冲冒。驴不胜怒，蹄之。虎因喜，计之曰："技止此耳！"因跳踉大㘎③，断其喉，尽其肉，乃去。

噫！形之庞也类有德，声之宏也类有能。向不出其技，虎虽猛，疑畏，卒不敢取。今若是焉，悲夫！

永某氏之鼠

永有某氏者，畏日④，拘忌异甚。以为己生岁直子；鼠，子神也⑤。因爱鼠，不畜猫犬，禁僮勿击鼠。仓廪庖厨悉以恣鼠，不问。由是鼠相告，皆来某氏，饱食而无祸。某氏室无完器，椸无完衣⑥，饮食大率鼠之馀也。昼累累与人兼行，夜则窃啮斗暴，其声万状，不可以寝，终不厌。

数岁，某氏徙居他州。后人来居，鼠为态如故。其人曰："是阴类恶物也，盗暴尤甚，且何以至是乎哉？"假五、六猫，阖门，撤瓦，灌穴，购僮罗捕之。杀鼠如丘，弃之隐处，臭数月乃已。

呜呼！彼以其饱食无祸为可恒也哉！

注释

① 麋麑（ní）：幼鹿。
② 慭（yìn）慭然：谨慎害怕的样子。
③ 跳踉（liáng）：跳跃。
  嘅（hǎn）：怒吼。
④ 畏日：怕犯日忌，古人迷信的说法认为有些日子要禁忌做某些事。
⑤ 子神：子年属鼠，故称鼠为子神。
⑥ 椸（yí）：衣架。

【译文】

　　我常常厌恶世上一些人，他们不了解自身的能力，而依靠外物来逞强；或者依仗权势来冒犯和自己不同类的人，使出自己的本领，激怒比他强的人，趁机肆意横行，但最终招致灾祸。有客人谈及麋、驴、鼠三种动物，我认为和那些人的所作所为差不多，于是写了《三戒》。

临江之麋

　　临江的人，打猎时捕获了一只幼小的麋鹿，饲养着。麋鹿进门后，一群狗流着口水，摇起尾巴都走了过来。主人发怒了，吓退它们。从此主人天天抱着麋鹿和狗接近，让狗看得习惯了，使它们不去伤害麋鹿。渐渐地，让狗和麋鹿一起游戏。

　　时间长了，狗都服从主人的旨意。幼小的麋鹿渐渐长大，忘记自己是麋鹿了，认为狗是自己真正的朋友，互相顶撞、打滚，更加亲近而随便。狗害怕主人，很友善地和麋鹿玩耍，但常常舔着舌头。

过了三年，麋鹿出门，看见路上有很多陌生的狗，就跑过去想和它们玩耍。那些狗一见麋鹿，又高兴，又恼怒，一起咬死、分食它，骨头撒了一地。这只麋鹿到死还不明白是怎么回事儿。

黔之驴

黔中没有驴子，有喜欢多事的人用船把驴子运进来。运到后却觉得没什么用处，就将它放养在山下。老虎见了，看是一个庞然大物，就把它当作神怪。老虎躲在树林里偷看，渐渐出来接近它，小心谨慎，不知道这怪物是什么。

有一天，驴子叫了一声，老虎非常害怕，逃得远远的，以为它将要咬自己，感到很恐惧。然而，来来回回观察，发现驴子没有什么特殊的本领。老虎渐渐习惯了驴子的叫声，又走近它，在它周围徘徊，但终究不敢去攻击它。老虎逐渐靠近驴子，更亲昵而随便，去冲撞、冒犯驴子，驴子忍不住发怒了，用蹄子踢它。老虎因而大喜，想道："它的能耐也就只有这么两下了！"于是蹦跳着大声怒吼，咬断驴子的喉咙，吃光驴肉，才离开。

唉！驴子身体庞大，好像很有德行的样子，声音响亮，仿佛很有本领的样子。假如原来不使出它的本领，老虎虽然凶猛，也会因疑惧而不敢吃它。现在却弄成这个样子，真可悲啊！

永某氏之鼠

永州有一个人，害怕犯日忌，据守禁忌异常严格。他认为自己出生时正当子年，老鼠是子神，由此喜爱老鼠，不养猫、狗，不准仆人打老鼠。家里粮仓和厨房，全都听任老鼠横行，不去过问。因此，老鼠们互相转告，都来到这家人家。它们吃得饱饱的，没遇上一点儿危险。这家室内没有完整的器皿，衣架上没有完整的衣服，人吃的喝的，大都是老鼠吃剩下的东西。白天老鼠成群结队地和人一起走路，夜里就偷咬东西，打架胡闹，发出各种响声，人连觉都没法睡，但这个人始终不觉得老鼠讨厌。

几年后，这家人搬迁到别的州去了。后面的人家搬来住，老鼠的所作所为仍和过去一样。那家人说："老鼠是在阴暗角落活动的坏东西，偷食和吵闹非常厉害，为什么会发展到这样的程度呢？"于是借来五六只猫，关上门，掀开房屋上的瓦片，用水灌进鼠洞口，花钱雇了仆人来捉老鼠。杀死的老鼠堆得像小山，把它们扔在偏僻的地方，臭气散发了几个月才散去。

唉！那些老鼠认为这样吃得饱饱的，又没有什么灾祸，是可以长久的吗？

【品读】

这三则简短的寓言分别讽刺了得意忘形、外强中干、肆意贪婪的三类人，生动形象，构思奇巧，发人深省。

118

太尉始为泾州刺史时，汾阳王以副元帅居蒲^②。王子晞为尚书，领行营节度使，寓军邠州^③，纵士卒无赖。邠人偷嗜暴恶者，率以货窜名军伍中，则肆志，吏不得问。日群行丐取于市，不嗛^④，辄奋击折人手足，椎釜鬲瓮盎盈道上^⑤，袒臂徐去，至撞杀孕妇人。邠宁节度使白孝德以王故，戚不敢言。

太尉自州以状白府，愿计事，至则曰："天子以生人付公理，公见人被暴害，因恬然，且大乱，若何？"孝德曰："愿奉教。"太尉曰："某为泾州甚适，少事，今不忍人无寇暴死，以乱天子边事。公诚以都虞候命某者^⑥，能为公已乱，使公之人不得害。"孝德曰："幸甚！"如太尉请。

既署一月，晞军士十七人入市取酒，又以刃刺酒翁，坏酿器，酒流沟中。太尉列卒取十七人，皆断头注槊上，植市门外。晞一营大噪，尽甲。孝德震恐，召太尉曰："将奈何？"太尉曰："无伤也。请辞于军。"孝德使数十人从太尉，太尉尽辞去，解佩刀，选老躄者一人持马^⑦，至晞门下。甲者出，太尉笑且入曰："杀一老卒，何甲也？吾戴吾头来矣。"甲者愕，因谕曰："尚书固负若属耶？副元帅固负若属耶？奈何欲以乱败郭氏？为白尚书，出听我言。”

晞出，见太尉。太尉曰：“副元帅勋塞天地，当务始终。今尚书恣卒为暴，暴且乱，乱天子边，欲谁归罪？罪且及副元帅。今邠人恶子弟以货窜名军籍中，杀害人，如是不止，几日不大乱？大乱由尚书出，人皆曰尚书倚副元帅不戢士，然则郭氏功名其与存者几何？”言未毕，晞再拜曰：“公幸教晞以道，恩甚大，愿奉军以从。”顾叱左右曰：“皆解甲，散还火伍中，敢哗者死！”太尉曰：“吾未晡食，请假设草具。”既食，曰：“吾疾作，愿留宿门下。”命持马者去，旦日来。遂卧军中。晞不解衣，戒候卒击柝卫太尉。旦，俱至孝德所，谢不能，请改过。邠州由是无祸。

先是太尉在泾州，为营田官。泾大将焦令谌取人田，自占数十顷，给与农，曰：“且熟，归我半。”是岁大旱，野无草，农以告谌。谌曰：“我知入数而已，不知旱也。”督责益急。且饥死，无以偿，即告太尉。

太尉判状辞甚巽，使人来谕谌。谌盛怒，召农者曰：“我畏段某耶？何敢言我！”取判铺背上，以大杖击二十，垂死，舆来庭中。太尉大泣曰：“乃我困汝。”即自取水洗去血，裂裳衣疮，手注善药，旦夕自哺农者，然后食。取骑马卖，市谷代偿，使勿知。

淮西寓军帅尹少荣，刚直士也。入见谌，大骂曰："汝诚人耶？泾州野如赭，人且饥死，而必得谷，又用大杖击无罪者。段公，仁信大人也，而汝不知敬。今段公唯一马，贱卖，市谷入汝，汝又取，不耻。凡为人，傲天灾、犯大人、击无罪者，又取仁者谷，使主人出无马，汝将何以视天地，尚不愧奴隶耶？"谌虽暴抗，然闻言则大愧流汗，不能食，曰："吾终不可以见段公。"一夕自恨死⑧。

及太尉自泾州以司农征，戒其族："过岐，朱泚幸致货币⑨，慎勿纳。"及过，泚固致大绫三百匹。太尉婿韦晤坚拒，不得命。至都，太尉怒曰："果不用吾言！"晤谢曰："处贱，无以拒也。"太尉曰："然终不以在吾第。"以如司农治事堂，栖之梁木上。泚反，太尉终，吏以告泚，泚取视，其故封识具存。

太尉逸事如右。

元和九年月日，永州司马员外置同正员柳宗元谨上史馆⑩。今之称太尉大节者，出入以为武人一时奋不虑死，以取名天下，不知太尉之所立如是。宗元尝出入岐、周、邠、斄间，过真定，北上马岭⑪，历亭郭堡戍，窃好问老校退卒，能言其事。太尉为人姁姁[12]，常低首拱手行步，言气卑弱，未尝以色待物，人视之儒者也。遇不可，必达其志，决非偶然者。会州刺史崔公来[13]，言信行直，备得太尉遗事，覆校无疑。或恐尚逸坠，未集太史氏，敢以状私于执事。谨状。

注释

① 段太尉：指段秀实（719—783），字成公，汧（qiān）阳（今陕西千阳）人，曾任泾州（今甘肃泾川）刺史，因反对朱泚称帝被害。后追赠太尉。

② 汾阳王：指郭子仪，唐代名将，因平定"安史之乱"有功，封汾阳郡王。曾为关内副元帅兼河东副元帅。
蒲：蒲州，唐代改河中府，今山西永济。

③ 王子晞：指郭子仪之子郭晞，当时为御史中丞，非尚书。这是作者误记。
行营节度使：郭子仪元帅行营的统帅。
邠州：今陕西彬县。

④ 嗛（qiè）：满足。

⑤ 鬲（lì）：炊具，像鼎，三足。
盎：腹大口小的瓦盆。

⑥ 都虞候：军中执法官。

⑦ 躄（bì）：跛脚。

⑧ 自恨死：据史书记载焦令谌大历八年（773）仍健在，故文中所记为传闻。

⑨ 岐：岐州，今陕西凤翔。
朱泚：时任凤翔尹。建中四年（783），泾原节度使姚令言

军队在京师哗变，德宗逃往奉天（今陕西乾县），朱泚乘机叛唐称帝。

⑩ 员外置同正员：唐代官制，被贬降远州司马的人，称为"左降官"，任正
员之外的员外官，待遇与正员官相同，故名"员外置同正员"。

⑪ 漦（tái）：在今陕西武功。

真定：不详。

马岭：山名，在今甘肃庆阳西北。

⑫ 姁（xǔ）姁：温和。

⑬ 刺史崔公：指永州刺史崔能。

【译文】

　　段太尉刚任泾州刺史的时候，汾阳王郭子仪以副元帅的身份驻
扎在蒲州。汾阳王儿子郭晞担任尚书之职，兼任行营节度使，以客
军名义驻于邠州，放纵士兵横行不法。邠州人中那些狡黠贪婪、强
暴凶恶的家伙，纷纷用贿赂手段在军队中列上自己的名字，于是为
所欲为，官吏都不敢去过问。他们天天成群结伙地在街市上强索财物，
一不顺心，就用武力打断他人的手脚，用棍棒把各种瓦器砸得满街
都是，然后裸露着臂膀扬长而去，甚至还撞死怀孕的妇女。邠宁节
度使白孝德因为汾阳王的缘故，心中忧伤却不敢明说。

　　段太尉从泾州用文书报告节度使府，表示愿意商量此事。到了
白孝德府中，他就说："天子把百姓交给您治理，您看到百姓受到残
暴的伤害，却无动于衷。大乱将要发生，您怎么办？"白孝德说："我
愿意听您的指教。"段太尉说："我担任泾州刺史，很空闲，事务不多；
现在不忍心百姓没有外敌却惨遭杀害，导致天子的边防扰乱。你假
如真的任命我为都虞候，我能替您制止暴乱，使您的百姓不再遭到

伤害。"白孝德说："太好了！"就答应了段太尉的要求。

段太尉代理都虞候一个月后，郭晞部下十七人进街市拿酒，又用兵器刺伤卖酒老头，砸坏酒器，酒都流进沟中。段太尉布置士兵去抓获这十七人，全部砍头，把头挂在长矛上，竖立在市门外。郭晞全军营都骚动起来，纷纷披上了盔甲。白孝德惊慌失措，把段太尉叫来问道："怎么办呢？"段太尉说："没有关系！让我到郭晞军营中去说理。"白孝德派几十名士兵跟随太尉，太尉全都推辞掉了。他解下佩刀，挑选了一个年老跛脚的士兵牵马，来到郭晞门下。全副武装的士兵涌了出来，段太尉边笑边走进营门，说："杀一个老兵，何必全副武装呢？我顶着我的头颅来了！"士兵们大惊。段太尉乘机劝说道："郭尚书难道对不起你们吗？副元帅难道对不起你们吗？为什么要用暴乱来败坏郭家的名声？替我告诉郭尚书，请他出来听我说话。"

郭晞出来会见太尉。段太尉说："副元帅的功勋充塞于天地之间，应该力求全始全终。现在您放纵士兵为非作歹，这样将会造成变乱，扰乱天子防地，应该归罪于谁？罪将连累到副元帅身上。现在邠州那些坏家伙靠贿赂在军队名册上挂个名字，杀害百姓，像这样再不制止，还能有多少天不发生大乱？大乱从您这儿发生，人们都会说您是依仗了副元帅的势力，不管束部下。那么郭家的功名，还能保存多少呢？"话没有说完，郭晞再拜道："承蒙您用大道理开导我，恩情很大，我愿意率领部下听从您。"回头呵斥手下士兵说："全都卸去武装，解散回到自己的队伍里去，谁敢闹事，格杀勿论。"段太尉说："我还未吃晚饭，请为我代办点简单的食物。"吃完后，又说："我的毛病又犯了，想留宿在您的营中。"命令牵马的回去，次日清早再来。于是，段太尉就睡在营中，郭晞连衣服也不脱，命警卫敲打着梆子保卫段太尉。第二天一早，郭晞和段太尉一起来到白孝德那儿，道歉说自己实在无能，请求允许改正错误。邠州从此没有了祸乱。

在此之前，段太尉在泾州担任营田副使。泾州大将焦令谌掠夺他人土地，自己强占了几十顷，租给农民，说："等谷子成熟了，一半归我。"这年大旱，田野寸草不生，农民将灾情报告焦令谌。焦令谌说："我只知道谷子收入的数量，不知道旱不旱。"催逼更急，农民自己将要饿死，没有谷子偿还，只得去求告段太尉。

段太尉写了份判决书，口气十分温和，派人劝告焦令谌。焦令谌大怒，叫来农民，说："我怕姓段的吗？你怎敢去说我的坏话！"他把判决书铺在农民背上，用粗棍子重打二十下，把农民打得奄奄一息，扛到太尉府上。太尉大哭道："是我害苦了你！"马上自己动手取水洗去农民身上的血迹，撕下衣服为他包扎伤口，亲自为他敷上良药，早晚亲自喂农民，然后自己再吃饭。把自己骑的马卖掉，换来谷子代农民偿还租米，还叫农民不要让焦令谌知道。

驻扎在邠州的淮西军主帅尹少荣是个刚直的人。他来求见焦令谌，大骂道："你还是人吗？泾州赤地千里，百姓将要饿死，而你却一定要得到谷子，又用粗棍子重打无罪的人。段公是位有仁义讲信用的长者，你却不知敬重。现在段公只有一匹马，贱卖以后换成谷子交给你，你居然不知羞耻地收下。大凡一个人不顾天灾、冒犯长者、重打无罪的人，又收下仁者的谷子，使主人出门没有马，你将怎样面对天地，你还有脸面对奴仆之类的人吗！"焦令谌虽然强横，听了这番话后，却深感惭愧乃至汗流浃背，不能进食，过了一夜，就自恨而死。

等到段太尉从泾州任上被征召为司农卿，他在临行前告诫后去的家人："经过岐州时，朱泚可能会赠送钱物，千万不要收下。"家人经过岐州时,朱泚执意要赠送三百匹大绫,太尉女婿韦晤坚决拒收,还是不能推辞。到了京城,段太尉发怒说:"竟然不听我的话!"韦晤谢罪说:"我地位卑贱,无法拒绝啊。"太尉说:"但终究不能把大绫放在我家里。"就把它送往司农的办公处,安放在屋梁上。朱泚谋反,段太尉遇害,官吏将这事报告了朱泚,朱泚取下一看,原来封存的标记还在。

段太尉逸事如上。

元和九年某月某日,永州司马员外置同正员柳宗元恭谨地献给史馆。现在称赞段太尉大节的人,大抵认为就是武夫一时冲动而不怕死,从而取名于天下,不了解太尉上述的立身处世。我曾来往于岐、周、邠、鄠之间,经过真定,北上马岭,游历了亭筑、障设、堡垒和戍所等各种军事设施,私下里喜欢访问年老和退伍将士,他们都能介绍段太尉的事迹。太尉为人谦和,常常低着头、拱着手走路,说话的声息低微,从来不用坏脸色待人。别人看他,完全是一个儒者。遇到他认为错误的事,一定要按自己的意愿去办,他的事迹绝不是偶然的。适逢永州刺史崔能前来,他言而有信、行为正直,详细搜罗段太尉遗事,核对无误。我恐怕有的被遗漏,未能被史官采录,故斗胆将这篇逸事状私下呈送给您。谨为此状。

【品读】

本文记载了段太尉的三件逸事,表现了他不畏强暴、廉洁奉公、忠贞尽节的品格。全文剪裁得当,人物形象栩栩如生,结尾的补笔更是突现了段太尉的儒者风范。

种树郭橐驼传 [1]

郭橐驼，不知始何名。病偻，隆然伏行，有类橐驼者，故乡人号之"驼"。驼闻之曰："甚善，名我固当。"因舍其名，亦自谓橐驼云。其乡曰丰乐乡，在长安西。

驼业种树，凡长安豪富人为观游及卖果者，皆争迎取养。视驼所种树，或移徙，无不活，且硕茂蚤实以蕃。他植者虽窥伺效慕，莫能如也。

有问之，对曰："橐驼非能使木之寿且孳也，能顺木之天，以致其性焉尔。凡植木之性，其本欲舒，其培欲平，其土欲故，其筑欲密。既然已，勿动勿虑，去不复顾。其莳也若子，其置也若弃，则其天者全，而其性得矣。故吾不害其长而已，非有能硕茂之也；不抑耗其实而已，非有能蚤而蕃之也。他植者则不然。根拳而土易，其培之也，若不过焉则不及。苟有能反是者，则又爱之太殷，忧之太勤，旦视而暮抚，已去而复顾。甚者爪其肤以验其生枯，摇其本以观其疏密，而木之性日以离矣。虽曰爱之，其实害之；虽曰忧之，其实仇之，故不我若也。吾又何能为哉！"

问者曰："以子之道，移之官理，可乎？"驼曰："我知种树而已，理，非吾业也。然吾居乡，见长人者好烦其令，若甚怜焉，而卒以祸。旦暮吏来而呼曰：'官命促尔耕，勖尔植，督尔获；蚤缫而绪②，蚤织而缕；字而幼孩，遂而鸡豚。'鸣鼓而聚之，击木而召之。吾小人辍飧饔以劳吏者③，且不得暇，又何以蕃吾生而安吾性耶？故病且怠。若是，则与吾业者其亦有类乎？"

问者嘻曰："不亦善夫！吾问养树，得养人术。"

传其事以为官戒也。

注释

① 橐（tuó）驼：骆驼。
② 缫（sāo）：煮茧抽丝。
③ 飧（sūn）：晚饭。
　饔（yōng）：早饭。

【译文】

　　郭橐驼，不知道原先叫什么名字。患佝偻病，后背隆起，俯着身子走路，就像骆驼，所以乡里人称他为"驼"。他听后说："很好，用这个名字来称呼我的确很恰当。"于是，舍弃他的姓名，也自称"橐驼"。他的家乡叫丰乐乡，在长安西面。

　　橐驼以种树为业，凡是长安豪绅富人修造供人观赏游览的园林，以及卖水果的人，都争相把他请来供养在家里。看橐驼所种的树，或是移植的树木，没有不成活的，而且树木高大茂盛，果实结得又早又多。别的种树人即使偷看模仿，也没人比得上他。

　　有人问他，他回答说："我并不能让树木活得长、长得快，只是能顺应树木生长的规律，让它按照自己的习性生长罢了。大凡种树的要领是：树根要舒展，培土要均匀，泥土要用旧土，捣土要结实。这样做了之后，不要去移动它，不要为它担心，离开后就不要再考虑它了。移植树木时也像爱护子女那样，种好后就别管了，那么它生长的规律就不受破坏，它也能顺着天性生长。因此，我只是不去妨害它生长而已，没有什么能使它高大茂盛的办法；只是不去抑制、减少它的果实而已，没有什么能使它果实结得又早又多的办法。别的种树人就不是这样。树根卷曲，又换上新土。培土的时候，不是太多，就是太少。如果有不这样做的人，又爱护得太殷切，担心得太过分，早上看看，晚上摸摸，已经离开了，还要回头看看。更过分的还要抠开树皮，来检验这树是活着还是枯了，摇动树根，来观察它种得松了还是紧了，树木的本性就一天天地丧失了。虽说是爱护它，实际上是害了它；虽说是为它担心，实际上是与它为敌；所以都不如我啊。我又有什么本事呢？

问的人说:"把你的办法,转而运用到做官治理百姓上来,行吗?"橐驼说:"我只知道种树。治理百姓不是我的工作。但我住在乡里,看见做官的人喜欢经常向百姓发号施令,好像很爱护他们,却最终成了灾祸。早晚小吏来喊叫:'长官命令催促你们耕地,勉励你们播种,督促你们收割。早些抽好你们的丝,早些纺好你们的线;抚育好你们幼小的儿女,喂养大你们的小鸡小猪。'一会儿击鼓让百姓聚在一起,一会儿又敲木梆召集百姓,我们小老百姓早饭、晚饭都不吃来慰劳官吏,尚且没有空闲,又怎么能让我们人丁兴旺,生活安定呢?所以百姓困苦而疲惫。像这样,治理百姓和我们干这个行当,大概也有些相似之处吧?"

问的人说:"哈!这不是说得很好嘛!我问的是养树,却得到了治理百姓的办法。"

我让这件事流传开来,把它作为做官的鉴戒。

【品读】

全文运用类比手法,以种树之法类比为官治民之道,富有寓言特色。作者希望统治者能顺应人心,不生事扰民。

　　柳先生曰：越人少恩，生男女，必货视之。自毁齿已上，父兄鬻卖，以觊其利①。不足，则取他室，束缚钳梏之。至有须鬣者，力不胜，皆屈为僮。当道相贼杀以为俗。幸得壮大，则缚取么弱者。汉官因以为己利，苟得僮，恣所为不问。以是越中户口滋耗。少得自脱，惟童区寄以十一岁胜，斯亦奇矣。——桂部从事杜周士为余言之②。

　　童寄者，郴州荛牧儿也③。行牧且荛，二豪贼劫持，反接，布囊其口，去逾四十里之墟所卖之。寄伪儿啼恐慄，为儿恒状。贼易之，对饮，酒醉。一人去为市；一人卧，植刃道上。童微伺其睡，以缚背刃，力下上，得绝，因取刃杀之。逃未及远，市者还，得童，大骇，将杀童。遽曰："为两郎僮，孰若为一郎僮耶？彼不我恩也；郎诚见完与恩，无所不可。"市者良久计，曰："与其杀是僮，孰若卖之？与其卖而分，孰若吾得专焉？幸而杀彼，甚善。"即藏其尸；持僮抵主人所，愈束缚牢甚。夜半，童自转，以缚即炉火，烧绝之。虽疮手，勿惮，复取刃，杀市者。因大号，一墟皆惊。童曰："我区氏儿也，不当为僮。贼二人得我，我幸皆杀之矣，愿以闻于官。"

墟吏白州，州白大府，大府召视儿，幼愿耳。刺史颜证奇之，留为小吏，不肯。与衣裳，吏护还之乡。乡之行劫缚者侧目，莫敢过其门，皆曰："是儿少秦武阳二岁④，而讨杀二豪，岂可近耶？"

注释

① 鬻（yù）：卖。
　　觊（jì）：贪图。
② 桂部：即桂管，今广西一带。
　　从事：这里指州刺史的属官。
③ 郴（chēn）州：今属湖南。
　　荛（ráo）：指打柴。
④ 秦武阳：战国时燕国的少年，十三岁杀人，曾与荆轲刺杀秦王嬴政未遂。

【译文】

柳先生说：越地的人缺少恩爱之情，生下小孩，必定当作货物来看待。孩子从七八岁起，父亲、哥哥就卖掉他们图财。假如自己的孩子不够，就偷别人家的，将他绑起来，带上枷锁。甚至有成年人，力气比不过别人，都屈服做了僮仆。在大路上互相抢劫、残杀成为风俗。侥幸长大的人，就又去捕捉幼弱的人。汉族官吏就把这当作自己牟利的手段，只要能得到僮仆，就放纵那些坏人的行为，不去查问。因此，越中人口越来越少。很少有人能自己逃脱的，只有区寄这孩子在十一岁的年纪成功逃脱，这也是一件奇事了。——这是桂部从事杜周士告诉我的。

区寄是郴州打柴放牧的孩子。正在放牧打柴时，被两个强盗劫持，双手被反绑，强盗用布捂住他嘴巴，带到四十里以外的集市上去卖。区寄假装啼哭，害怕得发抖，做出小孩常有的样子。强盗小瞧他，两人相对喝酒，喝醉了。一个人去找买家，一个躺下，将刀插在路上。这孩子暗暗等强盗睡着，把捆绑自己的绳子靠在刀刃上，用力上下摩擦，绳子断了，就拿过刀来，杀了强盗。还没有逃远，去找买家的那人回来了，抓住了孩子，非常害怕，要杀他。区寄急忙说："我做两个主子的僮仆，哪里比得上做一个主子的僮仆呢？他是不好好待我啊；您果真能保全我的性命，好好待我，您要怎么办都行。"找买家的人考虑了很久，说："与其杀了这小孩，还不如卖了他，与其卖了两人分赃，还不如我独占呢！幸亏你杀了他，好极了。"于是将那人的尸体藏起来，抓着孩子来到客店，把他绑得更牢了。到了半夜，孩子自己转过身来，将捆他的绳子靠近炉火，烧断了。虽然伤了手，也不惧怕。再一次拿起刀，杀了找买家的那人。这才大喊大叫，把整个集市都惊动了。小孩说："我是区家的孩子，不该做僮仆。两个强盗抓住我，我侥幸把他们都杀了。我愿意将情况报告官府。"

　　管理集市的官吏报告州官，州官报告上级。上级召见了区寄，看他不过是个幼小老实的孩子。刺史颜证认为他很奇特，要他留下来做个小吏，孩子不肯。就赐给他衣裳，派官员护送他回乡。乡里劫持小孩的人都不敢正眼看区寄，没人敢经过他的家门，都说："这孩子比秦武阳小两岁，却用计谋杀了两个强盗，我们怎么能接近他呢？"

【品读】

　　本文塑造了智勇双全、被拐卖后杀贼自救的小英雄区寄形象，故事情节一波三折，扣人心弦。

蝜蝂传 ①

蝜蝂者，善负小虫也。行遇物，辄持取，卬其首负之。背愈重，虽困剧不止也。其背甚涩，物积因不散，卒踬仆不能起 ②。人或怜之，为去其负。苟能行，又持取如故。又好上高，极其力不已，至坠地死。

今世之嗜取者，遇货不避，以厚其室。不知为己累也，唯恐其不积。及其怠而踬也，黜弃之，迁徙之，亦以病矣。苟能起，又不艾，日思高其位，大其禄，而贪取滋甚，以近于危坠，观前之死亡不知戒。虽其形魁然大者也，其名人也，而智则小虫也。亦足哀夫！

注释

① 蝜蝂（fù bǎn）：一种黑色小虫。
② 踬（zhì）仆：跌倒。

蝜蝂，是一种善于背东西的小虫。爬行的时候遇上什么东西，就捡起来，昂起头背着。背的东西越来越重，纵使感到非常疲惫也不肯停止。它的背部很黏，背的东西聚积在一起，不会散开，终于被绊倒，爬不起来。有人可怜它，为它卸掉重负。假使它能爬行了，就又像过去一样捡东西。又喜欢爬高，用完了力气仍不罢休，直到摔死在地上。

如今世上贪得无厌的人，遇上财物照拿不误，来增加他的家产。他不知道这是自己的累赘，还唯恐不够多呢。等他疏忽大意而跌倒，被罢了官，贬到很远的地方，就已经受到祸害了。如果能卷土重来，又会不停地捞取财物，每天考虑着提高自己的官位，增加自己的俸禄，而贪欲更加厉害，到了接近跌倒摔死的危险程度，看到前人因贪财而死却不知道引以为戒。虽然他的形体很魁梧高大，他的名称是"人"，智慧却和小虫一样。这也够可悲的呀！

【品读】

这是一篇寓言式的短文，作者抓住蝜蝂喜欢负重上爬的特性，尖锐讽刺了那些贪得无厌、好向上爬的官吏。

得杨八书②，知足下遇火灾，家无馀储。仆始闻而骇，中而疑，终乃大喜，盖将吊而更以贺也。道远言略，犹未能究知其状，若果荡焉泯焉而悉无有，乃吾所以尤贺者也。

足下勤奉养，乐朝夕，惟恬安无事是望也。今乃有焚炀赫烈之虞③，以震骇左右，而脂膏滫瀡之具④，或以不给，吾是以始而骇也。

凡人之言，皆曰：盈虚倚伏，去来之不可常。或将大有为也，乃始厄困震悸，于是有水火之孽，有群小之愠。劳苦变动，而后能光明，古之人皆然。斯道辽阔诞漫，虽圣人不能以是必信，是故中而疑也。

以足下读古人书，为文章，善小学⑤，其为多能若是，而进不能出群士之上以取显贵者，无他故焉。京城人多言足下家有积货，士之好廉名者，皆畏忌，不敢道足下之善，独自得之，心蓄之，衔忍而不出诸口。以公道之难明，而世之多嫌也！一出口，则嗤嗤者，以为得重赂。

仆自贞元十五年见足下之文章，蓄之者盖六七年未尝言。是仆私一身而负公道久矣，非特负足下也！及为御史、尚书郎，自以幸为天子近臣，得奋其舌，思以发明足下之郁塞。然时称道于行列，犹有顾视而窃笑者，仆良恨修己之不亮，素誉之不立，而为世嫌之所加，常与孟几道言而痛之。乃今幸为天火之所涤荡，凡众之疑虑，举为灰埃。黔其庐，赭其垣，以示其无有。而足下之才能乃可显白而不污，其实出矣。是祝融、回禄之相吾子也^⑥！则仆与几道十年之相知，不若兹火一夕之为足下誉也。宥而彰之，使夫蓄于心者，咸得开其喙，发策决科者，授子而不慄。虽欲如向之蓄缩受侮，其可得乎？于兹吾有望于尔！是以终乃大喜也。

古者列国有灾，同位者皆相吊。许不吊灾^⑦，君子恶之。今吾之所陈若是，有以异乎古，故将吊而更以贺也。颜、曾之养^⑧，其为乐也大矣，又何阙焉？

足下前要仆文章古书，极不忘，候得数十幅，乃并往耳。吴二十一武陵来，言足下为《醉赋》及《对问》，大善，可寄一本。仆近亦好作文，与在京城时颇异。思与足下辈言之，桎梏甚固，未可得也。因人南来，致书访死生，不悉。宗元白。

注释

① 王参元：郿坊节度使王栖曜的小儿子，作者的朋友。

② 杨八：杨敬之，排行第八，作者的亲戚，王参元的朋友。

③ 炀（yáng）：焚烧。

④ 脂膏：脂肪，这里泛指肉类。

　　滫瀡（xiū suǐ）：淘米水，用作佐料，这里泛指饭食。

⑤ 小学：研究文字、音韵、训诂的学问。

⑥ 祝融、回禄：传说中的火神。

⑦ 许不吊灾：据《左传》记载鲁昭公十八年（前 524）宋、卫、陈、郑四国发生火灾，许国没有派人慰问。

⑧ 颜、曾：指颜回和曾参，孔子弟子。

【译文】

　　收到杨八的信，知道您家遭了火灾，家里烧得什么也没留下来。我刚听说时大吃一惊，接着心生疑惑，最后竟感到非常高兴，本来打算慰问，现在却改成祝贺了。由于路途遥远，信中说得很简单，我还没能详细了解您的情况，假如真烧得精光，那正是我要特别祝贺您的原因。

　　您辛勤地奉养父母，日子过得很快乐，只希望恬静安乐，平安无事。现在遭受到这样严重的火灾，使您震惊不安，而食物之类或许供应不上，所以我一开始很吃惊。

　　人们都这样说：圆满和缺憾总是互相依存的，来来去去，并非恒久不变。一个人将要大有作为了，才开始遭受困苦，担惊受怕，于是就会遭受水灾火灾，还会受小人嫉恨。历经劳苦和动荡变化，然后才能前途光明，古人都是这样的。这道理深远莫测，即使圣人也不能认为它一定可信，所以我接着又疑惑了。

像您读古人的书，善于写文章，精通小学，这样的多才多能，做官却不能做到一般人读书人之上，取得显要尊贵的地位，这没有别的原因。京城的人们大多说您家里积蓄了很多财物，喜好廉洁声名的读书人都害怕和忌讳，不敢称道您的优点，只有他们自己知道，藏在心底，含在嘴里而不说出来。因为公道难以体现，而世人又多有猜忌。一说出口，就会有人讥笑，认为他受了您很多贿赂。

我从贞元十五年看到您的文章，对您赞赏的话在心里藏了六七年没说出来。所以我考虑自己的私心而有负公道已经很久了，不仅仅对不起您啊！直到担任御史尚书郎，我自认为有幸成为皇上身边的大臣，可以畅所欲言，想趁机解开您心里的疙瘩。然而在同僚中称道您的时候，还有人互相观望，暗暗发笑。我实在遗憾自己道德修养还不够出众，清白的名声还没有树立，而被人们猜疑，常常与孟几道谈及此事，深感心痛。现在幸而您家被老天的一场大火烧了，凡是人们的猜疑顾虑都化成了灰烬。房子烧黑了，墙壁烧红了，显出您家里已经一无所有。您的才能，就可以明白地显露而不被辱没，终于真相大白了，这是祝融、回禄在帮助您啊。我和几道十年来对您的了解，还不如这场大火在一晚上带给您的赞誉。大火帮助您，使您的才能得以显露，使那些把赞语藏在心里的人，都可以开口为您说话；命题主考的官员，授予您官职也不用担心了。即使有人想要像以前那样隐忍畏缩，遭受讥笑侮辱，难道还有可能吗？在这方面我对您很有期望，因此，最终竟然特别高兴了。

古代各国发生灾祸，地位相同的国家都去慰问。许国不去慰问，君子就憎恶它。现在我所说的这些情况，和古代又不相同，所以我本想慰问，却改成祝贺了。像颜回、曾参那样奉养父母，是很快乐的，又有什么缺憾呢？

您上次要我的文章和古字，我根本没有忘记，等我写几十幅一起送给您。吴武陵来，说您写了《醉赋》和《对问》，写得很好，请寄一本给我。我近来也喜欢写文章，和在京城的时候很不一样，想和你们谈谈，可是牵制太厉害，办不到啊。趁有人来南方，我就写信问问您的健康状况，其余的就不详细说了。宗元谨告。

【品读】

友人家遭火灾，作者反而道贺，这无疑是一篇别出心裁的奇文。

字永叔，号醉翁，晚号六一居士，吉州吉水（今属江西）人。宋代杰出的文学家，北宋诗文革新运动领袖。

幼年丧父，家贫。宋仁宗天圣八年（一〇三〇）中进士，次年任西京留守推官。景祐元年（一〇三四）参加学士院考试，任馆阁校勘。因为批评时政的范仲淹辩护而被贬为夷陵（今湖北宜昌）县令。康定元年（一〇四〇）被召回京。庆历新政开始后，他积极参与，提出一系列政治主张，终因新政失败被贬为滁州（今属安徽）知州。后又在扬州等地任地方官。嘉祐二年（一〇五七）以翰林学士身份主持进士考试，排抑「太学体」，提倡平易的文风，提携了苏轼兄弟、曾巩等晚辈。嘉祐五年（一〇六〇）任枢密副使，次年任参知政事，后屡居要职。晚年对王安石变法的具体措施不甚赞同。熙宁三年（一〇七〇），任蔡州（今河南汝南）知州，次年退居颍州（今安徽阜阳），不久逝世。谥文忠。

欧阳修继承中唐古文运动的革新精神，开创了一种平易畅达、含蓄委婉的文风，为宋代散文的健康发展奠定了基础。他认为「道胜者文不难而自至」（《答吴充秀才书》），但又重视文学的作用，将「事信言文」（《代人上王枢密求先集序书》）视为理想的境界。他奖引后进，周围聚集了一批古文作者，为宋文的持续繁荣作出了巨大贡献。他的诗词在当时也很有影响。有《欧阳文忠公集》。

欧阳修

一〇〇七—一〇七二

朋党论

臣闻朋党之说，自古有之，惟幸人君辨其君子、小人而已。

大凡君子与君子以同道为朋，小人与小人以同利为朋，此自然之理也。然臣谓小人无朋，惟君子有之。其故何哉？小人所好者禄利也，所贪者财货也，当其同利之时，暂相党引以为朋者，伪也；及其见利而争先，或利尽而交疏，则反相贼害，虽其兄弟亲戚，不能相保。故臣谓小人无朋，其暂为朋者，伪也。君子则不然，所守者道义，所行者忠信，所惜者名节；以之修身，则同道而相益，以之事国，则同心而共济，终始如一。此君子之朋也。故为人君者，但当退小人之伪朋，用君子之真朋，则天下治矣。

尧之时①，小人共工、驩兜等四人为一朋②，君子八元、八恺十六人为一朋③；舜佐尧退四凶小人之朋④，而进元、恺君子之朋，尧之天下大治。及舜自为天子，而皋、夔、稷、契等二十二人并列于朝⑤，更相称美、更相推让，凡二十二人为一朋，而舜皆用之，天下亦大治。《书》曰："纣有臣亿万，惟亿万心；周有臣三千，惟一心⑥。"纣之时，亿万人各异心，可谓不为朋矣，然纣以亡国。周武王之臣三千人为一大朋⑦，而周用以兴。后汉献帝时⑧，尽取天下名士囚禁之，目为党人；及黄巾贼起，汉室大乱，后方悔悟，尽解党人而释之，然已无救矣。唐之晚年，渐起朋党之论；及昭宗时⑨，尽杀朝之名士，或投之黄河，曰此辈清流，可投浊流，而唐遂亡矣。

夫前世之主，能使人人异心不为朋，莫如纣；能禁绝善人为朋，莫如汉献帝；能诛戮清流之朋，莫如唐昭宗之世；然皆乱亡其国。更相称美推让而不自疑，莫如舜之二十二臣；舜亦不疑而皆用之；然而后世不诮舜为二十二朋党所欺，而称舜为聪明之圣者，以辨君子与小人也。周武之世，举其国之臣三千人共为一朋，自古为朋之多且大莫如周，然周用此以兴者，善人虽多而不厌也。

夫兴亡治乱之迹，为人君者可以鉴矣。

注释

① 尧：传说中的古代帝王。
② 共工、驩（huān）兜：传说中尧时的两个凶恶人物，与三苗、鲧合称"四凶"。
③ 八元：传说中上古高辛氏的八个贤才。
　八恺：传说中上古高阳氏的八个贤子。

④ 舜：传说中继尧之后的古代帝王。

⑤ 皋、夔、稷、契：四人都是舜的大臣，分别掌管刑法、音乐、农事、教育。

⑥ 纣有臣句：出自《尚书·周书·泰誓上》，"纣"原作"受"。"周"原作"予"。
纣：商朝最后一位国君，非常残暴。

⑦ 周武王：周朝开国国君。

⑧ 后汉献帝：刘协，东汉末代皇帝。

⑨ 及昭宗时：应为唐昭宣帝（哀帝）时，作者误记。

【译文】

臣听说朋党的提法，自古以来就有了，只是希望皇上能辨别是君子的朋党呢，还是小人的朋党。

大体来说，君子与君子因道义上一致而结为朋党，小人与小人因私利上的一致而结为朋党，这是自然而然的道理。但臣认为小人没有朋党，只有君子才有，这是为什么呢？小人所喜好的是俸禄和私利，所贪图的是钱财和货物，当他们利益一致的时候，暂时互相勾结，成为朋党，这是一种假象。等他们看见利益争先恐后去争夺，或者没有共同利益而关系疏远的时候，就反过来互相加害，即使是自己的兄弟和亲戚都无法幸免。所以臣认为小人没有朋党，他们暂时结为朋党，只是一种假象。君子就不是这样，他们所坚守的是道义，所奉行的是忠诚和信用，所珍惜的是声誉和节操；用这些来修养自身德性，就会因为道义一致而互相受益，用这些来处理国家事务，就会因为想法相同而一起互相帮助，始终如一。这就是君子的朋党。因此，做皇帝的，只应该摈除小人的假朋党，任用君子的真朋党，那么天下就能治理好了。

尧的时候，小人共工、驩兜等四人结为一支朋党，君子八元、八恺等十六人结为另一支朋党；舜辅佐尧摈退了四个凶恶的小人结成的朋党，而任用了八元、八恺等人结成的君子的朋党，尧的天下就治理得相当好。等舜自己当上天子，皋、夔、稷、契等二十二人一并列位在朝廷上，他们互相赞美，互相谦让，一共二十二人结为一支朋党，都受到舜的任用，天下也被治理得很好。《尚书》说："商纣王拥有亿万大臣，只是亿万人各有异心；周武王拥有三千大臣，只是他们都一条心。"商纣王的时候，亿万人心思各不相同，可以说没有结为朋党的，然而纣王因此亡国。周武王的大臣三千人结为一支浩大的朋党，但周武王任用他们而使国家兴盛。东汉献帝的时候，把天下有名的读书人全部抓住关押起来，视为结朋党的人；直到黄巾起义爆发，东汉皇室大乱，方才后悔并醒悟过来，为全部党人平反并将他们释放，然而国家已经不可挽救了。唐代后期，逐渐兴起了关于朋党的议论；到唐昭宗的时候，把朝廷中有名的人物全部杀光，有的被投进黄河，说他们这些清流，可以投进黄河的浊流中去，而唐朝就这样灭亡了。

前代的皇帝，能够使每个人心思不同而不结为朋党的，没人能比得上商纣王；能够禁止好人结为朋党的，没人能比得上汉献帝；能够杀戮清流所结朋党的，没有赶得上唐昭宗时代的，然而他们都因为动乱而亡国。互相赞美谦让而不猜忌的，没人比得上舜的二十二个大臣，舜也不加猜忌而全部任用；这样做了以后，后人并没有讥笑舜被这二十二人所结的朋党蒙蔽，反而赞美舜为聪明的圣君，就因为他能辨别君子和小人。周武王的时代，全国总共三千个大臣结为一支朋党，从古到今结朋党的人数之多，规模之大没有赶得上周朝的，但周朝任用这些人使国家兴盛，这说明好人即使再多也不会满足。

前代兴盛和衰亡、治理得好与不好的事迹，做皇帝的可以用来作为借鉴了。

【品读】

宋仁宗庆历三年（1043），范仲淹、富弼等人推行新政，引起保守派的不满，将革新派诬为朋党。欧阳修作本文进献仁宗，为新派辩护，希望仁宗分清君子、小人，继续支持改革。全文结构严谨，论证严密，有力驳斥了保守派的谬论。

修顿首再拜白司谏足下。某年十七时，家随州^②，见天圣二年进士及第榜，始识足下姓名。是时予年少，未与人接，又居远方，但闻今宋舍人兄弟与叶道卿、郑天休数人者^③，以文学大有名，号称得人。而足下厕其间，独无卓卓可道说者，予固疑足下不知何如人也。

其后更十一年，予再至京师。足下已为御史里行^④，然犹未暇一识足下之面，但时时于予友尹师鲁问足下之贤否^⑤。而师鲁说足下正直有学问，君子人也。予犹疑之。夫正直者，不可屈曲；有学问者，必能辨是非。以不可屈之节，有能辨是非之明，又为言事之官，而俯仰默默，无异众人，是果贤者耶？此不得使予之不疑也。

自足下为谏官来，始得相识。侃然正色，论前世事，历历可听，褒贬是非，无一谬说。噫！持此辩以示人，孰不爱之？虽予亦疑足下真君子也。

是予自闻足下之名及相识，凡十有四年，而三疑之。今者，推其实迹而较之，然后决知足下非君子也。

前日范希文贬官后^⑥，与足下相见于安道家^⑦，足下诋诮希文为人。予始闻之，疑是戏言；及见师鲁，亦说足下深非希文所为，然后其疑遂决。希文平生刚正，好学通古今，其立朝有本末，天下所共知；今又以言事触宰相得罪。足下既不能为辨其非辜，又畏有识者之责己，遂随而诋之，以为当黜。是可怪也。

夫人之性，刚果懦软，禀之于天，不可勉强，虽圣人亦不以不能责人之必能。今足下家有老母，身惜官位，惧饥寒而顾利禄，不敢一忤宰相以近刑祸，此乃庸人之常情，不过作一不才谏官尔；虽朝廷君子，亦将闵足下之不能，而不责以必能也。今乃不然，反昂然自得，了无愧畏，便毁其贤以为当黜，庶乎饰己不言之过。夫力所不敢为，乃愚者之不逮；以智文其过，此君子之贼也。

且希文果不贤邪？自三四年来，从大理寺丞至前行员外郎[8]，作待制日[9]，日备顾问，今班行中无与比者。是天子骤用不贤之人？夫使天子待不贤以为贤，是聪明有所未尽。足下身为司谏，乃耳目之官，当其骤用时，何不一为天子辨其不贤，反默默无一语，待其自败，然后随而非之？若果贤邪，则今日天子与宰相以忤意逐贤人，足下不得不言。

是则足下以希文为贤，亦不免责；以为不贤，亦不免责。大抵罪在默默尔。

昔汉杀萧望之与王章[10]，计其当时之议，必不肯明言杀贤者也；必以石显、王凤为忠臣，望之与章为不贤而被罪也。今足下视石显、王凤果忠邪，望之与章果不贤邪？当时亦有谏臣，必不肯自言畏祸而不谏，亦必曰当诛而不足谏也。今足下视之，果当诛邪？是直可欺当时之人，而不可欺后世也。今足下又欲欺今人，而不惧后世之不可欺邪？况今之人未可欺也。

伏以今皇帝即位已来，进用谏臣，容纳言论。如曹修古、刘越[11]，虽殁犹被褒称，今希文与孔道辅皆自谏诤擢用[12]。足下幸生此时，遇纳谏之圣主如此，犹不敢一言，何也？前日又闻御史台榜朝堂，戒百官不得越职言事，是可言者惟谏臣尔。若足下又遂不言，是天下无得言者也。足下在其位而不言，便当去之，无妨他人之堪其任者也。昨日安道贬官、师鲁待罪，足下犹能以面目见士大夫，出入朝中称谏官，是足下不复知人间有羞耻事尔！所可惜者，圣朝有事，谏官不言，而使他人言之。书在史册，他日为朝廷羞者，足下也。

《春秋》之法，责贤者备。今某区区犹望足下之能一言者，不忍便绝足下，而不以贤者责也。若犹以谓希文不贤而当逐，则予今所言如此，乃是朋邪之人尔。愿足下直携此书于朝，使正予罪而诛之，使天下皆释然知希文之当逐，亦谏臣之一效也。

前日足下在安道家召予往论希文之事，时坐有他客，不能尽所怀，故辄布区区，伏惟幸察，不宜。修再拜。

注释

① 高司谏：指高若讷，时任左司谏。司谏，官名，掌规谏讽喻。
② 随州：今湖北随州。
③ 宋舍人兄弟：指宋庠、宋祁兄弟，都曾担任翰林学士、知制诰。
　　叶道卿：叶清臣，字道卿，时任太常丞。
　　郑天休：郑戬，字天休，官至枢密副使，节度使。
④ 御史里行：在宋代性质相当于见习御史。
⑤ 尹师鲁：尹洙，字师鲁，曾任河南府户曹参军。
⑥ 范希文：范仲淹，字希文，官至参知政事，曾领导庆历新政。当时因对宰相吕夷简的弊政不满而被贬为饶州知州。
⑦ 安道：余靖，字安道，范仲淹、欧阳修的朋友。
⑧ 大理寺丞：大理寺（掌司法）的佐官。
　　前行员外郎：这里指吏部员外郎。
⑨ 待制：在皇帝左右以备顾问的官员。
⑩ 萧望之：汉宣帝时任太子太傅，因反对宦官弘恭、石显，元帝即位后被诬陷，自杀。
　　王章：汉成帝时任京兆令，因反对专权的外戚大将军王凤而被诬陷，死于狱中。

⑪ 曹修古：曾任殿中侍御史，以敢于直言进谏著称。

　　刘越：曾任秘书丞。

⑫ 孔道辅：曾任御史中丞，因直谏被贬，后又复职。

【译文】

　　我顿首再拜，对司谏您说：我十七岁时，家住随州，见到天圣二年进士及第的榜文，才知道您的姓名。这时我还年轻，没和人交往，又住在偏远的地方，只听说现在宋舍人兄弟和叶道卿、郑天休几位，因文学著名，号称是这次考试中涌现出来的人才。您身居其中，唯独没有什么突出的成绩可以称道，我当然就怀疑您不知是个什么样的人。

　　那以后过了十一年，我第二次来到京城。您已经担任御史里行，但还是没空和您见上一面，只是常常问我的朋友尹师鲁，您是否贤德。而师鲁说您为人正直，富有学问，是一位君子。我还是不相信。为人正直，就是不能随便屈从别人；富有学问，就一定能辨别是非。凭借不屈从别人的节操，拥有能够明辨是非的能力，又担任负责言事的谏官，却默默地迎合别人，和大家没什么两样，这难道果真是贤人吗？这不能不使我产生怀疑。

　　从您担任谏官以来，我们才得以相识。您一副刚正的样子，议论前朝的事，明白动听，对是非的褒贬，没有一句说错的。嘿！拥有这样的口才来向别人表现，谁不敬爱呢？即使是我也猜测您是真正的君子。

　　这样，我从听说您的大名到和您相识，一共过了十四年，却怀疑了您三次。现在呢，用您的实际行动一作比较之后，就断定您绝不是一位君子。

前几天范希文被贬官后，和您在安道家相遇，您诋毁和讥讽希文的为人。我刚听说这事，怀疑是玩笑话；到见了师鲁，也说您很不赞成希文的所作所为，此后我的疑问就解决了。希文一生刚毅正直，勤奋好学，博古通今，他在朝中为官，做事光明磊落，天下人都知道；现在又因为进谏触犯了宰相而获罪。您既不能为他辩白他的无辜，又害怕有见识的人责怪自己，于是就跟着别人一起诋毁他，认为他应该贬官。这真太奇怪了。

人的个性，或刚强果断，或胆小软弱，是老天赋予的，不能勉强，即使圣人也不会拿肯定办不到的事情去要求别人一定要办到。现在您家里有老母亲，自己又爱惜官位，害怕挨饿受冻，而顾及私利俸禄，不敢触犯宰相从而招致刑罚灾祸，这是平庸者的常情，只不过是做一个不称职的谏官罢了；即使是朝廷上的君子，也会同情您无法办到，而不会要求您一定要办到。现在情况不是这样，您反倒理直气壮，洋洋得意，一点儿也不羞愧和畏惧，就诋毁希文的贤德，认为他应该被贬，企图以此来掩饰自己不进谏的过错。有能力却不敢去做，这是因为愚蠢的人做不到；用聪明来掩饰自己的过错，那就是君子中的败类了。

再说希文果真不贤吗？从近三四年来，他由大理寺丞做到前行员外郎；任待制的时候，每天准备接受皇帝咨询，现在朝中官员当中没有能和他相比的。这难道是皇上仓促任用不贤的人吗？假如皇上把不贤的人当贤人来对待，那是他洞察过程中的一个疏忽。您担任司谏，是代表皇上耳目的官员，当希文被仓促任用时，为什么不向皇上说明他的不贤德，反而默默地不说一句话，等到他自己失败了，然后才跟着别人去指责他？如果他真的贤德，那么现在皇上和宰相因为受冒犯而驱逐贤人，您就不能不说话了。这样，您认为希文贤德，也脱不掉责任；认为他不贤，也脱不掉责任。大概您的过错就在于默默无言，当说不说。

从前汉代杀萧望之和王章，估计当时的议论，一定不肯明说杀了贤人；必定把石显、王凤当作忠臣，把望之和王章当作不贤之人而获罪。现在您看石显、王凤果真忠诚吗？望之、王章果真不贤吗？当时也有谏官，必定不肯自己说因害怕灾祸而不去进谏，也一定会说两人该杀而不值得去进谏。现在您看他们果真该杀吗？这种说法只能骗骗当时的人，却不能欺骗后人。现在您又想要欺骗当代人，就不怕骗不了后人吗？何况当代人也是骗不了的呀！

当今皇上即位以来，任用谏官，采纳意见。像曹修古、刘越，即使死了仍受褒奖，现在希文和孔道辅都因敢于进谏而被任用。您有幸生在这样的时代，遇到像这样肯接纳意见的圣明君主，仍不敢说一句话，为什么呢？前几天又听说御史台在朝堂上张榜，告诫各位大臣不能逾越自己的职权来议论国事，这样一来可以说话的也只有谏官了。如果您又不说话，那天下就没有能够说话的人了。您在这个职位上却不说话，就应该离职，不要妨碍能胜任谏官职位的其他人。昨天安道被贬官，师鲁等候处置，您还能有脸见士大夫，在朝廷中进进出出，号称谏官。这表明，您是不再知道人间还有羞耻这件事情了！可惜的是，圣明的朝代有事情，谏官不去说，而让别人说。这样的事载入史书，以后给朝廷丢脸的就是您。

《春秋》的法则，要求贤者完美无缺。现在我仍衷心希望您能说一句话，不忍心和您断交，就不用贤者的标准要求您。如果您还是认为希文不贤而应该被驱逐，那么我现在所说这些话，就说明我也是结朋党的邪恶小人了。愿您直接带着这封信上朝，让朝廷判我的罪而杀了我，使天下人都清楚地知道希文应该被驱逐，这也是谏官的一大作用啊！

前几天您在安道家，要我去讨论希文的事，当时还有别人在座，不能把话说完，所以就写了这封信，恭敬地希望您明察，不多说了。欧阳修再拜。

【品读】

景祐三年（1036），范仲淹任吏部员外郎、权知开封府，因反对宰相吕夷简任人唯亲，被贬知饶州（今江西鄱阳），朝中大臣纷纷为其鸣冤。左司谏高若讷非但一声不响，反而私下在同僚中诋毁范仲淹。作者在本文中对高痛加指责，因此被贬为夷陵县令。

予少以进士游京师，因得尽交当世之贤豪。然犹以谓国家臣一四海，休兵革，养息天下以无事者四十年，而智谋雄伟非常之士，无所用其能者，往往伏而不出；山林屠贩，必有老死而世莫见者，欲从而求之不可得。其后得吾亡友石曼卿^②。曼卿为人，廓然有大志，时人不能用其材，曼卿亦不屈以求合；无所放其意，则往往从布衣野老，酣嬉淋漓，颠倒而不厌。予疑所谓伏而不见者，庶几狎而得之，故尝喜从曼卿游，欲因以阴求天下奇士。

浮屠秘演者^③，与曼卿交最久，亦能遗外世俗，以气节相高。二人欢然无所间。曼卿隐于酒，秘演隐于浮屠，皆奇男子也。然喜为歌诗以自娱。当其极饮大醉，歌吟笑呼，以适天下之乐，何其壮也！一时贤士，皆愿从其游，予亦时至其室。十年之间，秘演北渡河，东之济、郓^④，无所合，困而归。曼卿已死，秘演亦老病。嗟夫！二人者，予乃见其盛衰，则予亦将老矣。

夫曼卿诗辞清绝，尤称秘演之作，以为雅健有诗人之意。秘演状貌雄杰，其胸中浩然，既习于佛无所用；独其诗可行于世。而懒不自惜。已老，胠其橐^⑤，尚得三四百篇，皆可喜者。曼卿死，秘演漠然无所向。闻东南多山水，其巅崖崛峍[6]，江涛汹涌，甚可壮也，遂欲往游焉，足以知其老而志在也。于其将行，为叙其诗，因道其盛时以悲其衰。

庆历二年十二月二十八日庐陵欧阳修序。

注释

① 释秘演：秘演和尚，作者的朋友。
② 石曼卿：石延年，字曼卿，北宋诗人。
③ 浮屠：这里指和尚，下文指佛教。
④ 济：济州，今山东巨野。
　郓：郓州，今山东郓城。
⑤ 胠（qū）：打开。
　橐（tuó）：布袋，这里引申为箱子。
⑥ 峍（lù）：同"嵂"，山崖。

【译文】

　　我年轻时因考进士住在京城，而得以遍交当代的贤人豪杰。然而我仍认为国家统一，战争结束了，天下休养生息，太平了四十年，那些没有地方施展才能的、富有智谋、不同寻常的人，往往就隐居不出；山林中的隐士、屠夫、商贩，一定有到老死时还不被世人知道的，想要跟着去寻访他们也办不到。后来我结识了我的朋友石曼卿。曼卿为人胸襟开阔，志向远大，当代人不能用他的才能，曼卿也不委屈自己来迎合别人；既然没地方施展抱负，就常常跟着平民、农民饮酒玩乐，喝得神魂颠倒也不满足。我怀疑人们所说的隐居不出的人，大概会在亲近的玩乐中结识，所以曾乐于跟着曼卿游玩，想借此暗中访求天下的奇人。

　　秘演和尚，同曼卿交往最久，也能超越世俗，崇尚气节。两人相处得很融洽，没有隔阂。曼卿在酒里隐逸，秘演在佛教里隐逸，他们都是稀奇的男子汉，却喜欢写诗来自我消遣。在他们酒喝得大醉，又唱又吟，又笑又叫的时候，是享尽了天下的乐趣，多么豪壮啊！当时的贤人，都愿意跟他们游玩，我也经常到他们家去。十年间，秘演北渡黄河，东到济州、郓州，没人与他投合，就困顿地回来了。曼卿已经死了，秘演也年老多病。唉！这两位，我竟看着他们由盛年走向衰老，那么我也将要老了吧。

　　曼卿的诗清妙绝伦，他特别称道秘演的作品，认为风格雅健，有《诗经》作者的意趣。秘演长相雄伟出众，胸襟开阔，既已经学了佛法，也就没有用世之心了；只有他的诗作能在世上流传。但他又疏懒，并不爱惜。已经老了，翻箱倒柜，还能搜集到三四百首，都是令人喜爱的作品。曼卿死后，秘演孤独得无处可去，听说东南地区有很多山水风光，那里的山峰高耸，悬崖险峻，江上波涛汹涌，非常壮观，于是就想去游览。这足以说明，他人虽衰老，壮志未减。在他即将出发的时候，我为他的诗集写了序言，趁机说说他年轻时的景况，并为他的衰老悲叹。

庆历二年十二月二十八日庐陵欧阳修序。

【品读】

写秘演，却先写石曼卿，这是古文家常用的"宾主相形"之法。作者精心塑造了秘演这佛门中奇男子的形象，又为他不能施展才华而惋惜。

梅圣俞诗集序①

　　予闻世谓诗人少达而多穷，夫岂然哉！盖世所传诗者，多出于古穷人之辞也。凡士之蕴其所有而不得施于世者，多喜自放于山巅水涯，外见虫鱼草木风云鸟兽之状类，往往探其奇怪；内有忧思感愤之郁积，其兴于怨刺，以道羁臣寡妇之所叹，而写人情之难言，盖愈穷而愈工。然则非诗之能穷人，殆穷者而后工也。

　　予友梅圣俞，少以荫补为吏，累举进士，辄抑于有司。困于州县凡十馀年，年今五十，犹从辟书，为人之佐。郁其所蓄，不得奋见于事业。其家宛陵，幼习于诗，自为童子，出语已惊其长老。既长，学乎六经仁义之说，其为文章，简古纯粹，不求苟说于世，世之人徒知其诗而已。然时无贤愚，语诗者必求之圣俞；圣俞亦自以其不得志者，乐于诗而发之。故其平生所作，于诗尤多。世既知之矣，而未有荐于上者。昔王文康公尝见而叹曰②："二百年无此作矣！"虽知之深，亦不果荐也。若使其幸得用于朝廷，作为雅颂，以歌咏大宋之功德，荐之清庙，而追商、周、鲁颂之作者，岂不伟欤！奈何使其老不得志，而为穷者之诗，乃徒发于虫鱼物类、羁愁感叹之言？世徒喜其工，不知其穷之久而将老也，可不惜哉！

圣俞诗既多，不自收拾。其妻之兄子谢景初惧其多而易失也③，取其自洛阳至于吴兴已来所作④，次为十卷。予尝嗜圣俞诗，而患不能尽得之，遽喜谢氏之能类次也，辄序而藏之。其后十五年，圣俞以疾卒于京师。余既哭而铭之，因索于其家，得其遗稿千馀篇，并旧所藏，掇其尤者六百七十七篇为一十五卷。呜呼！吾于圣俞诗，论之详矣。故不复云。

庐陵欧阳修序。

注释

① 梅圣俞：梅尧臣，字圣俞，北宋著名诗人，欧阳修的好友。
② 王文康公：指王曙，曾任西京留守，官至宰相，谥号为"文康"。
③ 谢景初：谢绛之子，曾任余姚知县。
④ 吴兴：今浙江湖州。

　　我听世人说，诗人中只有少数显达的，而大多数很困厄，真是这样的吗？大概因为世上流传的诗，大多出自古代困厄者的笔下吧。凡是胸中隐藏才华却无法施展的读书人，大多喜欢到山头水边去放任自我，在外看见虫鱼草木风云鸟兽之类，往往探究它们奇特怪异的地方；内心的忧愁、感慨、激愤，郁积在一起，就产生怨恨讽刺的念头，说出了在外为官者和寡妇的感叹，也写出了人们难以表达的情感，所以，作者越是困厄，作品就越精妙。既然是这样，那么就不是作诗使人困厄，恐怕是人困厄了之后才能写出好诗来。

　　我的朋友梅圣俞，年轻时靠祖上的功勋做了官，多次去考进士，总被主考官压制。困顿在地方上总有十多年，现在五十岁了，还要等别人下聘书，为别人办事。郁积着满腹才华，却不能够在事业上施展。他家在宛陵，小时候学习作诗，还是个孩子的时候，写出的诗句已经让长辈老人们吃惊。长大后，学习了六经中仁义的道理，写出的文章简练古朴，韵味纯正，不求苟且取悦世人，因此，人们只是知道他的诗而已。然而当时无论贤愚，谈诗的一定会向圣俞讨教；圣俞也喜欢用诗来表达自己不得志的感受。所以他一生的创作，数诗歌最多。世人虽已了解他，却没人向皇帝推荐他。从前王文康公曾见过他的诗作，感叹说："二百年来没有这样的诗了！"虽对他了解很深，最终也没有推荐他。如果让他有幸被朝廷任用，写出《诗经》中雅、颂那样的作品，来歌颂大宋朝的功德，献给宗庙，能赶上商颂、周颂、鲁颂的作者，难道不是很伟大的事吗！怎么让他老了还不得志，只能写困厄者的诗，白白地在虫鱼之类的东西上抒发贬官的苦闷和感慨？世人只喜欢他诗歌的精妙，不知道他困厄了很久，就要衰老了。

这难道不值得惋惜吗?

圣俞的诗有很多,自己没有整理。他的内侄谢景初怕诗作太多容易散失,就选取他从洛阳到吴兴这段时期的作品,编为十卷。我曾经酷爱圣俞的诗,担心不能全读到,于是很高兴谢氏能分类编集他的诗,就为诗集写了序并收藏起来。从那之后过了十五年,圣俞在京城病逝,我为他痛哭并为他撰写了墓志铭,为此向他家索求遗文,得到他的遗稿一千多篇,连同我过去收藏的,选取其中特别好的六百七十七篇,编为十五卷。唉!我对于圣俞的诗,谈论得够详细了,所以不再多说了。

庐陵欧阳修序。

【品读】

在本文中,作者提出了"穷而后工"的著名诗学命题,既是对梅尧臣创作的评价,也涉及对自古以来诗歌创作的某种规律性认识。

呜呼，盛衰之理，虽曰天命，岂非人事哉！原庄宗之所以得天下，与其所以失之者，可以知之矣。

世言晋王之将终也②，以三矢赐庄宗而告之曰："梁，吾仇也③，燕王吾所立④，契丹与吾约为兄弟⑤，而皆背晋以归梁。此三者，吾遗恨也。与尔三矢，尔其无忘乃父之志。"庄宗受而藏之于庙。其后用兵，则遣从事以一少牢告庙⑥，请其矢，盛以锦囊，负而前驱，及凯旋而纳之。方其系燕父子以组，函梁君臣之首，入于太庙，还矢先王而告以成功，其意气之盛，可谓壮哉！及仇雠已灭，天下已定，一夫夜呼⑦，乱者四应，仓皇东出，未见贼，而士卒离散，君臣相顾，不知所归，至于誓天断发，泣下沾襟，何其衰也！岂得之难而失之易欤？抑本其成败之迹而皆自于人欤？

《书》曰："满招损，谦得益。"忧劳可以兴国，逸豫可以亡身，自然之理也。故方其盛也，举天下之豪杰莫能与之争；及其衰也，数十伶人困之而身死国灭，为天下笑。夫祸患常积于忽微，而智勇多困于所溺，岂独伶人也哉！作《伶官传》。

注释

① 伶官传：欧阳修所撰《新五代史》中的一篇传记，记述后唐庄宗李存勖宠爱戏子，最后导致国破人亡的结局。

② 晋王：指李克用，李存勖之父，西突厥沙陀族人，因镇压黄巢起义有功，封晋王。

③ 梁：指五代时的后梁，由朱温建立。朱温曾企图谋杀李克用。

④ 燕王：指刘仁恭，李克用曾举荐他，后叛晋。其子刘守光依附后梁，称"燕王"。

⑤ 契丹：指辽国，其首领耶律阿保机曾与李克用订约，后又与后梁联合攻晋。

⑥ 少牢：祭品，包括羊和猪。

⑦ 一夫夜呼：指士兵皇甫晖在夜间首先挑动兵变。

【译文】

唉！国家盛衰的规律，虽说是老天注定的，难道不也是人为因素在起作用吗？推究后唐庄宗之所以取得天下以及后又失去天下的原因，就能明白这个道理了。

世人说晋王临终的时候，把三支箭赐给庄宗，并嘱咐他说："梁是我的仇家，燕王是我扶植的，契丹和我订立盟约结为兄弟，却都背叛了晋，而去归顺梁。这三件是我遗留下来的恨事。给你三支箭，你千万不要忘记你父亲的遗志。"庄宗接受了，将箭藏在宗庙里。那以后要打仗时，庄宗就派手下用一副少牢去宗庙祭祀，请出那些箭，装在锦缎做的袋子里，背着它们冲杀在队伍最前面。等打了胜仗凯旋，再放回宗庙里。当他用绳子捆绑了燕王父子，用盒子装着梁君臣的首级，送进太庙，把箭还给先王，用成功的消息告慰先王的在天之灵，那意气风发的样子，可以说真壮观啊！到了仇家已被消灭，天下已经平定的时候，有人在夜里大声呼喊，叛乱的人就四面响应，庄宗仓皇向东逃跑，还没看见叛贼，士兵却已经逃散了。皇帝和大臣你看我，我看你，不知该回哪里去以至于剪断头发，对天发誓，泪湿衣襟，那景况是多么衰败啊！难道赢得天下很难，而失去却很容易吗？探究他成功和失败的原因，难道不都是由人事决定的吗？

《尚书》说："自满会招来害处，谦虚能获得益处。"忧虑辛劳可以使国家兴盛，安乐舒适可以葬送自身，这是自然的道理呀！因此，当他兴盛时，天下所有的豪杰不能和他竞争；到他衰败时，几十个戏子就能挟持他，以致自己丧命，国家灭亡，被天下人耻笑。灾祸和忧患常常由微小的事情积累起来，而聪明和勇敢的人大多被自己溺爱的东西所蒙蔽，难道仅仅是戏子才能造成这样的危害吗？因此，我写了《伶官传》。

【品读】

这是作者为《新五代史·伶官传》所写的序言。文中贯串对比手法，从后唐庄宗李存勖的盛衰变化中，总结出深刻的历史教训，发人深省。文章抑扬顿挫，气韵流动，具有很强的艺术感染力。

相州昼锦堂记①

仕宦而至将相，富贵而归故乡，此人情之所荣，而今昔之所同也。盖士方穷时，困厄闾里，庸人孺子皆得易而侮之。若季子不礼于其嫂，买臣见弃于其妻②。一旦高车驷马，旗旄导前而骑卒拥后，夹道之人，相与骈肩累迹，瞻望咨嗟，而所谓庸夫愚妇者，奔走骇汗，羞愧俯伏，以自悔罪于车尘马足之间。此一介之士得志当时，而意气之盛，昔人比之衣锦之荣者也。

惟大丞相魏国公则不然③。公，相人也。世有令德，为时名卿。自公少时，已擢高科、登显仕，海内之士闻下风而望馀光者，盖亦有年矣。所谓将相而富贵，皆公所宜素有，非如穷厄之人侥幸得志于一时，出于庸夫愚妇之不意，以惊骇而夸耀之也。然则高牙大纛不足为公荣④，桓圭衮冕不足为公贵⑤；惟德被生民，而功施社稷，勒之金石，播之声诗，以耀后世而垂无穷。此公之志，而士亦以此望于公也。岂止夸一时而荣一乡哉！

公在至和中，尝以武康之节来治于相⑥，乃作昼锦之堂于后圃。既，又刻诗于石以遗相人。其言以快恩仇、矜名誉为可薄，盖不以昔人所夸者为荣，而以为戒。于此见公之视富贵为如何，而其志岂易量哉！故能出入将相，勤劳王家，而夷险一节。至于临大事、决大议，垂绅正笏⑦，不动声气而措天下于泰山之安，可谓社稷之臣矣！其丰功盛烈，所以铭彝鼎而被弦歌者⑧，乃邦家之光，非闾里之荣也。

余虽不获登公之堂，幸尝窃诵公之诗，乐公之志有成，而喜为天下道也。于是乎书。

尚书吏部侍郎、参知政事欧阳修记⑨。

注释

① 相州：今河南安阳。
   昼锦堂：韩琦在相州做知州时所建厅堂，反用项羽"富贵不归故乡，如衣锦夜行"的语意命名。
② 季子：苏秦，字季子，战国著名纵横家，他未发迹时曾遭嫂子冷遇。
   买臣：朱买臣，西汉人，曾任丞相长史，未发迹时家贫，妻子离他而去。
③ 大丞相魏国公：指韩琦，字稚圭，相州人，北宋名臣，累封仪、卫、魏三国公。
④ 高牙大纛（dào）：军前大旗。
⑤ 桓圭：古代公爵所执的玉制礼器。
   衮冕：古代帝王大夫的礼服礼帽。
⑥ 武康之节：指武康军节度使。
⑦ 笏（wù）：大臣上朝时所执的手板。
⑧ 彝：指青铜器。
⑨ 尚书吏部侍郎：吏部的副长官。
   参知政事：副宰相。

　　做官一直做到宰相，富贵了就回到家乡，这从人之常情来说是光荣的，过去和现在都是这样。读书人没有发达的时候，困居在乡里，平庸的人和小孩子都能轻易地欺侮他，比如苏秦不受他嫂子礼遇，买臣被妻子抛弃。一旦他坐上四匹马拉的大车，旗帜在前面开道，骑兵在后面簇拥着，道路两旁的人，摩肩接踵，一边观望，一边赞叹。而那些平庸的人和愚昧的妇人，吓得奔跑流汗，羞愧地跪伏在地上，在车马扬起的尘土中后悔自己犯了错误。这是一个小小的读书人在当时得志的情景，他意气风发，从前的人就将这比作身穿锦缎衣裳的荣耀。

　　唯独大丞相魏国公不是这样。魏国公是相州人。家中世代有美好的德行，是当时的名臣。魏国公年轻的时候就已经荣登高第，做了大官。天下的读书人听说他留下的风习，仰望他余下的光彩，也有好多年了。人们所说的身为将相，享有富贵，都是魏国公平素就应该拥有的，不是像困厄的人在某一时候侥幸得志，出于庸人和愚昧妇人的意料之外，因而感到吃惊并夸奖不已。然而军前大旗不足以体现魏国公的荣耀，硕大的玉圭和高官的服饰不足以体现魏国公的尊贵；只有恩德施与百姓，功勋献给国家，事迹刻在金石上，在诗歌里传播，使荣耀流传后世，而能名垂千古。这才是魏国公的志向，读书人也将这些寄望于魏国公。哪里只是在某一时候夸耀一下，在某一地方荣耀一下！

　　魏国公在至和年间，曾以武康军节度使的身份来治理过相州，于是在后园建造了一个昼锦堂。竣工后，又在石头上刻诗，留给相州人。诗中写道，以计较恩仇为乐事，以沽名钓誉为光荣的做法是可耻的。他并不把从前人们所夸耀的事情当作荣耀，反而引以为戒。从这件事上可以看出魏国公是怎样看待富贵的，他的志向哪里能轻易地估量出来！因此，他能担任将相，辛勤地为皇帝办事，在平时和紧急时刻都不改变气节。到了面临大事、决定重大问题时，衣着规整，笏板拿得端正，不动声色，把天下治理得像泰山一样安稳，可以说是国家的重臣啊！他的丰功伟绩，因而被铭刻在彝鼎上，并在歌中流传，这是国家的光荣，不是一乡的光荣啊！

我虽然没有机会登上魏国公的昼锦堂，但有幸曾读过他的诗，为他志向的实现感到高兴，也乐于向天下人宣传。为此写了这篇文章。

尚书吏部侍郎、参知政事欧阳修记。

【品读】

本文将"一介之士"的"衣锦之荣"与韩琦的"德被生民而功施社稷"进行对比，指出后者才能光耀后世，立意高远。

醉翁亭记

环滁皆山也。其西南诸峰，林壑尤美。望之蔚然而深秀者，琅琊也。山行六七里，渐闻水声潺潺，而泻出于两峰之间者，酿泉也。峰回路转，有亭翼然临于泉上者，醉翁亭也。作亭者谁？山之僧智仙也。名之者谁？太守自谓也①。太守与客来饮于此，饮少辄醉，而年又最高，故自号曰醉翁也。醉翁之意不在酒，在乎山水之间也。山水之乐，得之心而寓之酒也。

若夫日出而林霏开，云归而岩穴暝，晦明变化者，山间之朝暮也。野芳发而幽香，佳木秀而繁阴，风霜高洁，水落而石出者，山间之四时也。朝而往，暮而归，四时之景不同，而乐亦无穷也。

至于负者歌于途，行者休于树，前者呼，后者应，伛偻提携②，往来而不绝者，滁人游也。临溪而渔，溪深而鱼肥，酿泉为酒，泉香而酒洌，山肴野蔌③，杂然而前陈者，太守宴也。宴酣之乐，非丝非竹。射者中④，弈者胜，觥筹交错⑤，起坐而喧哗者，众宾欢也。苍颜白发，颓然乎其间者，太守醉也。

已而，夕阳在山，人影散乱，太守归而宾客从也。树林阴翳，鸣声上下，游人去而禽鸟乐也。

然而禽鸟知山林之乐，而不知人之乐；人知从太守游而乐，而不知太守之乐其乐也。醉能同其乐，醒能述以文者，太守也。太守谓谁？庐陵欧阳修也。

注释

① 太守：这里指知州。

② 伛偻（yǔ lǚ）：驼背，指老人。
提携：指小孩。

③ 蔌（sù）：蔬菜。

④ 射：一种古代游戏，用箭投向壶中，投中多的为胜。

⑤ 觥（gōng）：酒杯。

【译文】

　　滁州四面都被群山环抱，西南方的几座山峰，树林和山谷分外秀美。一眼望去，那草木郁郁葱葱，幽深美丽的，是琅琊山。上山走六七里路，渐渐听到潺潺的流水声，从两座山峰之间倾泻下来的，是酿泉。山峰回环，山路也跟着拐弯，有一座亭子像鸟儿展翅似的矗立在泉水边，那就是醉翁亭。造亭子的是谁呢？是山里的和尚智仙。给它起名字的是谁呢？是自称"醉翁"的那个太守。太守和客人来这里喝酒，只喝了一点儿就醉了，而他年纪又最大，所以给自己起了个"醉翁"的别号。醉翁到这儿来的用意并不在于喝酒，而在于欣赏青山绿水的美景。欣赏山水风光的乐趣，他心中领会了，又寄托在酒上。

　　如果太阳出来，山林里的雾气就散开，白云聚积，山洞就变得昏暗，这明暗的变化，就是山中的清晨和黄昏。野花开放，幽香四溢，好树秀美，形成浓荫，天高气爽，霜色洁白，水势低落，山石显露，这是山中的四季。清晨上山，黄昏回来，四季的景色不一样，而乐趣也是无穷无尽的。

　　至于背着东西的人在路上唱歌，过路人在树下休息，人们前呼后应，老人孩子，来来往往不断的，那是滁州人在游山。在溪边钓鱼，溪水深，鱼儿肥，用酿泉制酒，泉水香，美酒清，野味和菜蔬，杂乱摆放在面前的，是太守设的宴席。宴饮的乐趣，不在于音乐。投壶的中了，下棋的赢了，酒杯和酒筹放在一起，人们有的站起来，有的坐下去，一片喧闹，那是客人们高兴啊！有个人面容苍老，头发斑白，昏昏沉沉地坐在人们中间，那是太守喝醉了。

　　不久，太阳落山了，只见人影散乱，是客人们跟着太守回城去了。

树林幽暗，鸟鸣声忽上忽下，那是游客离去，鸟儿高兴了。然而鸟儿只知道山林中的乐趣，却不知道人们的乐趣；人们知道跟着太守游玩的乐趣，却不知道太守有他自己的乐趣。喝醉了，能和大家一起享乐，酒醒了，能用文字记述这种乐趣的，是太守。这个太守是谁呢？是庐陵的欧阳修啊。

【品读】

　　本文为作者贬知滁州以后的作品，写于庆历六年（1046）。作者围绕"乐"字下笔，突现了太守与民同乐的情怀。文章写景笔墨简练，多用判断句。而全文中二十一个"也"字和二十四个"而"字的运用，更是集中体现了欧文纡徐委婉的风格。

修既治滁之明年，夏，始饮滁水而甘。问诸滁人，得于州南百步之近。其上则丰山耸然而特立，下则幽谷窈然而深藏，中有清泉，滃然而仰出①。俯仰左右，顾而乐之。于是疏泉凿石，辟地以为亭，而与滁人往游其间。

滁于五代干戈之际，用武之地也。昔太祖皇帝尝以周师破李景兵十五万于清流山下②，生擒其将皇甫晖、姚凤于滁东门之外，遂以平滁。修尝考其山川，按其图记，升高以望清流之关，欲求晖、凤就擒之所，而故老皆无在者。盖天下之平久矣。自唐失其政，海内分裂，豪杰并起而争，所在为敌国者，何可胜数！及宋受天命，圣人出而四海一。向之凭恃险阻，划削消磨③，百年之间，漠然徒见山高而水清。欲问其事，而遗老尽矣。

今滁介江淮之间，舟车商贾、四方宾客之所不至。民生不见外事，而安于畎亩衣食④，以乐生送死。而孰知上之功德，休养生息，涵煦于百年之深也？

修之来此，乐其地僻而事简，又爱其俗之安闲。既得斯泉于山谷之间，乃日与滁人仰而望山，俯而听泉。掇幽芳而荫乔木，风霜冰雪，刻露清秀，四时之景无不可爱。又幸其民乐其岁物之丰成，而喜与予游也。因为本其山川，道其风俗之美，使民知所以安此丰年之乐者，幸生无事之时也。

夫宣上恩德，以与民共乐，刺史之事也⑤。遂书以名其亭焉。

庆历丙戌六月日，右正言知制诰知滁州军州事欧阳修记⑥。

注释

① 瀉（wěng）然：水势盛大的样子。
② 太祖皇帝：指宋太祖赵匡胤，曾掌后周兵权。
　李景：原名璟，南唐元宗，世称中主。
　清流山：在安徽滁县西北，山上有清流关。
③ 刬（chǎn）削：铲除。"刬"同"铲"。
④ 畎（quǎn）亩：指田地。畎，田间小沟。
⑤ 刺史：这里指知州。
⑥ 庆历丙戌：庆历六年（1046）。
　右正言：宋代中书省的属官。

　　我到滁州任职的第二年夏天，才觉得所喝滁州的水十分甘甜。向当地人打听，说这水出自滁州以南近一百步的地方。上面是高峻独立的丰山，下边是幽暗深藏的山谷，中间有一股清泉，自下而上喷涌出来。我仰观俯察，环顾泉水的周围，喜欢上了这儿。于是疏通泉流，凿开山石，开辟了一块地盘修建亭子，还和滁州人一起去游玩。

　　滁州在五代战乱的时候，是个战事频发的地方。从前人祖皇帝曾带领后周军队在清流山下打败李景的十五万人马，在滁州东门外活捉李景的大将皇甫晖、姚凤，于是平定了滁州。我曾考察这里的地理环境，查阅地理图书，登高眺望清流关，想要找到皇甫晖、姚凤被捉的地方，然而亲历这事的老人都已不健在。这是因为天下太平很久了。自从唐代政局动荡，国家分裂，豪杰们起兵争夺天下，到处割据称王互为敌国的，哪里数得完呢！到了宋朝承受老天的旨意，圣人出现而国家统一。从前凭借险要地形割据一方的人，都被诛杀或者老死，在一百年中，清静得只看见山高水清的景象。想打听过去的事，遗老都已不在了。

　　现在滁州介于长江淮河之间，舟船、车辆、商人、各地的客人都不光临。老百姓没见过外界的事情，安心于种田和吃穿，来赡养生者，送走死者。但有谁知道皇上的功德，使百姓安静地休养，滋养哺育民众有百年了呢？

　　我到这儿来，喜欢这里地方偏僻，政事简单，又喜爱当地安闲的风俗。在山谷里发现了这股泉水后，就天天和滁州人一起来仰望群山，俯听泉声。采摘幽香的花朵，享受树木的浓荫，刮风降霜，结冰下雪，草木凋零，山石显露，一年四季的美景没有一样不可爱的。又庆幸这里的百姓因农作物丰收而快乐，很高兴和我一同游玩。所以我描述这里的山水，称道这里民风的淳美，使老百姓懂得，能安享丰收年的快乐，是因为他们有幸生活在这太平无事的时代。

宣扬皇上的恩德，来和老百姓一起享乐，这是刺史的职责。因此就写了这篇文章来命名这座亭子。

庆历六年六月某日，右正言知制诰知滁州军州事欧阳修记。

【品读】

作者写一亭子，却将滁州今昔状况关合在"丰乐"二字上，境界阔大。文章歌颂大宋功德，强调安乐的来之不易。

王彦章画像记①

太师王公，讳彦章，字子明，郓州寿张人也②。事梁为宣义军节度使③，以身死国，葬于郑州之管城④。晋天福二年，始赠太师⑤。

公在梁以智勇闻，梁、晋之争数百战，其为勇将多矣，而晋人独畏彦章。自乾化后，常与晋战，屡困庄宗于河上。及梁末年，小人赵岩等用事⑥，梁之大臣老将，多以谗不见信，皆怒而有怠心；而梁亦尽失河北，事势已去。诸将多怀顾望，独公奋然自必，不少屈懈，志虽不就，卒死以忠。公既死而梁亦亡矣。悲夫！

五代终始才五十年，而更十有三君，五易国而八姓。士之不幸而出乎其时，能不污其身得全其节者，鲜矣！公本武人，不知书，其语质，平生尝谓人曰："豹死留皮，人死留名。"盖其义勇忠信出于天性而然。予于五代书⑦，窃有善善恶恶之志。至于公传，未尝不感愤叹息。惜乎旧史残略⑧，不能备公之事。

康定元年，予以节度判官来此，求于滑人⑨，得公之孙睿所录家传，颇多于旧史，其记德胜之战尤详⑩。又言：敬翔怒末帝不肯用公⑪，欲自经于帝前；公因用笏画山川，为御史弹而见废。又言：公五子，其二同公死节。此皆旧史无之。又云：公在滑以谗自归于京师，而史云召之。是时，梁兵尽属段凝[12]，京师赢兵不满数千，公得保銮五百人，之郓州，以力寡，败于中都[13]。而史云将五千以往者，亦皆非也。

公之攻德胜也，初受命于帝前，期以三日破敌；梁之将相闻者皆窃笑。及破南城，果三日。是时，庄宗在魏[14]，闻公复用，料公必速攻，自魏驰马来救，已不及矣。庄宗之善料，公之善出奇，何其神哉！今国家罢兵四十年，一旦元昊反[15]，败军杀将，连四五年，而攻守之计，至今未决。予尝独持用奇取胜之议，而叹边将屡失其机，时人闻予说者，或笑以为狂，或忽若不闻，虽予亦惑不能自信。及读公家传，至于德胜之捷，乃知古之名将，必出于奇，然后能胜，然非审于为计者不能出奇，奇在速，速在果，此天下伟男子之所为，非拘牵常算之士可到也。每读其传，未尝不想见其人。

后二年，予复来通判州事。岁之正月，过俗所谓铁枪寺者，又得公画像而拜焉。岁久磨灭，隐隐可见。亟命工完理之，而不敢有加焉，惧失其真也。公善用枪，当时号"王铁枪"。公死已百年，至今俗犹以名其寺，童儿牧竖皆知王铁枪之为良将也。

一枪之勇，同时岂无？而公独不朽者，岂其忠义之节使然欤？画已百馀年矣，完之复可百年。然公之不泯者，不系乎画之存不存也。而予尤区区如此者，盖其希慕之至焉耳。读其书，尚想乎其人；况得拜其像，识其面目，不忍见其坏也。画既完，因书予所得者于后，而归其人，使藏之。

注释

① 王彦章：五代后梁名将。
② 郓州寿张：今山东寿张。
③ 宣义军：今河南滑县。
　　节度使：统管数州军政的官员。
④ 郑州之管城：今河南郑州。
⑤ 太师：这里指一种荣誉职务，无实权。
⑥ 赵岩：后梁末帝的宠臣。
⑦ 五代书：指欧阳修所撰《新五代史》。
⑧ 旧史：指薛居正所撰《旧五代史》。
⑨ 节度判官：节度使的僚属。
　　滑：滑州，今河南滑县。
⑩ 德胜之战：指王彦章率梁军与晋军在黄河渡口德胜的战斗，当时晋军筑起南北两城，梁军攻破南城。
⑪ 敬翔：后梁重臣，末帝时任宰相。
⑫ 段凝：曾接替王彦章为后梁诏讨使，后降后唐。
⑬ 中都：今山东汶上。
⑭ 魏：州名，今河北大名。
⑮ 元昊：西夏国主，原对宋称臣，后叛宋称帝。

【译文】

太师王公，名彦章，字子明，郓州寿张人。在后梁担任宣义军节度使，为国捐躯，埋葬在郑州的管城。后晋天福二年，才追赠太师。

王公在梁以智慧和英勇著称。梁、晋间的战役有几百次，梁朝英勇的将领很多，但晋人只害怕彦章。从乾化以后，他常和晋人作战，屡次把晋庄宗围困在黄河边。到了梁朝末年，小人赵岩等人掌权，梁的大臣和老将，大多因为遭受谗言而不再被信任，都很愤怒，而有了懈怠的心思；梁也完全失去了黄河以北地区，局势已无法挽回了。将领们多数怀着观望的态度，只有王公自己奋起抗争，没有一点儿屈服和松懈，他虽壮志未酬，但最终尽忠而死。王公去世后梁也就亡国了。可悲啊！

五代从头到尾才五十年，可换了十三个皇帝，五次改朝换代，总共有八个姓氏的人称帝。士大夫不幸生在这样的时代，能够不玷污自身而保全操守的人，很少很少啊！王公本来就是武将，不懂得多少书本上的道理，他的话很朴实，一生中曾对人说："豹子死了还留下一张有用的皮，人死了要留个好名声。"可见他这种英勇仗义、忠诚守信的品格都是出于天性。我写五代史，私下里有褒善贬恶的意图。写到王公的传记，未曾不愤慨叹息。可惜旧的五代史残缺简略，不能完整记录王公的事迹。

康定元年，我以节度判官的身份来这里，向滑州人搜求，得到王公的孙子王睿所抄录的家传，比旧的五代史多了许多内容，其中德胜之战记载得特别详细。又说：敬翔对梁末帝不肯重用王公感到愤怒，想要在末帝面前自缢；王公因为用笏板在地上画作战地形，遭到御史弹劾而免职。又说：王公有五个儿子，其中两个和他一起殉国。这都是旧的五代史中所没有记载的。又说：王公在滑州因遭谗言自己回到京城，而旧史说他是被召回的。当时，梁朝军队都归段凝管辖，京城老弱的士兵不到几千人，王公率领保卫皇帝的五百个士兵，到郓州去，因为兵力少，在中都战败。旧的五代史说他率领五千士兵到那里去，也都是失实的。

王公攻打德胜，一开始在皇帝面前接受命令，约定用三天打败敌人；听说这件事的梁朝将相都私下暗笑。到攻下南城时，果真用了三天。当时，晋庄宗在魏州，听说王公重新被任用，料想他必定马上攻德胜，于是从魏州骑马来救援，已经来不及了。庄宗善于预料，王公善于出奇制胜，这多么神奇啊！现在国家四十年没打仗，一朝元昊造反，便打败我们的军队，杀死我们的将领，持续了四五年，可朝廷的作战计划至今没能决定下来。我曾独自提出出奇制胜的办法，可惜边地将领屡次失去战机，当时听说我主张的人，有的讥笑我，认为我狂傲，有的当作耳边风，纵使我自己也感到疑惑，缺乏自信。等我读了王公的家传，读到德胜大捷时，才知道古代的名将，必定用奇兵，然后才能取胜。但不仔细周详地制订计划的人，不能够用奇兵，用奇兵关键在于快速，快速的关键在于果断，这是天下大丈夫所做的事，不是拘泥于通常办法的人所能办到的。每次读他的传记，未曾不推想他的为人。

过了两年，我再次担任滑州通判。这年正月，我路过大家所说的铁枪寺，又看到了王公的画像，并参拜了。画像经历时间太久，已经模糊，但隐隐约约可以看清。我赶快让画工修整好，却不敢添加什么，害怕失去原貌。王公擅长使枪，当时人称"王铁枪"。他去世已经一百年了，到现在民间仍用他的称号来命名寺院，小孩和牧童都知道王铁枪是个优秀的将领。枪使得好的英勇无比的人，在王

公的时代难道没有吗？但唯独王公不朽，这难道不是忠义的气节使
他这样吗？画像已是一百多年前的了，修整好还可以保存一百年。
然而王公的名字不泯灭，与画像的存在不存在无关。我之所以这样
念念不忘，是因为对他钦慕到极点罢了。读他的传记，还能推想出
他的为人；何况能参拜他的画像，见识他的容貌，我不忍心眼看着
画像损坏。画像修整完毕，我就在后面记下了自己的一番心得，并
还给原主，让他收藏。

【品读】

　　本文补正史实，独出议论，目的在于弘扬爱国将领王彦章的忠
义之节，赞扬他的善于用兵。作者抓住若干细节，活脱脱画出个英
勇善战的"王铁枪"。中间关于用兵西夏的一段论述，更突出了文章
的现实意义。

记旧本韩文后

予少家汉东[1]。汉东僻陋无学者，吾家又贫无藏书。州南有大姓李氏者，其子尧辅颇好学，予为儿童时多游其家。见有弊筐贮故书在壁间，发而视之，得唐《昌黎先生文集》六卷[2]，脱落颠倒无次序。因乞李氏以归，读之，见其言深厚而雄博。然予犹少，未能悉究其义，徒见其浩然无涯若可爱。

是时，天下学者杨、刘之作[3]，号为时文，能者取科第、擅名声，以夸荣当世，未尝有道韩文者。予亦方举进士，以礼部诗赋为事。年十有七，试于州，为有司所黜。因取所藏韩氏之文复阅之，则喟然叹曰：学者当至于是而止尔！因怪时人之不道，而顾己亦未暇学，徒时时独念于予心。以谓方从进士干禄以养亲，苟得禄矣，当尽力于斯文，以偿其素志。

后七年，举进士及第，官于洛阳，而尹师鲁之徒皆在，遂相与作为古文。因出所藏《昌黎集》而补缀之，求人家所有旧本而校定之。其后天下学者亦渐趋于古，而韩文遂行于世。至于今，盖三十馀年矣，学者非韩不学也。可谓盛矣。

呜乎！道固有行于远而止于近，有忽于往而贵于今者；非惟世俗好恶之使然，亦其理有当然者。而孔、孟惶惶于一时，而师法于千万世。韩氏之文，没而不见者二百年，而后大施于今。此又非特好恶之所上下，盖其久而愈明，不可磨灭，虽蔽于暂而终耀于无穷者，其道当然也。

予之始得于韩也，当其沉没弃废之时。予固知其不足以追时好而取势利，于是就而学之，则予之所为者，岂所以急名誉而干势利之用哉？亦志乎久而已矣。故予之仕，于进不为喜、退不为惧者，盖其志先定而所学者宜然也。

集本出于蜀，文字刻画颇精于今世俗本，而脱谬尤多。凡三十年间，闻人有善本者，必求而改正之。其最后卷帙不足，今不复补者，重增其故也。予家藏书万卷，独《昌黎先生集》为旧物也。呜呼！韩氏之文之道，万世所共尊，天下所共传而有也。予于此本，特以其旧物而尤惜之。

注释

① 汉东：指随州汉东郡（今属湖北）。

② 《昌黎先生文集》：韩愈的文集。

③ 杨、刘：指杨亿、刘筠，北宋"西昆体"诗文的代表作家，文风华靡。

　　我小时候家住汉东郡。汉东偏僻落后，没有学者；我家又穷，没有藏书。随州南部有一姓李的大户人家，主人儿子尧辅很爱学习，我还是个孩子的时候常去他家玩儿。我看见墙角破筐里藏着旧书，翻出来看看，得到唐代的《昌黎先生文集》六卷，书页脱落颠倒，没有次序。我就向李先生讨了回家，读后，发现韩愈文章言论深刻而广博。但我仍年轻，没能完全读透文义，只是发现他的文章境界开阔，可爱得很。

　　当时，天下人学的，是杨亿、刘筠的作品，号称"时文"，能写时文的人可登第、出名，向当时的人炫耀，未曾有人提及韩文。我也刚刚考进士，为礼部考试所要求的诗赋写作做准备。十七岁参加州试，被主考官刷下来。于是拿出所收藏的韩愈文章再次阅读，便叹息说："学者应当达到这样的水准才罢休！"因而很奇怪当时的人为什么不提及韩文，可我自己也没空去学，只是常常独自在心中惦记着。因为我认为现在要考进士，求取俸禄来赡养家人，如果获取了俸禄，就应当致力于文学创作，来实现我的夙愿。

　　过了七年，我考中进士，在洛阳做官，尹师鲁他们也都在这里，于是大家一起创作古文。我就拿出所藏的《昌黎集》修补好，又搜求别人家藏的旧本来正是非。之后，天下学者也日益趋向复古，韩文就在世上流行开来。到现在，已经三十多年了，学者只学韩文，可以说盛极一时了。

　　唉！道，本来有在古代能实现，在现今反而实现不了的情况；也有过去被忽略，现在又被重视的情况。这不是社会风尚喜欢不喜欢才造成的，也有必然的原因。孔子、孟子在当时匆匆奔忙不得志，却被千秋万代所师法。韩愈的文章，二百年湮没无闻，而现在十分流行。这又不是人们喜不喜欢所能决定的，因为时间越久，价值越明显，不可磨灭，纵使暂时被掩盖，最终会永远地闪耀光芒，这道理本来就是这样。

我刚读到韩文，正是它被湮没废弃的时候。我当然知道靠它是不足以追求时下所好，获取权势名利的，于是就去学习。那么我所做的，哪里是把韩文作为追求名誉、权势、利益的手段呢？不过是很久以前就立志向韩文学习罢了。因此，我做官，不因为升迁而高兴，不因为降职而害怕，只因我的志向早已确定，所学的当然就是韩文了。

旧本韩文本来出自蜀地，文字刊刻比现在世上流传的版本精细得多，但文字脱漏和错误特别多。三十年来，我一听说别人藏有善本，一定借来参照着改正旧本。旧本最后缺了几卷，现在不再补全，因为我不肯随便增补旧本。我家藏书万卷，只有《昌黎先生集》是旧物。唉！韩愈的文章和儒道，是千秋万代一致推崇，天下人所共同传播和拥有的。我对于这个旧本，只因为它是旧物而特别爱惜。

【品读】

本文叙述作者发现旧本韩文、心仪韩文、学习韩文的过程，是我们了解当时北宋古文运动情况的一篇珍贵文献。

196

秋声赋

　　欧阳子方夜读书，闻有声自西南来者，悚然而听之，曰：异哉！初淅沥以萧飒，忽奔腾而砰湃，如波涛夜惊，风雨骤至。其触于物也，鏦鏦铮铮[1]，金铁皆鸣；又如赴敌之兵，衔枚疾走[2]，不闻号令，但闻人马之行声。余谓童子："此何声也？汝出视之。"童子曰："星月皎洁，明河在天，四无人声，声在树间。"

　　余曰："噫嘻悲哉！此秋声也，胡为而来哉？盖夫秋之为状也：其色惨淡，烟霏云敛；其容清明，天高日晶；其气慄冽，砭人肌骨；其意萧条，山川寂寥。故其为声也，凄凄切切，呼号愤发。丰草绿缛而争茂，佳木葱茏而可悦；草拂之而色变，木遭之而叶脱；其所以摧败零落者，乃其一气之馀烈。

　　"夫秋，刑官也，于时为阴；又兵象也，于行为金。是谓天地之义气，常以肃杀而为心。天之于物，春生秋实。故其在乐也，商声主西方之音，夷则为七月之律[3]。商，伤也，物既老而悲伤。夷，戮也，物过盛而当杀。

　　"嗟乎！草木无情，有时飘零。人为动物，惟物之灵；百忧感其心，万事劳其形。有动于中，必摇其精。而况思其力之所不及，忧其智之所不能，宜其渥然丹者为槁木，黟然黑者为星星^④。奈何以非金石之质，欲与草木而争荣？念谁为之戕贼^⑤，亦何恨乎秋声！"

童子莫对，垂头而睡。但闻四壁虫声唧唧，如助余之叹息。

注释

① 锵锵（cōng）铮铮：金属器物碰击的声音。
② 衔枚：古代行军时，士兵嘴里含着形如筷子的小棒，以防止说话。
③ 商声：古代五音之一，与西方相配。
    夷则：古代十二律之一，与七月相配。
④ 渥然：润泽的样子。
    黟（yī）：黑色。
⑤ 戕（qiāng）贼：伤害。

【译文】

　　我夜里正在看书，听见有响声从西南方向传来，吃惊地聆听，说：奇怪啊！开始时淅淅沥沥像雨声，又像是呼啸的风声，忽而又变为奔腾澎湃的水声，就仿佛夜里汹涌的波涛，又好似一场狂风暴雨突然到来。它碰到外物，发出金属撞击的声音，就像铜器铁器叮当作响；又好像上前线的士兵，衔枚急行，听不见命令，只听见人马的脚步声。我对童子说："这是什么声音？你出去看看。"童子说："外面星星月亮皎洁明亮，银河清清楚楚地挂在天上，四周没有人的声音，这响声是从树林里传来。"

　　我说："唉，悲凉啊！这是秋天的声音，为什么会产生呢？因为秋天的景象是这样的：它的颜色惨淡，烟雾消散，云气收敛；它的容貌清新明净，天气高爽，阳光明媚；它的气息寒冷，侵入人的肌肉骨骼；它的意境萧条，山河一片冷落。所以它的声音，悲悲切切，就像人在发愤呼喊。青草繁茂，连成绿地，秀树郁郁葱葱，十分可爱；但青草在秋风吹拂下改变颜色，树木遭受秋风扫荡就落光了叶子；草木摧败凋零的原因，就在于它带有秋气的余威。

　　"秋天，是掌管刑法的，在季节上属于阴；又是战争的象征，在五行上属于金。这就是人们常说的天地间的正义之气，常以肃杀作为核心。老天对于一切生命，都是让它们春天生长，秋天结果，因此在音乐方面，商声是主宰西方的声音，夷则是七月的音律。商，就意味着悲伤啊，万物衰老了都要悲伤；夷，就意味着杀戮，万物过分兴盛了，就应当衰亡。

　　"唉！草木是无情的，总有凋零的时候。人是动物，是万物的灵长；各种忧虑来扰乱他的心神，各种事情来役使他的身体，心中有所触动，一定会动摇他的精神。更何况要思考他的能力所办不到的事，忧虑他的智力所达不到的事，当然，他红润的脸色会变成枯槁，乌黑的头发会变成花白。为什么要用不是金石那样坚硬的肌体，和草木去争荣呢？想想是谁在摧残人吧，又为什么去抱怨秋天的声音呢！"

童子没有回答，低头大睡。这时只听见四周墙上的小虫发出唧唧的声音，就像在陪着我叹息。

【品读】

本文作于嘉祐四年（1059），当时作者虽官位不断升迁，但已饱经宦海风波，流露出迟暮之感。作为一篇文赋，全文韵散结合，间用骈偶，多设问答，在艺术上尤为成功。

维治平四年七月日，具官欧阳修，谨遣尚书都省令史李敭②，至于太清③，以清酌庶羞之奠，致祭于亡友曼卿之墓下，而吊之以文。曰：

呜呼曼卿！生而为英，死而为灵。其同乎万物生死而复归于无物者，暂聚之形；不与万物共尽而卓然其不朽者，后世之名。此自古圣贤莫不皆然，而著在简册者，昭如日星。

呜呼曼卿！吾不见子久矣，犹能仿佛子之平生。其轩昂磊落，突兀峥嵘而埋藏于地下者，意其不化为朽壤，而为金玉之精。不然，生长松之千尺，产灵芝而九茎。奈何荒烟野蔓，荆棘纵横，风凄露下，走磷飞萤？但见牧童樵叟，歌吟而上下，与夫惊禽骇兽，悲鸣踯躅而咿嘤④。今固如此，更千秋而万岁兮，安知其不穴藏狐貉与鼯鼪⑤？此自古圣贤亦皆然兮，独不见夫累累乎旷野与荒城！

呜呼曼卿！盛衰之理，吾固知其如此，而感念畴昔，悲凉凄怆，不觉临风而陨涕者，有愧乎太上之忘情。尚飨！

注释

① 石曼卿：石延年，字曼卿，北宋诗人，死于庆历元年（1041）。
② 李敭（yáng）：生平不详。
③ 太清：地名，在今河南商丘，石曼卿的葬地。
④ 踯躅（zhí zhú）：徘徊不前。
　咿嘤（yī yīng）：鸟鸣声。
⑤ 貉（hé）：一种形似狐狸的动物。
　鼯鼪（wú shēng）：指黄鼠狼。

【译文】

治平四年七月的一天，官员欧阳修，谨派遣尚书都省令史李敭来到太清，在我死去的朋友曼卿墓下用酒菜祭奠他，以这篇祭文来悼念他。文章说：

唉，曼卿！你活着的时候是英杰，死后化为神灵。和万物同生死而重新回到一无所有状态的，是你暂时的形体；不和万物同样灭亡，却能突出不朽的，是你身后的声名。古代圣贤没有一个不是这样，你留在书本中的文章，就像太阳和星星一样明亮。

唉，曼卿！我很久没见到你了，还能够大致回忆你的一生。你气宇轩昂、光明磊落、人品出众，躯体埋葬在地下，想来不会化成腐朽的泥土，而能化作金玉的精华。如果不是这样，这块地方就应生长出千尺高的松树，生长出有九茎的灵芝。为什么竟是荒野的烟霭伴着野藤，荆棘丛生，风声凄厉，露水降下，鬼火飘荡，萤火虫乱飞的景象？只看见牧童和砍柴的老人唱着歌上山下山，受惊的禽鸟野兽悲切地鸣叫，徘徊不前。现在已经是这样了，再过千万年，哪里知道这地方不会被狐狸、黄鼬挖洞藏身呢？古代圣贤都是这样，难道没看见那旷野和重重叠叠的坟堆吗？

唉，曼卿！兴盛衰亡的规律，我本来就知道是这样的，但怀念从前，心中悲哀凄凉，不禁在风中流泪，自己很惭愧达不到圣人忘怀俗情的境界。请您享用祭品吧！

【品读】

这篇祭文将亡者事迹略去，代之以对亡者命运的哀叹及坟墓周遭环境的渲染。其中"呜呼曼卿"的呼唤出现三次，使文章有一唱三叹的艺术效果。

204

　　呜呼！惟我皇考崇公卜吉于泷冈之六十年②，其子修始克表于其阡。非敢缓也，盖有待也。

　　修不幸，生四岁而孤。太夫人守节自誓，居穷，自力于衣食，以长以教，俾至于成人。太夫人告之曰："汝父为吏廉，而好施与，喜宾客，其俸禄虽薄，常不使有馀，曰毋以是为我累。故其亡也，无一瓦之覆、一垄之植，以庇而为生，吾何恃而能自守邪？吾于汝父，知其一二，以有待于汝也。自吾为汝家妇，不及事吾姑，然知汝父之能养也；汝孤而幼，吾不能知汝之必有立，然知汝父之必将有后也。吾之始归也，汝父免于母丧方逾年，岁时祭祀，则必涕泣曰：'祭而丰不如养之薄也。'间御酒食，则又涕泣曰：'昔常不足而今有馀，其何及也！'吾始一二见之，以为新免于丧适然耳。既而，其后常然，至其终身未尝不然。吾虽不及事姑，而以此知汝父之能养也。汝父为吏，尝夜烛治官书，屡废而叹。吾问之，则曰：'此死狱也，我求其生不得尔。'吾曰：'生可求乎？'曰：'求其生而不得，则死者与我皆无恨也；矧求而有得邪。以其有得，则知不求而死者有恨也。夫常求其生犹失之死，而世常求其死也。'回顾乳者抱汝而立于旁，因指而叹曰：'术者谓我岁行在戌将死，使其言然，吾不及见儿之立也。后当以我语告之。'其平居教他子弟常用此语，吾耳熟焉，故能详也。其施于外事，吾不能知；其居于家无所矜饰，而所为如此，是真发于中者邪。呜呼！其心厚于仁者邪，此吾知汝父之必将有后也，汝其勉之！夫养不必丰，要于孝；利虽不得博于物，要其心之厚于仁。吾不能教汝，此汝父之志也。"修泣而志之，不敢忘。

先公少孤力学，咸平三年进士及第，为道州判官，泗、绵二州推官，又为泰州判官③。享年五十有九，葬沙溪之泷冈④。太夫人姓郑氏，考讳德仪，世为江南名族。太夫人恭俭仁爱而有礼，初封福昌县太君，进封乐安、安康、彭城三郡太君⑤。自其家少微时，治其家以俭约，其后常不使过之，曰："吾儿不能苟合于世，俭薄所以居患难也。"其后修贬夷陵，太夫人言笑自若，曰："汝家故贫贱也，吾处之有素矣；汝能安之，吾亦安矣。"

自先公之亡二十年，修始得禄而养。又十有二年，列官于朝，始得赠封其亲。又十年，修为龙图阁直学士、尚书吏部郎中，留守南京⑥，太夫人以疾终于官舍，享年七十有二。又八年，修以非才入副枢密，遂参政事⑦，又七年而罢。自登二府⑧，天子推恩，褒其三世，故自嘉祐以来，逢国大庆，必加宠锡⑨。皇曾祖府君累赠金紫光禄大夫、太师、中书令，曾祖妣累封楚国太夫人。皇祖府君累赠金紫光禄大夫、太师、中书令兼尚书令，祖妣累封吴国太夫人。皇考崇公累赠金紫光禄大夫、太师、中书令兼尚书令，皇妣累封越国太夫人。今上初郊，皇考赐爵为崇国公，太夫人进号魏国。⑩

于是，小子修泣而言曰：呜呼，为善无不报，而迟速有时，此理之常也。惟我祖考，积善成德，宜享其隆，虽不克有于其躬，而赐爵受封，显荣褒大，实有三朝之锡命⑪。是足以表见于后世，而庇赖其子孙矣。乃列其世谱，具刻于碑。既，又载我皇考崇公之遗训，太夫人之所以教而有待于修者，并揭于阡。俾知夫小子修之德薄能鲜，遭时窃位，而幸全大节，不辱其先者，其来有自。

熙宁三年岁次庚戌四月辛酉朔十有五日乙亥，男推诚保德崇仁翊戴功臣、观文殿学士、特进、行兵部尚书、知青州军州事、兼管内劝农使、充京东东路安抚使、上柱国、乐安郡开国公，食邑四千三百户、食实封一千二百户修表⑫。

注释

① 泷（shuāng）冈：地名，在吉州吉水（今属江西）。
　阡表：墓表。阡，墓道。
② 皇考：指欧阳修死去的父亲欧阳观。
③ 道州：今湖南道县。
　判官：地方长官的僚属。
　泗、绵二州：今江苏宿迁与四川绵阳。
　推官：州、府的属官，掌刑狱。
　泰州：今属江苏。
④ 沙溪：在今江西。
⑤ 福昌：今河南宜阳。
　太君：古代官员母亲的封号。
　乐安：今属山东。
　安康：今属陕西。
　彭城：今江苏徐州。
⑥ 留守：陪都留守，官名。
　南京：今河南商丘。
⑦ 副枢密：即枢密副使，枢密院长官的副职。
　参政事：任参知政事，即副宰相。
⑧ 二府：指中书门下和枢密院，宋代最高军政机关。
⑨ 锡：同"赐"。
⑩ "皇曾祖府君"至"进号魏国"：以上诸官职、封号，皆是因
　欧阳修逐渐显贵后，朝廷对他先祖的追赠。宋代制度，贵臣、
　宰执可追赠三代。
⑪ 三朝：指宋仁宗、英宗、神宗三朝。
⑫ "推诚保德"至"食实封一千二百户"：这是欧阳修当时的
　全部官衔和封爵。

【译文】

唉！在我先父崇国公选择泷冈为葬地的六十年后，儿子我才能在他墓前立碑。不是我胆敢拖延，只是等待皇帝的追封。

我很不幸，四岁就成了没父亲的孤儿。太夫人立誓守寡，不再改嫁，生活穷困，自己努力维持生计来培养我教导我，使我长大成人。太夫人告诫我说："你父亲为官廉洁，喜欢资助别人，喜欢人来客往，他的俸禄虽然微薄，经常不让剩下一点儿，说是不要因为这些钱拖累我。所以他去世的时候，没留下一间房子、一块田地来庇护我们继续生活，我靠什么能够守节呢？我对你父亲有所了解，因而对你有所期待啊。自从我嫁到你们家，没有机会奉养我婆婆，但知道你父亲对她很孝敬；你失去父亲，又年幼，我不能够预料你一定会有所成就，但知道你父亲必将有个好儿子。我刚出嫁的时候，你父亲除去母亲的丧服才过了一年，逢年过节祭祀母亲时，就一定流着泪说：'祭礼丰盛，还不如过简陋的生活而能多奉养母亲几年呢。'有时喝酒吃饭，就又流着泪说：'从前吃的东西常常不够，现在有多余了，可又怎么来得及去奉养母亲呢？'我刚开始几次见他这样，认为是刚除去丧服偶然如此。过了一段时间之后，经常这样，到他去世也没有改变。我虽然赶不上奉养婆婆，但凭这一点就知道你父亲对她很孝敬。你父亲做官时，曾经夜里在烛光下写公文，几次放下叹息。我问他，他就说：'这是该判死刑的案件，我想让犯人活下来却办不到。'我问：'能让他活下来吗？'他说：'我尽力为他开脱而不成，那么死者和我都没有什么遗憾了，何况经过我的努力，有时还能让他活下来。因为可以让有的人不死，那么就应该懂得如果不去争取一下，死者会心怀怨恨的。常常想让犯人活下来，有时还会误判死刑；何况世上判案的人是常常想治人死罪的呀！'他回头看见奶妈抱着你站在一边，就指指你，叹息说：'算命先生说我戌年将死，假如他的话是真的，我就来不及看到我的孩子长大成人了。我死后你们应该把这话告诉他。'他平时常用这话教育别人的孩子，我听得耳熟了，所以能详细地复述。他在外面办事，我没法了解；他在家里从不装模作样，因此，他的所作所为，是真正发自内心的呀。唉！你父亲心肠仁厚啊，因此我知道他一定会有好后代的，你要努力啊！奉养长辈的东西不一定要丰厚，关键在于孝心；利益虽然不能施于众人，关键在于内心注重仁义。我没法教导你，这是你父亲的遗志。"我哭着记住这些话，不敢忘记。

先父年幼丧父，努力学习，咸平三年考中进士，担任道州判官，泗、绵二州推官，又担任过泰州判官，活了五十九岁，安葬在沙溪的泷冈。太夫人姓郑，她父亲名叫德仪，世代是江南名门望族。太夫人恭敬节俭，仁厚慈爱，又懂得礼仪，开始时受封福昌县太君，进而又被封为乐安、安康、彭城三郡太君。从我家早年贫寒时起，太夫人就以节俭安排家务，以后常常不让我们超过这种生活水平，她说："我儿子不能苟且迎合世俗生活，要靠节俭来适应可能发生的困难。"后来我被贬夷陵，太夫人谈笑自如，说："你家本来就很贫贱，我已经习以为常；你能安于这样的生活，我也能安于这样的生活。"

先父去世后二十年，我才获得俸禄奉养母亲。又过了十二年，进入朝廷官员的行列，才得到追封母亲的资格。又过了十年，我担任龙图阁直学士、尚书吏部郎中，留守南京，太夫人因病在官员宿舍中去世，享年七十二。又过了八年，才能平常的我担任枢密副使，又任参知政事，七年后免职。自从我进入二府，皇上施与恩惠，褒奖我家三代。所以，从嘉祐年间以来，每逢国家有盛大庆典，一定会赐予封号。我曾祖父最后被追封为金紫光禄大夫、太师、中书令，曾祖母最后被追封为楚国太夫人。我的祖父最后被追封为金紫光禄大夫、太师、中书令兼尚书令，祖母最后追封为吴国太夫人。我父亲崇国公最后被追封为金紫光禄大夫、太师、中书令兼尚书令，母亲最后被封为越国太夫人。当今皇上第一次行郊祀礼，我父亲被赐予崇国公的封号，太夫人加封魏国太夫人。

此时，我哭着说：唉，做好事没有不得好报的，只是早晚的事，这是普遍的规律。我的祖父和父亲，积累了很多善行成为功德，应该享有荣耀，虽然不能亲身享受，但身后获得爵位，受到追封，这莫大的荣誉和奖赏，实在是三朝的恩赐。这足以写在墓表上给后人看，而庇护子孙了。于是就罗列了家谱，详细地刻录在墓碑上。然后，又记录了我父亲崇国公的遗训，太夫人的教诲和对我的期望，一并记载在阡表上。使人们知道我德行浅薄、才能不高，不过生逢其时才身居高位，但幸而保全了大节，没有给先人丢脸，这还是有原因的。

熙宁三年庚戌四月辛酉十五日乙亥，儿子推诚保德崇仁翊戴功臣、观文殿学士、特进、行兵部尚书、知青州军州事、兼管内劝农使、充京东东路安抚使、上柱国、乐安郡开国公，食邑四千三百户，食实封一千二百户欧阳修作表。

【品读】

这是作者为父亲写的墓表。文章通过母亲的追忆来表现父亲的品格，在对家庭琐事的叙述中，将人物的音容笑貌，神情意态真切地刻画出来，笔端饱含深情，被誉为"千古至文"。

字明允，眉州眉山（今属四川）人。宋代散文家，苏轼、苏辙之父。

年轻时参加科举考试不中。二十七岁决心闭门读书。嘉祐元年（一○五六）携苏轼、苏辙兄弟进京，谒见欧阳修，其文受称赏，在士大夫中广为流传。召试舍人院，称病推辞，任秘书省校书郎。后任霸州文安县（今属河北）主簿，与人同修《太常因革礼》一百卷，书成后不久去世。

苏洵尤擅策论，文风深受《战国策》影响，言辞锋利，气势宏大，善于雄辩。其记叙文则又兼之曲折委婉的特点。他的散文对二子影响甚巨。有《嘉祐集》。

苏洵

一〇九—一〇六六

六国论

六国破灭，非兵不利、战不善，弊在赂秦。赂秦而力亏，破灭之道也。或曰："六国互丧，率赂秦耶？"曰："不赂者以赂者丧。盖失强援，不能独完。故曰弊在赂秦也。"

秦以攻取之外，小则获邑，大则得城。较秦之所得与战胜而得者，其实百倍；诸侯之所亡，与战败而亡者，其实亦百倍。则秦之所大欲，诸侯之所大患，固不在战矣。思厥先祖父，暴霜露，斩荆棘，以有尺寸之地。子孙视之不甚惜，举以予人，如弃草芥。今日割五城，明日割十城，然后得一夕安寝。起视四境，而秦兵又至矣。然则诸侯之地有限，暴秦之欲无厌，奉之弥繁，侵之愈急。故不战而强弱胜负已判矣。至于颠覆，理固宜然。古人云："以地事秦，犹抱薪救火，薪不尽，火不灭①。"此言得之。

齐人未尝赂秦，终继五国迁灭，何哉？与嬴而不助五国也。五国既丧，齐亦不免矣。燕、赵之君，始有远略，能守其土，义不赂秦。是故燕虽小国而后亡，斯用兵之效也。至丹以荆卿为计②，始速祸焉。赵尝五战于秦，二败而三胜。后秦击赵者再，李牧连却之③。洎牧以谗诛④，邯郸为郡⑤，惜其用武而不终也。且燕、赵处秦革灭殆尽之际，可谓智力孤危，战败而亡，诚不得已。向使三国各爱其地，齐人勿附于秦，刺客不行，良将犹在，则胜负之数，存亡之理，当与秦相较，或未易量。

呜呼！以赂秦之地封天下之谋臣，以事秦之心礼天下之奇才，并力西向，则吾恐秦人食之不得下咽也。悲夫！有如此之势，而为秦人积威之所劫，日削月割，以趋于亡。为国者无使为积威之所劫哉[6]！夫六国与秦皆诸侯，其势弱于秦，而犹有可以不赂而胜之之势。苟以天下之大，下而从六国破亡之故事，是又在六国下矣。

　　战国时六国的灭亡，不是武器不锋利、战术不恰当，问题出在贿赂秦国。贿赂秦国而造成国力衰弱，这就是灭亡的原因。有人问："六国相继灭亡，都是因为贿赂秦国吗？"我说："不贿赂秦国的因为贿赂秦国的国家而被消灭。失去了有力的后援，哪一国都不能独自保全。所以说问题出在贿赂秦国。"

　　秦国除用战争手段夺取土地之外，接受六国的贿赂，或者得到小城，或者得到大城。比较秦国因贿赂而得到的土地与打胜仗夺取的土地，它的实际数量相差一百倍；比较六国诸侯因贿赂秦国而失去的土地与因战败而失去的土地，它的实际数量也相差一百倍。那么秦国所极力想得到的，诸侯所最担忧的，原本就不在战争。追念六国的先辈，冒着霜露，披荆斩棘，才有了那一点点土地。子孙看待它一点也不爱惜，拿它来奉送他人，就像丢掉一棵小草一样。今天割让五座城，明天割让十座城，然后才得到一个晚上的安睡。起身一看四方边境，秦兵又来了。但是六国诸侯的土地有限，暴秦的欲望却永不满足，送给秦国越多，秦国侵犯他们就越厉害。所以不必打仗，强弱胜负就已经可以确定了。最终灭亡，理应如此。古人说："用割地的办法侍奉秦国，就像抱着柴草救火，柴草不用完，火是不会熄灭的。"这话说得真对。

　　齐国没有贿赂秦国，最终接着五国灭亡，这是什么原因呢？因为齐国与秦国亲近而不帮助其他五国。五国一旦灭亡，齐国也难逃灭亡的命运。燕赵两国的国君，起初有长远的谋略，能坚守自己的国土，坚持正义不贿赂秦国。因此，燕国虽是小国而后来才灭亡，这是用兵的效果。等到燕太子丹用荆轲刺秦王作为计策，才招致祸患。

赵国曾经与秦国交战五次，两次败而三次胜。后来秦国两次攻打赵国，李牧连连击退了秦军。等到李牧因为遭受谗言而被杀，邯郸才成了秦国的一个郡，可惜赵国用武力抗秦没有坚持到底。而且燕赵两国处在秦国把各国消灭得差不多的时候，可说是智谋和力量都已孤弱危殆，战败而灭亡，实在是不得已。假使当初韩、魏、楚三国各自爱惜本国的土地，齐国人不亲附秦国，荆轲不去行刺，李牧这样的良将还在，那么胜败存亡的命运，倘若与秦国相比，或许还难以预料。

唉！如果用贿赂秦国的土地来分封天下的谋臣，用侍奉秦国的诚心来礼遇天下的奇才，合力向西抵抗秦国，那么我恐怕秦国人连饭都咽不下去。可悲啊！有这样好的形势，却被秦国人的积威所胁迫，土地一天天被削割，从而渐渐走向灭亡。治理国家的人可不要使自己被积威所胁迫啊！那六国与秦国都是诸侯，他们的势力比秦国弱，却还有可以不贿赂秦国而战胜它的好形势。假如占有着那么大的天下，却降低地位去追随六国灭亡的前例，这就又在六国之下了。

【品读】

本文原题《六国》，现依通行选本改。作者将六国灭亡归咎于"赂秦"，并补充说明了"不赂者以赂者丧"的情况，论证堪称滴水不漏。文章结构严整，文笔纵横排宕，气势逼人。

名二子说^①

　　轮辐盖轸^②，皆有职乎车，而轼独若无所为者^③。虽然，去轼则吾未见其为完车也。轼乎，吾惧汝之不外饰也。

　　天下之车，莫不由辙^④，而言车之功者，辙不与焉。虽然，车仆马毙，而患不及辙。是辙者善处乎祸福之间也。辙乎，吾知免矣。

注释

① 二子：指苏轼、苏辙。
② 辐：车轮中凑集于中心毂上的直木。
　　轸（zhěn）：车厢底部四面的横木。
③ 轼：车子前部供人倚靠的横木。
④ 辙：车轮碾过的痕迹。

车轮、车辐、车篷、车轸，对车子都有功用，而唯独车轼好像没有什么用处。虽然这样，如果没有车轼，我就看不出它是一座完整的车辆。苏轼啊，我怕你不善于修饰自己的外表啊。

天下的车辆，无不按照车辙行进，但谈起车辆的功用，车辙却没有份。即使车辆翻倒马匹摔死，祸患却与车辙无关，因此，车辙最善于在祸福之间处事。苏辙啊，我知道你能避免祸患啊。

【品读】

本文说明作者给二子取名字的原因，对"轼""辙"两字意义的揭示中，体现出为人父者的谆谆告诫。

木之生，或蘗而殇①，或拱而天②。幸而至于任为栋梁则伐，不幸而为风之所拔，水之所漂，或破折，或腐。幸而得不破折不腐，则为人之所材，而有斧斤之患。其最幸者，漂沉汨没于湍沙之间③，不知其几百年，而其激射啮食之馀，或仿佛于山者，则为好事者取去，强之以为山，然后可以脱泥沙而远斧斤。而荒江之濆如此者④，几何不为好事者所见？而为樵夫野人所薪者，何可胜数？则其最幸者之中，又有不幸者焉。

予家有三峰。予每思之，则疑其有数存乎其间。且其蘗而不殇，拱而不天，任为栋梁而不伐，风拔水漂而不破折不腐。不破折不腐，而不为人之所材，以及于斧斤。出于湍沙之间，而不为樵夫野人之所薪，而后得至乎此，则其理似不偶然也。

然予之爱之，则非徒爱其似山，而又有所感焉。非徒爱之，而又有所敬焉。予见中峰魁岸踞肆⑤，意气端重，若有以服其旁之二峰。二峰者，庄栗刻峭，凛乎不可犯。虽其势服于中峰，而岌然决无阿附意⑥。吁！其可敬也夫！其可以有所感也夫！

注释

① 蘖（niè）：嫩芽。

　殇：未成年就死去。

② 拱：两手合抱。

　夭：摧折。

③ 汩（gǔ）没：埋没。

　湍：指流水。

④ 濆（fén）：水边高地。

⑤ 踞肆：仪态自然地蹲在高处。

⑥ 阿（ē）附：迎合依附。

【译文】

　　树木生长时，有的刚刚抽出嫩芽就死了，有的长到双手合抱那样粗却被摧折了。侥幸地长到可用作房梁了就要被砍伐，不幸的被大风拔起，被水流飘走，有的折断了，有的腐烂了。侥幸能不被折断，不被腐蚀的，就被人们当作木材使用，而遭遇了斧子的侵害。其中最幸运的，漂浮在水里，埋没在沙石里，不知道要经过几百年。而经过水流的冲击、沙石的侵蚀之后，有的像山的形状，就被多事的人拿去，勉强把它做成了一座山。然后这树木才能摆脱泥沙而远离斧子。在人迹罕至的江边高地生长的树木，有多少不被多事的人看见？而被砍柴的山民砍去当柴烧的，怎么数得清？那么在那些最侥幸的树木中，又有不幸的了。

我家有三座木假山，我常常想，怀疑有命运之类的东西在暗中支配。它抽出嫩芽却没有死去，长到双手合抱那样粗却没有被摧折，长到可用作房梁了却没有被砍伐，被大风拔起、被水流飘走却没有折断腐烂。没有折断腐烂，却没有被人们当作木材使用，没有遭遇斧子的侵害。出于水流泥沙中间，却没有被砍柴的山民砍去当柴烧，然后才能做成假山，那么其中的道理似乎不是偶然的。

　　然而我之所以喜爱木假山，不单是喜爱它们形状像山，而是又有别的感慨。不但是喜爱它们，而且有点敬重它们。我见这三座木假山的中峰伟岸耸直，气概庄重，好像要压倒边上的两座山峰。那两座山峰，也显得庄重坚固、险峻挺拔，俨然不可侵犯。虽然它们的形态臣服于中峰，但高高耸立绝没有一点曲意奉迎的样子。啊！它们真可敬重啊！对它们真别有一番感慨啊！

【品读】

　　本文借木假山的形成来说明人的社会遭遇的幸运与不幸，并赞扬了那种凛然不屈，刚直不阿的品格。

张益州画像记①

　　至和元年秋，蜀人传言："有寇至边，边军夜呼，野无居人。"妖言流闻，京师震惊。方命择帅，天子曰："毋养乱，毋助变，众言朋兴，朕志自定，外乱不足，变且中起，既不可以文令，又不可以武竞，惟朕一二大吏，孰为能处兹文武之间，其命往抚朕师。"乃推曰："张公方平其人。"天子曰："然。"公以亲辞，不可，遂行。冬，十一月，至蜀。至之日，归屯军，撤守备，使谓郡县："寇来在吾，无尔劳苦。"明年，正月朔旦，蜀人相庆如他日，遂以无事。又明年，正月，相告留公像于净众寺②，公不能禁。

　　眉阳苏洵言于众曰③："未乱易治也，既乱易治也。有乱之萌，无乱之形，是谓将乱。将乱难治，不可以有乱急，亦不可以无乱弛。惟是元年之秋，如器之敧④，未坠于地。惟尔张公，安坐于其旁，颜色不变，徐起而正之。既正，油然而退，无矜容。为天子牧小民不倦，惟尔张公。尔繄以生⑤，惟尔父母。且公尝为我言：'民无常性，惟上所待，人皆曰：蜀人多变。于是待之以待盗贼之意，而绳之以绳盗贼之法。重足、屏息之民，而以碪斧令，于是民始忍以其父母妻子之所仰赖之身，而弃之于盗贼，故每每大乱。夫约之以礼，驱之以法，惟蜀人为易。至于急之而生变，虽齐、鲁亦然。吾以齐、鲁待蜀人，而蜀人亦自以齐、鲁之人待其身。若夫肆意于法律之外，以威劫齐民，吾不忍为也。'呜呼！爱蜀人之深，待蜀人之厚，自公而前，吾未始见也。"皆再拜稽首，曰："然。"苏洵又曰："公之恩在尔心，尔死，在尔子孙，其功业在史官，无以像为也。且公意不欲，如何？"皆曰："公则何事于斯，虽然，于我心有不释焉。今夫平居闻一善，必问其人之姓名，与其邻里之所在，以至于其长短大小美恶之状。甚者，或诘其平生所嗜好，以想见其为人，而史官亦书之于其传。意使天下之人，思之于心，则存之于目。存之于目，故其思之于心也固。由此观之，像亦不为无助。"苏洵无以诘，遂为之记。

公，南京人，慷慨有大节，以度量雄天下。天下有大事，公可属⑥。系之以诗曰：

天子在祚⑦，岁在甲午。西人传言，有寇在垣。
庭有武臣，谋夫如云。天子曰嘻，命我张公。
公来自京，旗纛舒舒⑧。西人聚观，于巷于涂⑨。
谓公暨暨⑩，公来于于。公谓西人，安尔室家，
无敢或讹，讹言不祥，往即尔常。春尔条桑⑪，
秋尔涤场。西人稽首，公我父兄。公在西囿，

草木骈骈。公宴其僚，伐鼓渊渊。西人来观，祝公万年。有女娟娟，闺闼闲闲⑫。有童哇哇，亦既能言。昔公未来，期汝弃捐。禾麻芃芃⑬，仓庾崇崇⑭。嗟我妇子，乐此岁丰。公在朝廷，天子股肱⑮。天子曰归，公敢不承。作堂严严，有庑有庭⑯。公像在中，朝服冠缨。西人相告，无敢逸荒。公归京师，公像在堂。

注释

① 张益州：指张方平，北宋名臣，曾任益州知州，官至参知政事。
② 净众寺：又名万福寺，在成都西北。
③ 眉阳：即眉州眉山。
④ 敧（qí）：倾斜将倒。
⑤ 繄（yī）：是。
⑥ 属：同"嘱"，托付。
⑦ 祚：帝位。
⑧ 纛（dào）：军队或仪仗队使用的大旗。
⑨ 涂：同"途"。
⑩ 暨暨：刚毅果敢的样子。
⑪ 条：修去枝条。
⑫ 闺闼（tà）：女子卧室。
⑬ 芃（péng）芃：草木茂盛的样子。
⑭ 仓庾：粮仓。
⑮ 股肱（gōng）：大腿和手臂，比喻辅佐皇帝得力的大臣。
⑯ 庑（wǔ）：走廊。

【译文】

　　至和元年的秋天，四川一带的人传说："有敌人要侵犯边境，驻边将士半夜惊呼，四野的百姓都已逃光。"谣言流传，京城也为之震惊。正打算选派将帅，天子说："不要酿成祸乱，不要助成事变，虽然众人传说纷起，但我的主意已定，外患倒不一定酿成，事变将可能在内部产生，这事既不可以用文教手段感化，也不可以用武力手段解决，只能依靠我的一两个大臣。谁能处理这件介于文教武力之间的事，我就派他去安抚我的军队。"于是大家推荐说："张方平就是合适的人。"天子说："对。"张公以侍奉双亲为理由推辞，但没有得到朝廷的同意，只能动身出发。冬天十一月，抵达四川。抵达的那一天，命令驻军回去，撤除守备，派人对郡县长官说："敌人来了由我负责，不必劳烦你们。"到明年正月初一早上，四川百姓像往常一样欢度新年，太平无事。再到下一年正月，百姓相互商量要在净众寺里安放张公的画像，张公没能制止住。

　　眉阳人苏洵对众人说道："祸乱没有发生容易对付，祸乱发生了也容易对付。有祸乱的苗头，没有祸乱的表现，这叫作将要祸乱。将要祸乱很难对付，既不能因有祸乱的苗头而操之过急，也不能因没有祸乱的表现而放松警惕。这至和元年秋天的形势，就像器物已经倾斜，但还没有掉在地上。只有你们的张公，安坐在它旁边，脸色不变，慢慢地起身把它扶正。扶正之后，从容退坐，没有一点骄矜自得的样子。替天子管理百姓毫不倦怠，这就是你们的张公。你们因张公而得生，他是你们的再生父母。而且张公曾经对我说过：'百姓没有固定不变的性情，只看他们的上司如何对待他们，人们都说：蜀人多变，于是用对盗贼的态度对待他们，用管束盗贼的办法管束他们。对畏缩不前、屏声息气的百姓，却持刀斧等刑具去命令他们，于是百姓才忍心不顾自己这父母妻子所依靠的身躯，把自己交给盗贼，所以常常发生大乱。如果用礼义来约束百姓，用法律来差遣百姓，那么蜀人最容易管理。至于逼迫他们从而发生变乱，即使在齐、鲁这样的地方也会如此。我用对待齐、鲁百姓的方法对待蜀人，那么蜀人也自然会把自己当成齐、鲁之人。在法律之外胡作非为，用淫威来胁迫无辜百姓，我是不忍心这样做的。'唉！爱护蜀人如此深切，对待蜀人如此优厚，在张公之前，我还没有见过。"众人听了都再拜叩头，说："真是这样。"苏洵又说："张公的恩德记在你们心中，你们死后，记在你们子孙心中，他的业绩载在史册，不用画像了。而且张公不想这样做，怎么办？"众人都说："张公怎会关心此事，虽然如此，我们心中总放不下。如今平时听说有人做了件好事，一定要问那人的姓名和他的住处，甚至问到那人的身材长短、年龄大小、容貌美丑。更有甚者，还要询问他平生的嗜好，以便推想他的为人。史官也会把这些写进他的传记中。目的是让天下人不仅把他铭记在心，而且记住他的音容。他的音容呈现在眼前，则心中铭记的也就越牢固。这样看来，画像也不是没有帮助的。"苏洵无法反驳，于是为此写了这篇画像记。

张公是南京人，为人慷慨，气节高尚，以襟怀大度闻名天下。天下有重大的事情，张公是可以托付的。末了写一首诗作结：

天子登皇位，岁在甲午年。蜀人传谣言，敌人将扰边。
朝廷有武将，谋臣多如云。天子惊出声，命我张公行。
张公自京来，风卷旌旗扬。蜀人观风采，人潮满街巷。
张公诚坚毅，神色颇安详。对我蜀人言，家室宜安顿，
万勿信谣言，谣言最不祥，做你往常事，春天整柔桑，
秋天清谷场。蜀人频叩头，张公胜父兄。公在西园住，

草木郁葱葱。公请僚属饮，击鼓咚咚响。蜀人来观看，
祝寿万年长。有女美婵娟，闺房颇幽闲。有儿哇哇啼，
已能开口言。张公昔未来，命存沟壑间。如今禾麻长，
粮仓谷米满。可感妇与子，乐此丰收年。公为朝中臣，
天子股肱人。天子命归京，张公敢不应？作堂好庄重，
有庑又有庭。公像供正中，朝服加冠缨。蜀人争相告，
不做安闲人。公虽回京师，画像传美名。

【品读】

　　至和元年（1054）秋，四川地区谣传侬智高军将要侵蜀，人心惶惶。
朝廷派滑州知州张方平改任益州知州，进行安抚。张上任后采取措
施平定了局势。作者在文中盛赞张方平的治民之道，结尾处更以韵
文再加补充。

字子固，建昌军南丰（今属江西）人。宋代散文家。出生于儒学世家。嘉祐二年（一〇五七）中进士，任太平州（今安徽当涂）司法参军。后入京任馆阁校勘、集贤校理，为实录检讨官。熙宁二年（一〇六九），任越州（今浙江绍兴）通判。后在多州任地方官。元丰三年（一〇八〇）移知沧州，途经京城时被宋神宗召见，勾当三班院。次年迁史馆修撰，编修五朝国史。元丰五年（一〇八二）任中书舍人，次年病逝于金陵（今江苏南京）。乃师尊奉欧阳修。思想正统。其文以议论说理见长，文风质朴，又纡徐委婉，近于结构谨严，文字简洁，为后世大多数作家所推崇，对清代桐城派古文家影响尤深。有《元丰类稿》。

曾巩

一〇一九—一〇八三

寄欧阳舍人书①

巩顿首再拜舍人先生：去秋人还，蒙赐书及所撰先大父墓碑铭②。反复观诵，感与惭并。

夫铭志之著于世，义近于史，而亦有与史异者。盖史之于善恶无所不书；而铭者，盖古之人有功德材行志义之美者，惧后世之不知，则必铭而见之，或纳于庙，或存于墓，一也。苟其人之恶，则于铭乎何有？此其所以与史异也。其辞之作，所以使死者无有所憾，生者得致其严。而善人喜于见传，则勇于自立；恶人无有所纪，则以愧而惧。至于通材达识，义烈节士，嘉言善状，皆见于篇，则足为后法。警劝之道，非近乎史，其将安近？

及世之衰，为人之子孙者，一欲褒扬其亲而不本乎理。故虽恶人，皆务勒铭以夸后世。立言者既莫之拒而不为，又以其子孙之所请也，书其恶焉，则人情之所不得，于是乎铭始不实。后之作铭者，当观其人。苟托之非人，则书之非公与是，则不足以行世而传后。故千百年来，公卿大夫至于里巷之士，莫不有铭，而传者盖少。其故非他，托之非人，书之非公与是故也。

然则孰为其人而能尽公与是欤？非畜道德而能文章者无以为也。盖有道德者之于恶人则不受而

232

铭之，于众人则能辨焉。而人之行，有情善而迹非，有意奸而外淑，有善恶相悬而不可以实指，有实大于名，有名侈于实。犹之用人，非畜道德者恶能辨之不惑，议之不徇？不惑不徇，则公且是矣。而其辞之不工，则世犹不传，于是又在其文章兼胜焉。故曰非畜道德而能文章者无以为也，岂非然哉！

然畜道德而能文章者，虽或并世而有，亦或数十年或一二百年而有之。其传之难如此，其遇之难又如此。若先生之道德文章，固所谓数百年而有者也。先祖之言行卓卓，幸遇而得铭，其公与是，其传世行后无疑也。而世之学者，每观传记所书古人之事，至其所可感，则往往蠹然不知涕之流落也③，况其子孙也哉？况巩也哉？其追睎祖德而思所以传之之繇④，则知先生推一赐于巩而及其三世。其感与报，宜若何而图之？

抑又思，若巩之浅薄滞拙，而先生进之；先祖之屯蹶否塞以死⑤，而先生显之。则世之魁闳豪杰不世出之士，其谁不愿进于门？潜遁幽抑之士，其谁不有望于世？善谁不为，而恶谁不愧以惧？为人之父祖者，孰不欲教其子孙？为人之子孙者，孰不欲宠荣其父祖？此数美者，一归于先生。既拜赐

之辱，且敢进其所以然。所谕世族之次，敢不承教
而加详焉？

　　幸甚，不宣。巩再拜。

注释

　① 欧阳舍人：指欧阳修。
　② 先大父：指曾巩已故的祖父曾致尧，欧阳修曾为其撰《尚
　　　书户部郎中赠右谏议大夫曾公神道碑铭》。
　③ 衋（xì）：伤痛的样子。
　④ 晞（xī）：仰慕。
　　　繇：同"由"，原因。
　⑤ 屯蹶（zhūn juě）否（pǐ）塞：形容境遇艰难，经受挫折。

【译文】

曾巩叩头再拜舍人先生：去年秋天，我派去的人回来，承蒙您赐给书信和为先祖父所写的墓碑铭。反复诵读，我真是感愧交并。

铭志文能著称于后世，是因为它的意义与史传相近，但也有与史传不同的地方。史传对善恶的事无不加以记载，而铭文，大概是古代有功德、有才能、有志气的人怕后代不了解，于是一定要用铭文来显扬，或者放进家庙里，或者放在坟墓中，其用意是一样的。如果是个坏人，那么铭文有什么好写的呢？这是它与史传不同的地方。铭文的写作，是为了让死去的人没有遗憾，让活着的人能向他表达敬意。好人希望自己的事迹能记载在史传中，所以努力有所建树；坏人没有什么可以记载，所以羞愧而恐惧。至于博学多才、见识通达的人，忠义英烈、节操高尚的人，他们有益的言论、良好的行为，都能显现在铭文里，足以成为后人的楷模。铭文警世劝人的作用，不与史传相近，那又与什么相近呢？

到了世风衰微的时候，作为子孙的，一味想赞扬自己死去的亲人而不根据事理。所以即使是坏人，也都一定要在碑上刻铭来向后人夸耀。撰写铭文的人既不能推辞不写，又因为是死者子孙的请托，如果直写他的恶行，那么不合人之常情，于是铭文就开始出现不实之词。后来写作铭文的人，常常先要看他的为人。如果请托的人不合适，那么他写的内容一定不公正、不正确，就不能流行于世，传给后代。所以千百年来，从达官贵人到平民百姓死后都有碑铭，而能流传下来的却很少。这没有别的原因，是请托的人不合适，写的内容不公正、不正确的缘故。

既然这样，那么怎样的人才能做到完全公正和正确呢？不是深有道德而且擅写文章的人是做不到的。因为有道德的人不会接受坏人请托为他写铭文，对一般的人也能加以辨别。而人的品行，有的内心善良而行为上看不出来，有的内心奸恶而外在表现得善良，有的善恶相差悬殊而很难确指，有的实际大于名声，有的名声超过实际。就像用人，不是深有道德的人怎么能明辨而不受迷惑，评论公正而不徇私情？能不受迷惑、不顾私情，就能公正而且正确。但是如果铭文的辞藻不精美，那么就不能流传于世，于是要求文章也要写得好。所以不是深有道德而又擅写文章的人就不能写铭文，难道不是这样吗！

然而深有道德又擅写文章的人，虽然有时会同时出现，但也许几十年或者一二百年才会有一个。铭文的流传是这样难，遇上合适的作者又这样难。像先生您这样的道德文章，实在可说是几百年才有啊。先祖父的言行十分杰出，有幸遇到您为他撰写铭文，这篇铭文公正且正确，它能流传于当代和后世，是毫无疑问的。世上的学者，每当读到传记所载古人事迹的时候，读到那些感人的地方，就常常伤感得不知不觉流下了眼泪，何况是死者的子孙呢？何况是我曾巩呢？我追慕祖上的德行并思索能传之后世的原因，就懂得了先生赐我这篇铭文将会惠及我家祖孙三代。这感激和报答之情，我应该怎样来表示呢？

我又想，像我这样浅薄愚笨的人，先生还加以提携；先祖父屡遭挫折、终生失意，先生还加以显扬。那么世上那些俊伟豪杰、难得一见的人，谁不愿投拜在您的门下？那些避世隐遁、幽居失意的人，谁不希望扬名于世？好事谁不想做，坏事谁不感到羞愧恐惧？当父亲、祖父的，谁不想教育好自己的子孙？做子孙的，谁不想为自己的祖辈增光？这种种好事，全应归功于先生。我已经有幸得到了您赐给的铭文，又斗胆向您陈述了自己所以感激的原因。来信所论我的家族世系，我怎敢不接受教诲而详加研究呢？

　　荣幸之至，书不尽意。曾巩再拜。

【品读】

　　作者曾请欧阳修为祖父曾致尧撰写墓志铭，本文是他给欧阳修的感谢信。文章一反陈规，从墓志铭的功能写起，强调作铭者需是欧阳修那样"蓄道德而能文章"的杰出人物。全文纡徐百折，娓娓道来，充分体现了曾文的艺术风格。

墨池记

　　临川之城东，有地隐然而高①，以临于溪，曰新城。新城之上，有池洼然而方以长②，曰王羲之之墨池者③，荀伯子《临川记》云也④。羲之尝慕张芝⑤，临池学书，池水尽黑，此为其故迹，岂信然邪？

　　方羲之之不可强以仕，而尝极东方，出沧海，以娱其意于山水之间，岂其徜徉肆恣，而又尝自休于此邪？羲之之书晚乃善，则其所能，盖亦以精力自致者，非天成也。然后世未有能及者，岂其学不如彼邪？则学固岂可以少哉！况欲深造道德者邪？

　　墨池之上，今为州学舍。教授王君盛恐其不章也⑥，书"晋王右军墨池"之六字于楹间以揭之。又告于巩曰："愿有记"。推王君之心，岂爱人之善，虽一能不以废，而因以及乎其迹邪？其亦欲推其事以勉其学者邪？夫人之有一能，而使后人尚之如此，况仁人庄士之遗风馀思，被于来世者如何哉！

　　庆历八年九月十二日，曾巩记。

注释

① 隐然：突起的样子。
② 洼然：低深的样子。
③ 王羲之：字逸少，东晋书法家，曾任右军将军、会稽内史，

世称"书圣"。

④ 荀伯子：晋宋间人，著有《临川记》。

⑤ 张芝：东汉书法家，善草书，世称"草圣"。

⑥ 教授：官名，宋代各级学校均设置，主管教育所属生员。

【译文】

临川城的东边，有块突起的高地，面临着溪水，名叫新城。新城上面，有个低凹的长方形水池，说是王羲之的墨池，这在荀伯子《临川记》一书中有记载。王羲之曾经仰慕张芝，在这个水池边练习书法，池水全都黑了，这是他的故迹，是不是真的这样呢？

当王羲之不愿勉强做官的时候，曾经遍游越东，泛舟出海，在山水之间快娱心意，是不是他在纵情游荡时，曾经在此地休息过呢？王羲之的书法到他晚年才达到精妙的境地，那么他的造诣也是依靠刻苦努力才得来的，不是上天赋予的。但后世没有人能比得上他，恐怕是学习的功夫不及他吧？那么学习的功夫怎么能够少花呢！更何况那些想在道德方面达到很高成就的人呢？

墨池上面，现在是抚州州学的校舍。州学教授王君生怕关于墨池的传说湮没无闻，在厅堂的楹柱上写了"晋王右军墨池"六个大字来标明，并对我说："希望你写篇文章记载它。"我猜测王君的心思，莫非是珍惜前人的长处，即使是一技之长也不愿让它埋没，因而连他的故迹也加以珍惜吗？或者是想推广王羲之的事迹来勉励这里的学生吗？人有一技之长，而使得后世人如此尊崇他，更何况仁人君子遗留下来的好传统，会对后世人产生多大的影响啊！

庆历八年九月十二日，曾巩记。

【品读】

　　本文从王羲之临池学书，池水被染黑的故事中生发开去，总结出学习不能光依赖天赋，要靠后天努力的道理。

赠司徒鲁郡颜公②，讳真卿，事唐为太子太师③，与其从父兄杲卿④，皆有大节以死。至今虽小夫妇人，皆知公之为烈也。初，公以忤杨国忠斥为平原太守⑤，策安禄山必反⑥，为之备。禄山既举兵，与常山太守杲卿伐其后，贼之不能直窥潼关⑦，以公与杲卿挠其势也。在肃宗时，数正言，宰相不悦，斥去之。又为御史唐旻所构，连辄斥。李辅国迁太上皇居西宫⑧，公首率百官请问起居，又辄斥。代宗时，与元载争论是非⑨，载欲有所壅蔽，公极论之，又辄斥。杨炎、卢杞既相德宗⑩，益恶公所为，连斥之，犹不满意。李希烈陷汝州⑪，杞即以公使希烈，希烈初惭其言，后卒缢公以死。是时，公年七十有七矣。

天宝之际，久不见兵，禄山既反，天下莫不震动，公独以区区平原，遂折其锋。四方闻之，争奋而起，唐卒以振者，公为之倡也。当公之开土门⑫，同日归公者十七郡⑬，得兵二十余万。繇此观之，苟顺且诚，天下从之矣。自此至公殁，垂三十年，小人继续任政，天下日入于弊，大盗继起，天子辄出避之。唐之在朝臣，多畏怯观望。能居其间，一忤于世，失所而不自悔者寡矣。至于再三忤于世，失所而不自悔者，盖未有也。若至于起且仆，以至于七八，遂死而不自悔者，则天下一人而已，若公是也。公之学问文章，往往杂于神仙浮屠之说，不皆合于理，及其奋然自立，能至于此者，盖天性然也。故公之能处其死，不足以观公之大。何则？及至于势穷，义有不得不死，虽中人可勉焉，况公之自信也与。维历忤大奸，颠跌撼顿，至于七八而终始不以死生祸福为秋毫顾虑，非笃于道者不能如此，此足以观公之大也。

夫世之治乱不同，而士之去就亦异，若伯夷之清，伊尹之任，孔子之时^⑭，彼各有义。夫既自比于古之任者矣，乃欲睒顾回隐^⑮，以市于世，其可乎？故孔子恶鄙夫不可以事君，而多杀身以成仁者。若公，非孔子所谓仁者与？

今天子至和三年，尚书都官郎中、知抚州聂君厚载，尚书屯田员外郎、通判抚州林君慥，相与慕公之烈，以公之尝为此邦也，遂为堂而祠之。既成，二君过予之家而告之曰：“愿有述。”夫公之赫赫不可尽者，固不系于祠之有无，盖人之向往之不足者，非祠则无以致其至也。闻其烈足以感人，况拜其祠而亲炙之者欤！今州县之政，非法令所及者，

世不复议。二君独能追公之节，尊而祠之，以风示
当世，为法令之所不及，是可谓有志者也。

注释

① 抚州：今属江西。

颜鲁公：指颜真卿，唐代著名书法家，封鲁郡公。

② 司徒：古代"三公"之一，这里是名誉职位。

③ 太子太师：官名，负责辅导太子。

④ 杲卿：颜杲卿，颜真卿堂兄，曾任常山太守，在"安史之乱"
抗叛军被俘，骂贼而死。

⑤ 杨国忠：杨贵妃堂兄，因堂妹得宠官至宰相，"安史之乱"
中随玄宗奔蜀，至马嵬驿（今陕西兴平西）被杀。

平原：今山东德州。

⑥ 安禄山：唐玄宗时曾任范阳节度使、河东节度使等职，天
宝十四载（755）发动"安史之乱"。

⑦ 潼关：在今陕西潼关县东北。

⑧ 李辅国：唐肃宗时宦官，曾为相，逼迫唐玄宗迁入西宫。

⑨ 元载：唐代宗时宰相，独揽大权，蒙蔽皇帝。

⑩ 杨炎：唐德宗时宰相，后被卢杞陷害而自杀。

卢杞：唐德宗时宰相，肆意专权，后被贬死。

⑪ 李希烈：唐德宗时为淮西节度使，后自称"天下都元帅""建
兴王"，后攻陷汝州、汴州，自称"楚帝"。

⑫ 土门：土门关，在今河南井陉土门山上，为军事要地。

⑬ 十七郡：颜真卿、杲卿起兵讨伐安禄山时，河北十七郡响应，
推真卿为帅。

⑭ 伯夷三句：语本《孟子·万章下》。

伯夷：商代孤竹国君长子，与其弟叔齐均不肯继承王位，逃
往周国，因反对伐纣，不食周粟而死。

伊尹：商代名臣，协助汤灭夏桀。

⑮ 睠（juàn）：同"眷"。

【译文】

　　追赠司徒的鲁郡颜公，名真卿，在唐朝任太子太师，和他的堂兄颜杲卿，都抱持着崇高的气节而死。至今即使普通男女，也都知道颜公的壮烈事迹。早先，颜公因得罪杨国忠被贬为平原郡太守，猜测安禄山必定谋反，为此而做了准备。安禄山起兵后，颜公和常山太守颜杲卿攻打贼军的后方，贼军无法直接窥伺潼关，就是因为颜公与杲卿阻挠了他们的势头。在唐肃宗时，屡次正言直谏，宰相不高兴，被贬离开朝廷。又遭御史唐旻陷害，连连被贬斥。李辅国逼太上皇玄宗迁居西宫，颜公首先率领百官上表请问起居，又被贬斥。唐代宗时，与元载争论是非，元载想蒙蔽皇上，颜公上疏竭力论说其弊病，又被贬斥。杨炎、卢杞相继在德宗朝任宰相，更加讨厌颜公的所作所为，连连贬斥他，还不满足。李希烈攻下汝州，卢杞就派颜公为使前往宣谕，李希烈起先因颜公的怒斥而羞恼，最后把他缢死。此时颜公年已七十七岁。

　　天宝年间，多年没有战争，安禄山谋反后，天下无不震动，颜公独自依凭着小小的平原郡，就阻遏了贼军的攻势。四方听说后，争着奋起反击，唐朝最终得以振兴，就是颜公首倡的。在颜公大开土门要塞时，同一天归顺颜公的有十七个郡，军队共有二十多万人。从这里看来，只要顺应时势并有诚心，天下人就会服从。从这时到颜公去世，近三十年，小人继续当政，天下越来越混乱，大盗不断起来谋反，天子只得出京避难。唐朝的在朝大臣，多数胆怯观望。处身于这样的情况中，一次得罪当世权臣，丢掉官职而不后悔的已经很少了。至于再三得罪当世权臣，丢掉官职而不后悔的，似乎从没有过。至于刚起来又跌倒，直到七八次，仍然死不改悔的，那么天下只有一个人，就是颜公。颜公的学问文章，往往掺杂着道教佛教之说，并不都合于儒家的义理，待他奋起自立，能达到这样境地，是天性如此。所以仅从颜公能够正确对待死亡看，不足以认识颜公的伟大。为什么？等到山穷水尽，按理不能不死，即使中等才德的人也能勉力做到，何况颜公那样自信的人呢。因为屡次得罪大奸臣，颠仆困顿，直到七八次，而始终丝毫也不考虑自己的生死祸福，不是笃信大道的人达不到这样境地，这才足以认识颜公的伟大。

社会的治乱不同，士人的去留也不同，像伯夷的清高，伊尹的担当重任，孔子的识时务，他们各有各的道义。既然把自己与古代担当重任的人相比了，却还想留恋反顾、回避隐藏，来讨好当世，这难道可以吗？所以孔子厌恶小人不能很好侍奉君王，而赞美杀身成仁的人。像颜公，不就是孔子所说的仁者吗？

当今天子至和三年，尚书都官郎中、知抚州聂君厚载，尚书屯田员外郎、通判抚州林君慥，都仰慕颜公的英烈，因为颜公曾经在这个地方做官，于是建造了祠堂来纪念他。祠堂建成后，二位来我家拜访并对我说："希望写一篇文章来记述。"颜公的显赫伟大难以尽说，本来并不在于祠堂的有无，但人们对他的向往之心难以表达，如果没有祠堂就无法体现。听说他的英烈事迹足以感动人，何况到祠堂来祭拜并且亲自受到熏陶呢！现在州县的政事，只要不是法令规定的，人们不会加以讨论。二君偏能追念颜公的节操，推尊他、纪念他来感染当世，做法令没有规定的事，这可说是有崇高志向的人。

【品读】

　　本文着力表现颜真卿"历忤大奸",不以个人安危为念的崇高品格,是弘扬气节操守的一篇力作。作者将颜真卿与那些持"畏怯观望"态度的朝臣相比较,使文章主旨更为鲜明。

248

赵郡苏轼[①]，余之同年友也[②]。自蜀以书至京师遗余，称蜀之士曰黎生、安生者。既而黎生携其文数十万言，安生携其文亦数千言，辱以顾余。读其文，诚闳壮隽伟，善反复驰骋，穷尽事理。而其才力之放纵，若不可极者也。二生固可谓魁奇特起之士，而苏君固可谓善知人者也。

顷之，黎生补江陵府司法参军[③]。将行，请予言以为赠。余曰："余之知生，既得之于心矣，乃将以言相求于外邪？"黎生曰："生与安生之学于斯文，里之人皆笑以为迂阔。今求子之言，盖将解惑于里人。"余闻之，自顾而笑。夫世之迂阔，孰有甚于予乎？知信乎古，而不知合乎世；知志乎道，而不知同乎俗，此余所以困乎今而不自知也。世之迂阔，孰有甚于予乎？今生之迂，特以文不近俗，迂之小者耳，患为笑于里之人。若余之迂大矣，使生持吾言而归，且重得罪，庸讵止于笑乎！然则若余之于生，将何言哉？谓余之迂为善，则其患若此；谓为不善，则有以合乎世，必违乎古，有以同乎俗，必离乎道矣。生其无急于解里人之惑，则于是焉，必能择而取之。遂书以赠二生，并示苏君，以为何如也。

注释

① 赵郡：苏轼祖籍赵州栾城（今属河北），故云。

② 同年：科举考试中同科登第。

③ 江陵府：今湖北荆州。

　司法参军：官名，掌管州内刑狱诉讼。

【译文】

　　赵郡苏轼，是我同科考中的朋友，从四川写信到京城给我，称赞四川的士人黎生、安生。不久黎生带了他所作的文章几十万字，安生带的文章也有几千字，屈驾拜访我，读了他们的文章，觉得实在宏壮俊伟，善于纵横驰骋，说尽了事物的道理，而尽情发挥才力，真是一般人难以达到。二生实在可说是非常杰出的士人，而苏君也实在可说是善于发现人才的人了。

　　不久，黎生补江陵府司法参军，将赴任时，请求我说些临别赠言。我说："我对你的了解，已经留在心里了，难道还需要用外在的语言说出来吗？"黎生说："我和安生学习写作古文，乡里人都嘲笑我们不切实际。现在请求您的临别赠言，是想替那些乡里人解除疑惑。"我听后，自顾自笑了起来。说到当世不切实际，有谁超过我呢？我只知道相信古人的教诲，不知道与当代人求同；只知道有志于大道，不知道与流俗相适应，这就是我现在陷于困境而仍不觉悟的原因。当世的不切实际，有谁超过我呢？现在这二生的不切实际，只不过是文章不同于流俗，这是小小的不切实际罢了，却担心被乡里人嘲笑。

像我的不切实际可大了，如果让二生拿着我的临别赠言回去，将招来更多的指责，哪里仅仅只是被人嘲笑呢！既然这样，那么我对二生，说些什么好呢？说我的不切实际是正确的，就会有这样招来嘲笑的担心；说我的不切实际是不正确的，就要与当世相合，必定会违背古人的教诲，要与流俗相同，必定会离开大道。请二生不要急着为乡里人解除疑惑，那么对于这个问题，必定能作出正确的选择。于是我把这些意思写下来赠给二生，同时也转请苏君一览，看他认为我的想法怎样？

【品读】

　　黎、安二生因被乡里人讥笑为"迂阔"，请曾巩作文为乡人解惑。不料作者竟狠狠自嘲了一番。文章采用欲扬故抑的写法，抒发了内心的忧闷和不平。

《李白诗集》二十卷，旧七百七十六篇，今千有一篇，杂著六十篇者，知制诰常山宋敏求字次道之所广也①。次道既以类广白诗，自为序，而未考次其作之先后。余得其书，乃考其先后而次第之。

盖白蜀郡人②，初隐岷山③，出居襄汉之间，南游江淮，至楚观云梦④。云梦许氏者，高宗时宰相圉师之家也，以女妻白，因留云梦者三年。去，之齐鲁，居徂徕山竹溪⑤，入吴，至长安，明皇闻其名，召见以为翰林供奉⑥。顷之，不合去。北抵赵、魏、燕、晋，西涉岐、邠⑦，历商、於⑧，至洛阳，游梁最久。复之齐鲁，南浮淮、泗，再入吴，转徙金陵，上秋浦、浔阳⑨。天宝十四载，安禄山反⑩，明年明皇在蜀，永王璘节度东南⑪，白时卧庐山，璘迫致之。璘军败丹阳⑫，白奔亡至宿松⑬，坐系浔阳狱。宣抚大使崔涣与御史中丞宋若思验治白⑭，以为罪薄宜贳⑮，而若思军赴河南，遂释白囚，使谋其军事，上书肃宗，荐白材可用，不报。是时白年五十有七矣。乾元元年，终以污璘事长流夜郎⑯，遂泛洞庭，上峡江⑰，至巫山，以赦得释，憩岳阳、江夏⑱，久之，复如浔阳，过金陵，徘徊于历阳、宣城二郡⑲。其族人李阳冰为当涂令，白过之，以病卒，年六十

李白诗集后序

有四，是时宝应元年也。其始终所更涉如此，此白之诗书所自叙可考者也。

范传正为白墓志[20]，称白"偶乘扁舟，一日千里，或遇胜景，终年不移"，则见于白之自叙者，盖亦其略也。《旧史》称白山东人，为翰林待诏，又称永王璘节度扬州，白在宣城谒见，遂辟为从事[21]。而《新书》又称白流夜郎，还浔阳，坐事下狱，宋若思释之者，皆不合于白之自叙，盖史误也。

白之诗连类引义，虽中于法度者寡，然其辞闳肆隽伟，殆骚人所不及，近世所未有也。《旧史》称白"有逸才，志气宏放，飘然有超世之心"，余以为实录。而《新书》不著其语，故录之，使览者得详焉。

注释

① 宋敏求：字次道，赵州（古属常山郡）平棘（今河北赵县）人，北宋学者。
② 蜀郡：今四川成都附近地区。
③ 岷山：在四川西北部。
④ 云梦：今湖北云梦。
⑤ 徂徕山：在今山东泰安东南。
⑥ 翰林供奉：官名，其实是皇帝的文学侍从。
⑦ 岐：岐州，今陕西凤翔。

邠：今陕西彬县。

⑧ 商：今陕西商洛。

於：今河南西峡。

⑨ 秋浦：今安徽贵池。

浔阳：今江西九江。

⑩ 安禄山：唐玄宗时曾任范阳节度使、河东节度使等职，天
宝十四载（755）发动"安史之乱"。

⑪ 永王璘：指李璘，唐玄宗第十六子，封永王。"安史之乱"
中任山南东路、岭南、黔中、江南西路四路四道节度使，以"勤
王"为名起兵争帝位，后兵败身死。

⑫ 丹阳：郡名，在今江苏镇江一带。

⑬ 宿松：今属安徽。

⑭ 宣抚大使：受朝廷派遣安抚一方的官员。

御史中丞：御史台的长官。

⑮ 贳（shì）：赦免。

⑯ 夜郎：今贵州正安西北。

⑰ 峡江：指长江自四川奉节瞿塘峡以下一段。

⑱ 江夏：今湖北武昌。

⑲ 历阳：今安徽和县。

⑳ 范传正：唐宪宗时人，撰有《唐左拾遗翰林学士李公新墓
碑并序》。

㉑ 从事：官名，这里指节度使的佐官。

【译文】

《李白诗集》二十卷，旧本有七百七十六篇，今本有
一千零一篇，加上杂著六十篇，是知制诰常山人宋敏求
字次道所扩充的。次道按类扩充编集李白诗之后，自己

写了一篇序文，但没有考定编排这些诗作的先后次序。我得到这本诗集后，才考定其诗作的先后而加以编排。

李白是蜀郡人，起先隐居在岷山，出蜀后居留在襄阳、汉水一带，游览南方的长江淮水，到楚地的云梦观光。云梦姓许的居所，是唐高宗时宰相许圉师的家，将孙女嫁给李白做妻子，于是李白留在云梦三年。离开云梦后，李白来到齐鲁，住在徂徕山的竹溪，又来到吴地，再到长安，唐明皇久闻他的大名，召见入宫任他为翰林供奉。不久，因为官生活不合心意而离开长安。北到赵、魏、燕、晋，西到岐、邠一带，经过商、於，来到洛阳，在梁地逗留最久。又到齐鲁，往南渡过淮水、泗水，再入吴地，转道金陵，到达秋浦、浔阳。天宝十四载，安禄山叛变，第二年唐明皇逃往蜀地，永王李璘在东南任节度使，李白当时隐居庐山，李璘急着把他召来。李璘军在丹阳战败，李白逃亡到宿松，获罪被囚禁在浔阳监狱。宣抚大使崔涣和御史中丞宋若思审查李白，认为罪轻可以赦免，而宋若思的部队要赴河南作战，就把李白从监狱中放出来，让他参与商讨军事，并上书唐肃宗，推荐李白的才能可加任用，没有答复。这时李白年纪已经有五十七岁了。乾元元年，李白终究因为依附李璘的罪名被流放到夜郎，于是渡过洞庭湖，上溯峡江，到达巫山，因大赦而被释放，在岳阳、江夏一带休养，过了一段时间，再前往浔阳，经过金陵，在历阳、宣城一带流连。他的族人李阳冰在当涂任县令，李白前往拜访，因病去世，享年六十四，这年是宝应元年。他一生的经历大体如此，这是李白的诗书中自己叙述的可以考定的。

范传正写李白墓志，说李白"偶然乘小船，一天可行千里，有时遇到美景，就整年不再离开"，那是从李白自己的叙述看到的，说得也比较简略。《旧唐书》称李白是山东人，任翰林待诏，又说永王李璘任扬州节度大使，李白在宣城拜见他，于是被任为从事。而《新唐书》又说李白流放夜郎，回到浔阳，获罪下狱，宋若思释放了他，都与李白自己的叙述不合，这是史书记载的错误。

李白的诗歌善于连缀同类事物，引申诗义，虽然很少合于规矩法度，但是语言闳大奔放、优美奇伟，恐怕古代的楚辞作家都及不上，近代更为罕见。《旧唐书》说李白"有逸才，志气宏放，飘然有超世之心"，我认为这是真实的记载。而《新唐书》没有这段话，所以抄录在这里，让读李白诗集的人能够了解。

【品读】

文章以简练的笔墨勾勒了诗人李白的一生，虽认为其作品"中于法度者寡"，但对其"闳肆隽伟"的诗风仍予以高度评价。

明允姓苏氏，讳洵，眉州眉山人也。始举进士，又举茂才异等①，皆不中。归，焚其所为文，闭户读书。居五、六年，所有既富矣，乃始复为文。盖少或百字，多或千言，其指事析理，引物托喻，侈能尽之约，远能见之近，大能使之微，小能使之著，烦能不乱，肆能不流。其雄壮俊伟，若决江河而下也；其辉光明白，若引星辰而上也。其略如是。以余之所言，于余之所不言，可推而知也。明允每于其穷达得丧，忧叹哀乐，念有所属，必发之于此；于古今治乱兴坏，是非可否之际，意有所择，亦必发之于此；于应接酬酢万事之变者②，虽错出于外，而用心于内者，未尝不在此也。

嘉祐初，始与其二子轼、辙复去蜀，游京师。今参知政事欧阳公修为翰林学士，得其文而异之，以献于上。既而欧阳公为礼部，又得其二子之文，擢之高等。于是三人之文章盛传于世，得而读之者皆为之惊，或叹不可及，或慕而效之，自京师至于海隅障徼③，学士大夫莫不人知其名，家有其书。既而明允召试舍人院④，不至，特用为秘书省校书郎。顷之，以为霸州文安县主簿⑤，编纂太常礼书⑥。而轼、辙又以贤良方正策入等⑦。于是三人者尤见于当时，而其名益重于天下。

治平三年春，明允上其礼书，未报。四月戊申以疾卒，享年五十有八。自天子辅臣至闾巷之士，皆闻而哀之。

明允所为文，有集二十卷行于世，所集《太常因革礼》者一百卷，更定《谥法》二卷，藏于有司，又为《易传》未成。读其书者，则其人之所存可知也。明允为人聪明辨智，遇人气和而色温，而好为策谋，务一出己见，不肯蹑故迹。颇喜言兵，慨然有志于功名者也。

二子，轼为殿中丞、直史馆，辙为大名府推官⑧。其年，以明允之丧归葬于蜀地，既请欧阳公为其铭，又请予为辞以哀之，曰："铭将纳之于圹中⑨，而辞将刻之冢上也。"余辞不得已，乃为其文。曰：

嗟明允兮邦之良，气甚夷兮志则强。阅今古兮辨兴亡，惊一世兮擅文章，御六马兮驰无疆⑩，决大河兮啮浮桑⑪。粲星斗兮射精光，众伏玩兮雕肺肠⑫。自京师兮洎幽荒，矧二子兮与翱翔。唱律吕兮和宫商⑬，羽峨峨兮势方厖。孰云命兮变不常，奄忽逝兮汴之阳。维自著兮暐煌煌⑭，在后人兮庆弥长。嗟明允兮庸何伤！

注释

① 茂才异等：宋代科举考试名目，属制科。

② 酬酢（zuò）：应酬。

③ 海隅障徼（jiào）：泛指遥远的海疆和边疆。障，古代边塞险要处防御用
的城堡。徼，边界。

④ 舍人院：官署名，属中书门下，掌管起草诏令等。

⑤ 霸州文安县：今属河北。

⑥ 太常礼书：即《太常因革礼》。

⑦ 贤良方正：宋代科举考试名目，属制科。

策：策问，科举考试形式。

⑧ 大名府：今属河北。

⑨ 圹（kuàng）：墓穴。

⑩ 六马：又称"六龙"，传说日神有六龙驾车。

⑪ 啮浮桑：似当作"浮啮桑"，啮桑，在今江苏沛县西南。《史记·河渠书》
记载黄河在瓠子决口，形容水势之盛说："啮桑浮兮淮泗满。"此当云苏
洵文章汪洋恣肆之貌。

⑫ 雕肺肠：比喻写作时苦心经营。

⑬ 律吕、宫商：泛指古代音律。

⑭ 晖（wēi）：同"炜"，红而发亮。

【译文】

明允姓苏，名洵，眉州眉山人。起先考进士，后来又考茂才异等，
都没有考中。回乡后，烧掉了自己所写的文章，闭门读书。过了五
六年，学问丰富了，才开始重新写文章。少的百来字，多的一千字，
他的文章描摹事物，分析道理，用外物来作比喻，丰富的内容能用
简约的文字表达，远古的事物能使它仿佛如在目前，宏大的事物能

使它显得精微，微小的事物能使它显得彰明，内容繁多能显得不杂乱，文气奔放能显得不涣散。那雄壮俊伟的气象，就像水流冲破江河的堤岸汹涌而下；那光辉明亮的风格，就像星辰在冉冉上升。他文章的大概情况就是这样。通过我上面这些话，对我还没有说出来的话，可以推想而知了。对自己的穷达得失、忧叹哀乐，明允只要心有所想，必定通过文章加以表达；对古今的治乱兴废、是非曲直之间的种种问题，只要内心有所判断，也必定通过文章加以表达；应酬交结等等各种人事的变化，即使显得那样错综复杂，他心中还是有所思考的话，也无不表达在文章里边。

嘉祐初年，方与他的两个儿子苏轼、苏辙再次离开四川，远游到京城。现任参知政事欧阳修当时任翰林学士，看到他的文章大加称赏，把文章呈献给皇上。不久欧阳修主持礼部贡举，又得到了他两个儿子的文章，选拔为高等。于是，三个人的文章在社会上到处流传，读到他们文章的人都觉得吃惊，有的感叹难以企及，有的仰慕而努力仿效，从京城到遥远的海疆边塞，学士大夫人人知道他们的大名，家家拥有他们的著作。不久明允被召试舍人院，他没有去参加，特被任用为秘书省校书郎。随即又任命他为霸州文安县主簿，参加编纂太常寺礼书。而苏轼、苏辙又在应贤良方正制科考试，对策列入三、四等。于是三人特别显扬于当时，他们的名声也更加被天下人看重。

治平三年春天，明允献上所撰礼书，没有得到答复。四月戊申那天因病去世，享年五十八岁。从天子大臣到街巷士人，听到噩耗都为之哀伤。

明允所作的文字，有《嘉祐集》二十卷流行于世，所编集的《太常因革礼》一百卷，增订删定《谥法》二卷，收藏在官府里，又作《易传》

没有完成。读他的书，就能了解他的学问。明允为人聪明，明辨事理，有才智，与人交往口气脸色都很温和，喜欢计策谋略，务必全都出于自己的见解，不肯重复前人的路数。很爱讲论军事，是一个感情激昂、有志于功名的人。

两个儿子，苏轼任殿中丞、直史馆，苏辙任大名府推官。那一年，因为明允去世将归葬四川，他们就请欧阳修写墓志铭，又请我写哀辞来悼念明允，说："墓志铭将安放在墓穴中，而哀辞将镌刻在坟墓上。"我推辞不掉，就写了这篇哀辞。说道：

可叹明允啊是国家贤良，心气平和啊意志刚强。纵览古今啊明辨兴亡，震惊当世啊擅写文章。驾驭六马啊驰骋无穷，冲决黄河啊浮起嵋桑。星斗灿烂啊照射亮光，众人仿效啊雕刻肺肠。从京城啊到遥远蛮荒，又有二子啊一同翱翔。歌唱律吕啊伴和宫商，羽声高昂啊气势飞扬。谁说命运啊变化无常，疾速远离啊汴水之阳。唯有著作啊光芒万丈，泽被后人啊幸福久长。可叹明允啊何必哀伤！

【品读】

本文简要介绍了苏洵的经历，并以精妙的语言，赞扬了他的文学成就。文章充满感情色彩，超越了一般的客观评价。

字介甫，晚号半山，封荆国公，世称「王荆公」，临川（今属江西）人。宋代杰出的政治家、文学家、北宋熙宁变法的领导者。

庆历二年（一○四二）中进士，任签书淮南判官，后历任鄞县知县、舒州（今安徽潜山）通判、群牧判官、常州知州、江东提点刑狱、三司度支判官等职。宋神宗即位后，任翰林学士兼侍讲。熙宁二年（一○六九），任参知政事，开始推行新法。次年拜相。由于新法反对者的攻击，熙宁七年（一○七四）罢相。次年复相位，至熙宁九年（一○七六）再次罢相。退居江宁（今江苏南京），潜心于学术研究与文学创作。元祐元年（一○八六），旧党执政，废除新法，王安石病逝。

王安石虽视文章为「治教政令」（《与祖择之书》），但将文辞喻为「刻镂绘画」，文章当「以适用为本，以刻镂绘画为之容」（《上人书》），可见他并不排斥文学性。其文以议论见长，逻辑性较强，形成了简劲拗折的风格。其诗在宋代诗坛上独树一帜，晚年作品尤臻佳境，世称「荆公体」。有《临川先生文集》。

王安石

一〇二一——一〇八六

答司马谏议书①

某启：昨日蒙教，窃以为与君实游处相好之日久，而议事每不合，所操之术多异故也。虽欲强聒②，终必不蒙见察，故略上报，不复一一自辨。重念蒙君实视遇厚，于反覆不宜卤莽③，故今具道所以，冀君实或见恕也。

盖儒者所争，尤在于名实。名实已明，而天下之理得矣。今君实所以见教者，以为侵官、生事、征利、拒谏，以致天下怨谤也。

某则以谓受命于人主，议法度而修之于朝廷，以授之于有司，不为侵官；举先王之政，以兴利除弊，不为生事；为天下理财，不为征利；辟邪说，难壬人，不为拒谏。至于怨谤之多，则固前知其如此也。

人习于苟且非一日，士大夫多以不恤国事，同俗自媚于众为善。上乃欲变此，而某不量敌之众寡，欲出力助上以抗之，则众何为而不汹汹然？盘庚之迁④，胥怨者民也，非特朝廷士大夫而已。盘庚不为怨者故改其度，度义而后动，是而不见可悔故也。

如君实责我以在位久，未能助上大有为，以膏泽斯民，则某知罪矣；如曰今日当一切不事事，守前所为而已，则非某之所敢知。无由会晤，不任区区向往之至。

注释

① 司马谏议：指司马光，字君实，北宋政治家、史学家。时任右谏议大夫，反对王安石变法。
② 聒（guō）：声音嘈杂。
③ 卤莽：简慢草率。
④ 盘庚：商朝君主，他曾将国都迁到殷（今河南安阳小屯村）。

【译文】

某某陈言：

昨日承蒙赐教，我私下认为与君实您同游共处，彼此相交的日子已经很长了，而议论问题时看法常常不一致，这是因为我们所持的政治主张多有不同的缘故。即使我强作解释，最终也一定不会被您谅解，所以只是简略地回了封信给您，不再一一为自己辩解，可是又想到您对我厚意看待，在书信往来上我不应简慢草率，所以，今天详细说明自己为何推行新法的理由，希望您或许能原谅我。

大凡读书人所争论的，最主要的就是名义和实际是否相符的问题。名义和实际的关系明确了，那么天下一切事物的道理也就可以认识清楚了。如今您用来指教我的，是说我侵犯官吏职权、无故惹是生非、一味征敛财富、拒绝旁人劝告，因而招致天下的怨恨和指责。我却认为接受皇上的命令，制订法令制度而在朝廷上讨论修正，再交给有关职能部门去执行，不能算是侵犯官吏职权；奉行先王的政治主张，以兴利除弊，不能说是惹是生非；为国家和百姓理财，不能算是征敛财富；驳斥谬论、责难那些巧言令色的小人，不能说是拒绝旁人劝告。至于说到埋怨和指责新法的人数很多，那是我本来就预料到会这样的。

因为人们习惯于得过且过的生活已经不是一天了，士大夫们也大多不关心国家大事而只知附和流俗、讨众人的欢心。皇上却要改变这种状况，而我没有去考虑敌人的多少，就想出力帮助皇上与他们对抗，那么，这些人又怎么会不大吵大闹呢？盘庚迁都的时候，怨恨、反对的主要是老百姓，不仅仅是朝廷中的士大夫而已。盘庚没有因为有人反对、怨恨的缘故就改变迁都的计划，这是因为他做事先考虑好怎样合理然后就采取行动，认定做得对就看不出有什么可以后悔的。

如果您责备我在位的时间长了，没能帮助皇上有大的作为，来造福百姓，那么我不辞其咎；如果说如今我应当什么事情也不做，只要墨守前人的成规就行，那么，这就不是我敢认同的了。没有机会见面，我心中不胜仰慕您到了极点。

【品读】

熙宁变法的施行，引起保守派不满。熙宁三年（1070）二月，司马光连写三信要求王安石废除新法，作者在这封回信里逐一驳斥了对方强加的四条罪状，痛斥了保守派的"不恤国事"的恶习，表明自己推行新法的决心。文章简练犀利，而措辞得体，柔中有刚。

答吕吉甫书①

某启：与公同心，以至异意，皆缘国事，岂有它哉？同朝纷纷，公独助我，则我何憾于公？人或言公，吾无与焉，则公亦何尤于我，趣时便事，吾不知其说焉；考实论情，公宜昭其如此。开喻重悉，览之怅然。昔之在我者，诚无细故之可疑；则今之在公者，尚何旧恶之足念？然公以壮烈，方进为于圣世，而某苶然衰疢②，特待尽于山林。趣舍异路，则相呴以湿③，不如相忘之愈也。想趣召在朝夕，惟良食，为时自爱。

注释

① 吕吉甫：吕惠卿，字吉甫。曾支持王安石变法，任参知政事，后尽力排挤王安石。
② 苶（nié）然：疲惫的样子。
　疢（chèn）：疾病。
③ 呴（xū）：嘘气。

　　某某陈言：本来与你同心协力，直到现在意见分歧，都是因为
国家大事，哪有其他原因呢！在当朝大臣纷纷表示反对变法时，只
有你出来帮助我，那我对你还有什么不满呢？别人说你的坏话，我
没有参与，那么你也不必怨恨我。说你趋附时风，做事随便，我没
有听说过；但考察你的实际表现，你应该明白这样说的原因。来信
对我说的意思十分清楚，读了心中感到有些惆怅。过去对我而言，
实在没有什么小事造成我俩的隔阂；那么现在对你而言，又有什么
旧恶值得念念不忘呢？然而，你在壮盛之时，在当朝正可大有作为，
而我疲劳不堪、疾病缠身，只能在山林中了我一生。我与你选择的
道路不同，那么与其在一起相濡以沫，还不如相忘于江湖来得更好。
想来你很快就要应召赴任，希望你注意饮食起居，时时保重自己。

【品读】

　　吕惠卿曾协助王安石推行新法，但后来两人政见不合，导致分裂。
元丰三年（1080）九月，吕给已退居江宁的王安石写信希望尽释前嫌。
王安石写了这封回信。

游褒禅山记
①

褒禅山亦谓之华山，唐浮图慧褒始舍于其址，而卒葬之，以故其后名之曰"褒禅"。今所谓慧空禅院者，褒之庐冢也。距其院东五里，所谓华山洞者，以其乃华山之阳名之也。距洞百馀步，有碑仆道，其文漫灭，独其为文犹可识，曰"花山"。今言"华"如"华实"之"华"者，盖音谬也。

其下平旷，有泉侧出，而记游者甚众，所谓前洞也。由山以上五六里，有穴窈然，入之甚寒，问其深，则其好游者不能穷也，谓之后洞。余与四人拥火以入，入之愈深，其进愈难，而其见愈奇。有怠而欲出者，曰："不出，火且尽。"遂与之俱出。盖予所至，比好游者尚不能十一，然视其左右，来而记之者已少。盖其又深，则其至又加少矣。方是时，予之力尚足以入，火尚足以明也。既其出，则或咎其欲出者，而予亦悔其随之，而不得极夫游之乐也。

于是予有叹焉。古人之观于天地、山川、草木、虫鱼、鸟兽，往往有得，以其求思之深而无不在也。夫夷以近，则游者众；险以远，则至者少。而世之奇伟、瑰怪、非常之观，常在于险远，而人之所罕至焉。故非有志者，不能至也。有志矣，不随以止也，然力不足者，亦不能至也。有志与力，而又不随以怠，至于幽暗昏惑，而无物以相之，亦不能至也。然力足以至焉，于人为可讥，而在己为有悔。尽吾志也而不能至者，可以无悔矣，其孰能讥之乎？此予之所得也。

余于仆碑，又以悲夫古书之不存，后世之谬其传而莫能名者，何可胜道也哉！此所以学者不可以不深思而慎取之也。

四人者：庐陵萧君圭君玉，长乐王回深父[2]，余弟安国平父、安上纯父[3]。

至和元年七月某日，临川王某记。

注释

① 褒禅山：在今安徽含山北。
② 长乐：属今福建。
　王回：字深父，北宋学者。
③ 安国平父：王安国，字平父，王安石长弟。
　安上纯父：王安上，字纯父，王安石幼弟。

【译文】

　　褒禅山也称作华山，唐朝和尚慧褒最早在这里筑室居住，最后葬在这里，因此后来给它起名叫"褒禅"。现在叫作慧空禅院的地方，就是慧褒和尚的禅房和坟墓所在地。距离禅院东面五里处，有个叫华山洞的地方，是因为它在华山的南面而得名的。离开华山洞一百多步，有一块石碑倒在路上，上面的碑文已经模糊不清，只是残留的文字还可辨识，是"花山"两字。现在把"华山"的"华"读作"华实"的"华"，是读错了字音。

　　华山洞下面平坦开阔，有一股泉水从旁流出，在洞壁上题字留念的人很多，这就是前洞。沿山往上走五六里，有一个洞很幽深，进洞感到很凉。打听这个洞的深度，即使那些爱好游览的人也没有走到过尽头，这叫作后洞。我和四个同游的人举着火把进洞，走得越深，前进越难，见到的景象越奇异。有个同游者懒得进去想返回，说："再不出去，火把要烧完了。"于是我们一起出了洞。我所到的地方，大概还不到爱好游览的人所走的十分之一，但看看左右的洞壁，来到此地并且题字记游的人已经很少了。大概再往深处，到的人会更少。这时候，我的精力还足够继续往洞里走，火把也足够照明。出洞以后，有人责怪那个急于出来的人，我也后悔跟着他出来，而不能尽情享受游洞的乐趣。

　　于是，我不免产生了感慨。古人在观察天地、山川、草木、虫鱼、鸟兽的时候，常常颇有心得，因为他们思考深刻，而且对任何事物都无不加以思考。那些平坦而较近的地方，游览的人就多；那些险峻而遥远的地方，去的人就少。而世界上那些壮丽奇异、平时罕见的景象，常常是在又险又远、人们很少到达的地方。所以不是很有志向的人，就到不了那里。有了志向，也不跟着别人停止前进，但是精力不够的人，也到不了那里。有了志向和精力，而且不跟着别人懈怠放弃，一到了那幽深昏暗的地方，又没有外物的帮助，还是到不了那里。然而，在精力足以到达的情况下却没有能到达，别人应该讥笑，自己应该感到后悔。尽了自己的努力而没有到达目的地的人，则不必感到后悔，谁还能讥笑他呢？这就是我的心得。

对于那块倒在路边的石碑，我又感叹上面的古文字没有保存下来，后世将以讹传讹又难以说明，这哪里说得完呢！这就是治学的人不能不深思熟虑和谨慎择取的原因。

同游的四个人：庐陵萧君圭字君玉，长乐王回字深父，我的弟弟王安国字平父、王安上字纯父。

至和元年七月某日，临川王某记。

【品读】

这篇游记蕴含着深刻的哲理。作者从游览山洞的经历中总结出，要达到目的，必须有志向、能力、物质条件三者的配合，并有百折不挠的精神。从对山名的讹传中，作者提醒人们，治学应当"深思而慎取"。

夫事有人力之可致，犹不可期；况乎天理之溟漠，又安可得而推？惟公生有闻于当时，死有传于后世，苟能如此足矣，而亦又何悲？

如公器质之深厚，智识之高远，而辅学术之精微，故充于文章，见于议论，豪健俊伟，怪巧瑰琦。其积于中者，浩如江河之停蓄；其发于外者，烂如日星之光辉。其清音幽韵，凄如飘风急雨之骤至；其雄辞闳辩，快如轻车骏马之奔驰。世之学者，无问乎识与不识，而读其文，则其人可知。

呜呼！自公仕宦四十年，上下往复，感世路之崎岖；虽屯邅困踬②，窜斥流离，而终不可掩者，以其公议之是非。既压复起，遂显于世。果敢之气，刚正之节，至晚而不衰。

方仁宗皇帝临朝之末年，顾念后事，谓如公者，可寄以社稷之安危。及夫发谋决策，从容指顾，立定大计，谓千载而一时。功名成就，不居而去。其出处进退，又庶乎英魄灵气，不随异物腐散，而长在乎箕山之侧与颍水之湄③。然天下之无贤不肖，且犹为涕泣而歔欷④。而况朝士大夫，平昔游从，又予心之所向慕而瞻依？

呜呼！盛衰兴废之理，自古如此。而临风想望，不能忘情者，念公之不可复见，而其谁与归？

注释

① 欧阳文忠公：指欧阳修。
② 屯邅（zhūn zhān）：处境困难。
③ 箕山：在今河南登封。

颍水：发源于登封，流经颍州（今安徽阜阳），入淮河。这里泛指隐居之地。
④ 歔欷（xū xī）：抽泣。

【译文】

　　一般的事情人力可以做到，尚且不可期待；何况天理是那么渺茫，又怎能完全可以推知？欧阳公您活着时当世闻名，去世之后又英名流传，如能这样，已令人满足了，又有什么可悲伤的呢？

　　像您这样器质深厚，智识高远，再加上学术精微，所以充实于文章，表现于议论，显得豪健俊伟，怪巧卓异。这些方面积淀于内心，浩大得就像江河的深沉；这些方面显露在外面，灿烂得就像日月星辰的光辉。您文章的清幽韵味，凄寒得就像暴风骤雨突然到来；您文章的雄伟辩辞，痛快得就像轻车骏马在奔驰。世上的学者，不论是否与您相识，只要读到您的文章，就能了解您的为人。

　　唉！您为官四十年，职位屡次升降，深感人生道路的崎岖，虽然处境困顿颠仆，多次放逐流亡，而终究没有被埋没，还是因为公议的是非标准在起作用。有时受到压制，但又能获得任用，于是在世上名声大显。您那果敢的气概，刚正的节操，直到晚年仍然不减。

　　仁宗皇帝执政的末年，考虑身后的大事，说像您这样的大臣，可以交托国家的安危。等到商量决策，在短时间从容定下了立太子的大计，真可说是一时间建立了千年的功勋。功成名就之后，您并不居功自傲，辞职而去。您一生出入进退的事迹，几乎要让人觉得您的英灵不会随着身躯的腐败而飘散，而将永远留在箕山旁、颍水边。现今天下人无论贤还是不肖，尚且为您的去世而伤心掉泪，何况朝廷士大夫、平素相处追随的人，以及像我这样衷心仰慕依恋您的人呢？

唉！盛衰兴废的道理，自古以来就是这样。而我之所以临风追思，不能抑制自己感情，是想到再也见不到您，今后将追随谁呢？

【品读】

本文高度评价了欧阳修的崇高品格、文学成就、政治业绩与气节操守，寄托了晚辈的哀思。文章多用排偶，气势旺盛，为祭欧公文中的佳作。

伤仲永

金溪民方仲永①，世隶耕。仲永生五年，未尝识书具，忽啼求之。父异焉，借旁近与之，即书诗四句，并自为其名。其诗以养父母、收族为意，传一乡秀才观之。自是，指物作诗，立就，其文理皆有可观者。邑人奇之，稍稍宾客其父，或以钱币乞之。父利其然也，日扳仲永环谒于邑人②，不使学。

予闻之也久。明道中，从先人还家，于舅家见之，十二三矣。令作诗，不能称前时之闻。又七年，还自扬州，复到舅家，问焉，曰："泯然众人矣。"

王子曰："仲永之通悟，受之天也。其受之天也，贤于材人远矣。卒之为众人，则其受于人者不至也。彼其受之天也，如此其贤也，不受之人，且为众人。今夫不受之天，固众人，又不受之人，得为众人而已邪？"

注释

①金溪：县名，今属江西。
②环谒：到处拜访。

【译文】

　　金溪县人方仲永，世代务农。仲永五岁时，还不认识笔墨纸砚，一天忽然哭闹着要这些东西。他父亲对此感到奇怪，向邻居借了这些东西给他。方仲永马上写下四句诗，并且署上自己的名字。那首诗表达了奉养父母、团结宗族的意思，被一个同乡读书人拿去阅读。从此，只要指定某个事物要他作诗，马上能写成，诗的内容技巧都有一定水平。乡里人很看重他，慢慢地对他的父亲也客气起来，有人还用钱财向他讨诗。方仲永的父亲见这是件有利可图的事，就天天领着仲永四处拜访乡里人，不让他进学校学习。

　　我早就听说了这件事。明道年间，我随先父回乡，在舅舅家见到了仲永，他已经十二三岁了。让他作诗，已不能和过去传闻的水平相称了。又过了七年，我从扬州回来，再到舅舅家，问起仲永，有人告诉我："他已和普通人没有什么两样了。"

　　我认为："仲永的通达聪慧，是上天赋予的。他有天赋，所以超过有才华的人许多。最后还是成为普通人，那是因为他没有很好接受后天的教育。像他那样有很好的天赋，有这么好的才华，没有接受教育，尚且只能成为普通人。现在一般人没有天赋，本来就是普通人，如果又不接受教育，恐怕连普通人都不如吧？

【品读】

　　作者从神童方仲永由于缺乏后天教育，最后成为一个平庸之辈的教训中，总结出天才条件不足恃，成才关键在于后天教育的道理。本文叙事简洁，议论发人深省，毫无说教气息。

读孟尝君传①

　　世皆称孟尝君能得士，士以故归之，而卒赖其力以脱于虎豹之秦。嗟乎！孟尝君特鸡鸣狗盗之雄耳②，岂足以言得士？不然，擅齐之强，得一士焉，宜可以南面而制秦，尚何取鸡鸣狗盗之力哉？夫鸡鸣狗盗之出其门，此士之所以不至也。

注释

① 孟尝君：即田文，战国时齐公子，以好客养士著名。
② 鸡鸣狗盗：孟尝君被囚秦国，最终依靠门客做狗盗、学鸡叫的本领脱险，事见《史记·孟尝君列传》。

【译文】

　　世俗的人都称赞孟尝君能够网罗士人。因此士人都投靠他，而他终于借助士人的力量从虎豹一样凶狠的秦国逃脱。唉！孟尝君只不过是鸡鸣狗盗之徒的首领罢了，哪里称得上能网罗士人？要不是这样，他凭借着齐国的强大力量，得到一个真正的士人，完全可以南面称尊而制服秦国，还用得着鸡鸣狗盗之徒的力量吗？鸡鸣狗盗之徒出入于他的门下，这正是真正的士人不愿到孟尝君那里去的原因呀。

【品读】

　　本文翻孟尝君"能得士"之案，笔力千钧，有尺幅千里之势。

汴说

古者卜筮有常官，所诹有常事①。若考步人生辰星宿所次②，訾相人仪状色理③，逆斥人祸福④，考信于圣人无有也，不知从何许人传。宗其说者，澶漫四出⑤，抵今为尤蕃。举天下而籍之，以是自名者，盖数万不啻，而汴不与焉。举汴而籍之，盖亦以万计。

予尝视汴之术士，善挟奇而以动人者，大抵宫庐、服舆、食饮之华，封君不如也。其出也，或召焉，问之，某人也，朝贵人也；淇归也，或赐焉，问之，某人也，朝贵人也。坐其庐旁，历其人之往来，肩相切，踵相籍，穷一朝暮，则已错不可计。窃异之，且窃叹曰："吾侪治先圣人之言⑥，而修其术，张之能为天子营太平，敛之犹足以禔身正家⑦，顾未尝有公卿彻官若是其即之勤也。"或曰："子知乎？渴者期于浆，疾者期于医，治然也。子诚能为天子营太平，禔身正家，彼所存势与位尔。势不盈，位不充，则热中，热中则惑。势盈位充矣，则病失之，病失之则忧。惑且忧，则思决。以彼为能决，子亦能乎？不能，则无异其即彼疏此也。"因寤不复异⑧。

久之，补吏淮南⑨，省亲江南。有金华山人者，率然相过⑩，自言能逆斥祸福。噫！今之世，子之术奚适而不遇哉？因以《汴说》谂之^⑪。

注释

① 诹（zōu）：询问。

② 考步：推究天文历法。

③ 訾相（zī xiàng）：衡量省察。

④ 逆斥：预测。

⑤ 澶（chán）漫：泛滥。

⑥ 侪（chái）：同辈，同类。

⑦ 禔（zhī）身：安身，修身。

⑧ 寤：同"悟"。

⑨ 补吏淮南：指担任签书淮南节度判官厅公事。

⑩ 率然：轻率的样子。

⑪ 谂（shěn）：劝告。

【译文】

　　古代从事占卜设有固定的官职，所询问的也是固定的事情。像推究人的生辰与哪一星宿相应，衡量省察人的面相气色，预测人的祸福，这些事，考察其真实性，圣人认为都是子虚乌有的，不知道从什么人那里流传下来。信奉这些说法的人，到处泛滥，到现在尤其多。拿全天下的人来登记一下，以这种本领自称的，大概几万人也不止，但还不包括汴京。整个汴京登记的话，大概这类人也数以万计。

　　我曾观察汴京的算命先生，那些善于用奇异的本领打动别人的人，大概他们的房子、服装、车子、饮食的奢华，就是受封的贵族也比不上。他们出门，有人会召见他们，问他是谁，说是某某人，朝中的大人物；他们回来，有人会赏赐他们，问他是谁，说是某某人，朝中的大人物。坐在他们的房子旁边，历数进出他们家的人，摩肩接踵，从白天到晚上，就已经数不清楚了。我私下觉得奇怪，又在心中叹息说："我辈研究古代圣人的言论，学习他们的本领，大而言之能为皇上谋求天下太平，小而言之还能提高修养，端正家风，但不曾有公卿大官像这样勤快地来接近我们。"有人说："你懂吗？口渴的人希望得到水，生病的人希望得到医治，这是因为能疗救他们。你的确能为皇上谋求天下太平，提高修养，端正家风，但他们所留意的只是权势和官位罢了。权势不大，官位不高，内心就会燥热，内心燥热就会迷惑。权势大了，官位高了，就担心失去，担心失去就会忧虑。既迷惑，又忧虑，就想寻求决断。把那些算命先生当作能决断的人，你也能行吗？不行，就不必对他们接近那些算命先生而疏远你们这些人感到奇怪了。"我因此恍然大悟，不再感到奇怪。

过了很久，我被补到淮南去做官，去江南探亲。有一个金华山人，十分随便地就来拜访我，自称能预测祸福。唉！现在的社会，你的本领到哪里会不合用呢？我就用这篇《汴说》来劝告他。

【品读】

本文通篇运用反讽手法，讽刺了汴京那些热衷于算命的高官显贵。其中对他们贪恋权位的心态的分析，可谓一针见血。

字子瞻，一字和仲，号东坡居士。眉州眉山（今属四川）人。宋代杰出的文学家、艺术家。北宋诗文革新运动创作成就的最高代表。

他出生于古文世家，与父苏洵、弟苏辙同称「三苏」。宋仁宗嘉祐二年（一〇五七）与苏辙同登进士第。嘉祐四年（一〇五九）参加制科考试，成绩优异，授大理评事，签书凤翔府（今属陕西）判官。宋神宗熙宁二年（一〇六九）王安石实行变法，因政见不合自请外调，相继在杭州等地做地方官。元丰二年（一〇七九），因「乌台诗案」身陷囹圄。出狱后贬为黄州（今湖北黄冈）团练副使。宋哲宗元祐元年（一〇八六）重新被起用，任中书舍人、翰林学士知制诰等要职。元祐八年（一〇九三）哲宗亲政，被贬英州（今广东英德），从此一再被贬，直至儋州（今海南儋州）。元符三年（一一〇〇）宋徽宗即位，遇赦北还，次年病逝常州。有《东坡七集》。

在诗、文、词各个文学领域，苏轼均展示了非凡的创作才华。他主张为文应「随物赋形」，提倡「文理自然、姿态横生」的境界。早年文章以政论、史论为主，纵横开阖，雄辩滔滔，有乃父之风。经历政治挫折，尤其是「乌台诗案」后，深受庄、禅影响，文风趋于清旷简远。苏轼的人格魅力与文学成就使他成为继欧阳修之后的文坛领袖，并惠及历代士人。

苏轼

一〇三六——一一〇一

留侯论①

古之所谓豪杰之士者，必有过人之节。人情有所不能忍者，匹夫见辱，拔剑而起，挺身而斗，此不足为勇也。天下有大勇者，卒然临之而不惊，无故加之而不怒，此其所挟持者甚大，而其志甚远也。

夫子房受书于圯上之老人也②，其事甚怪。然亦安知其非秦之世，有隐君子者出而试之？观其所以微见其意者，皆圣贤相与警戒之义。而世不察，以为鬼物，亦已过矣。且其意不在书。

当韩之亡，秦之方盛也，以刀锯鼎镬待天下之士③。其平居无罪夷灭者，不可胜数。虽有贲、育，无所复施。夫持法太急者，其锋不可犯，而其末可乘。子房不忍忿忿之心，以匹夫之力，而逞于一击之间。当此之时，子房之不死者，其间不能容发，盖亦已危矣。千金之子，不死于盗贼。何者？其身之可爱，而盗贼之不足以死也。子房以盖世之才，不为伊尹、太公之谋④，而特出于荆轲、聂政之计⑤，以侥幸于不死，此固圯上之老人所为深惜者也。是故倨傲鲜腆而深折之。彼其能有所忍也，然后可以就大事。故曰："孺子可教也。"

楚庄王伐郑，郑伯肉袒牵羊以逆。庄王曰："其君能下人，必能信用其民矣。"遂舍之。勾践之困于会稽而归⑥，臣妾于吴者，三年而不倦。且夫有报人之志，而不能下人者，是匹夫之刚也。夫老人者，以为子房才有馀，而忧其度量之不足，故深折其少年刚锐之气，使之忍小忿而就大谋。何则？非有平生之素，卒然相遇于草野之间，而命以仆妾之役，油然而不怪者，此固秦皇之所不能惊，而项籍之所不能怒也⑦。

观夫高祖之所以胜⑧，项籍之所以败者，在能忍与不能忍之间而已矣。项籍唯不能忍，是以百战百胜而轻用其锋。高祖忍之，养其全锋以待其弊。此子房教之也。当淮阴破齐而欲自王⑨，高祖发怒，见于词色。由此观之，犹有刚强不忍之气，非子房其谁全之。

太史公疑子房以为魁梧奇伟⑩，而其状貌乃如妇人女子，不称其志气。呜呼！此其所以为子房欤！

注释

① 留侯：指张良，字子房，汉代开国功臣，封留侯。
② 圯（yí）上之老人：指黄石公，相传他送张良一部《太公兵法》。圯，桥。
③ 镬（huò）：无脚的鼎，古代炊具，和鼎一起被用作烹人的刑具。
④ 伊尹：商朝开国功臣。

太公：指姜太公，即吕尚，周朝开国功臣。

⑤ 荆轲：战国时刺客，曾刺杀秦王嬴政未遂。

聂政：战国时刺客，曾刺杀韩相侠累。

⑥ 勾践：春秋时越国国君，曾被吴军击败，被围于会稽山（今浙江境内），后来假意降吴，卧薪尝胆，终于报了仇。

⑦ 项籍：字羽，秦末起义军首领，后被刘邦击败。

⑧ 高祖：指汉高祖刘邦。

⑨ 淮阴：指西汉名将韩信，封淮阴侯。

⑩ 太史公：指司马迁，汉代史学家，文学家，《史记》的作者，曾任太史令。

【译文】

古代被称为豪杰的人，一定有超过常人的节操。对于人们感情上通常不能忍受的事，比如受了别人侮辱，就拔出宝剑，一下子跳起来，挺身相斗，这不能算英勇。世上有大勇的人，突然碰上意外而不惊慌失措，无缘无故受了委屈而不发火，这是因为他的抱负很宏大，他的志向也很高远。

子房从圯上老人那里接受兵书，这件事很奇怪，但又怎么知道老人不是秦朝隐居的高人，故意出来考验子房的呢？观察老人用来含蓄表明意图的，都是圣人贤士互相提醒和告诫的道理。然而人们不加考察，就将他当作鬼怪，这也是不对的。况且老人的用意也并不在于授予兵书本身。

当韩国灭亡的时候，秦国方才兴盛，用刀锯、鼎镬迫害天下的读书人，平时没有犯罪而被杀戮的人，更是多得不得了。即使有孟贲、夏育那样的勇士在，他们的本领也没法施展。实行法令过分苛刻的国家，它的锋芒是不能去触犯的，等它走到末路了才有机可乘。子房不能忍受愤怒的情绪，凭个人的力量，用大铁锤一击秦王来出口气。在这一刻，子房虽然没死，可生死就在刹那之间，情况已万分危急。富贵人家的子弟，不会死在盗贼手里。为什么呢？因为他的生命可贵，死在盗贼手里不值得。子房拥有举世无双的才能，不去从事伊尹、姜太公那样定国安邦的谋划，却只采用荆轲、聂政那样的刺杀手段，因为侥幸才没死，这实在是桥上老人为他深深惋惜的原因呀！因此，老人故意用傲慢不恭、没有礼貌的态度去侮辱他。他能够忍耐了，之后才能做成大事。所以说："这年轻人还是值得一教的。"

楚庄王攻打郑国，郑国国君赤了膊，牵着羊去迎接。庄王说："郑国国君能这样低声下气地对待我，一定能取得国民的信任。"于是就放弃了侵占郑国的念头。勾践在会稽山被围困后回来，对吴国像臣子小妾那样卑下，历经三年而不懈怠。再说有报仇的志向，却不肯屈从别人，那不过是普通人的刚强。这个老人呢，认为子房才能有余，可他气量不够大，所以狠狠地摧折了他年轻人刚强锐利的血气，使他能忍耐小的愤怒而成就远大的计划。为什么要这样呢？过去从无交往，只是突然在乡野地方相遇，却命令他做奴仆才做的事，而张良自然而然地去做，没有责怪老人，有了这样的忍耐功夫，当然秦始皇也不能让他害怕，项羽也不能令他发怒了。

观察汉高祖取胜的原因和项羽失败的原因，就在于能忍耐与不能忍耐之中。项羽只因为不能忍耐，所以打一仗胜一仗，轻易动用他的武力。高祖忍耐了，保存实力等待项羽的衰败。这是子房教他的呀！当淮阴侯攻破齐地而想自立为王，高祖发怒了，脸上和话语中也显露出怒气。由此看来，高祖还有刚强而不能忍耐的盛气，除了子房，又有谁保全他呢？

太史公猜想子房是个高大魁梧的人，但其实他的相貌就好像女人，和他的志向气概不相称。唉！这正是子房的特别之处啊。

【品读】

本文为嘉祐六年（1061）作者应制科考试时所上《进论》之一。文章以张良忍辱为黄石公拾履，并获赠兵书的故事引入，扣住"忍"字，说明了"忍小忿而就大谋"的重要性，可谓发前人所未发。

喜雨亭记

亭以雨名，志喜也。古者有喜，则以名物，示不忘也。周公得禾，以名其书①；汉武得鼎，以名其年②；叔孙胜狄，以名其子③。其喜之大小不齐，其示不忘一也。

余至扶风之明年④，始治官舍，为亭于堂之北，而凿池其南，引流种木，以为休息之所。是岁之春，雨麦于岐山之阳⑤，其占为有年。既而弥月不雨，民方以为忧。越三月乙卯乃雨，甲子又雨，民以为未足；丁卯大雨，三日乃止。官吏相与庆于庭，商贾相与歌于市，农夫相与忭于野⑥，忧者以乐，病者以愈，而吾亭适成。

于是举酒于亭上，以属客而告之曰："五日不雨可乎？"曰："五日不雨则无麦。""十日不雨可乎？"曰："十日不雨则无禾。"无麦无禾，岁且荐饥，狱讼繁兴，而盗贼滋炽。则吾与二三子，虽欲优游以乐于此亭，其可得耶？今天不遗斯民，始旱而赐之以雨，使吾与二三子，得相与优游而乐于此亭者，皆雨之赐也。其又可忘耶？

既以名亭，又从而歌之，曰：使天而雨珠，寒者不得以为襦；使天而雨玉，饥者不得以为粟。一雨三日，伊谁之力？民曰太守，太守不有，归之天子。天子曰不然，归之造物。造物不自以为功，归之太空。太空冥冥，不可得而名，吾以名吾亭。

注释

① 周公：周武王的弟弟姬旦。

书：指《嘉禾》，已佚。

② 以名其年：指公元前 116 年汉武帝将年号改为元鼎。

③ 叔孙：指春秋时鲁国的叔孙得臣，他给儿子取名"侨如"。

④ 扶风：即凤翔（今属陕西）。

⑤ 岐山：在陕西岐山县东北。

⑥ 忭（biàn）：高兴。

　　这亭子用雨来命名，是记录一件喜事。古代凡遇到喜事，就用这事儿来命名一样东西，表示不会忘记它。周公得到成王所赐的嘉禾，就用作书名；汉武帝得到一个宝鼎，就用来命名自己的年号；叔孙得臣打败少数民族，就用这事儿来给儿子起名字。这些喜事虽然有大有小，它们表示不忘记的意图是相同的。

　　我到扶风的第二年，开始建造官员住房，在厅堂北面修建了一个亭子，又在南面开凿池塘，将水引过来并栽上树木，就把这里当作休息的地方。这年春天，岐山南面的天上落下麦子，占卜的结果表明这年是丰收年。然而不久就整月不下雨，老百姓方才忧虑起来。过了三个月的乙卯日，才下雨，甲子日又下雨，百姓认为下得还不够，到了丁卯日，下起倾盆大雨，连下了三天雨才停。官吏一起在庭院里庆贺，做买卖的高兴地一起在集市上唱歌，农民在田里开心得不得了，忧愁的人欢喜了，生病的人痊愈了，而我的亭子恰好在这时建成。

　　于是，我在亭子里向客人举杯劝酒，并问他们："五天不下雨行吗？"他们回答说："五天不下雨就长不成麦子了。""那么十天不下雨行吗？"他们回答说："十天不下雨就种不活稻子了。"假如没有麦子和稻子，就要连年闹饥荒，案件频发，而强盗小偷猖獗。那我和你们几位，即使想要自由地在这亭子里享乐，哪里能做到呢？现在老天爷不抛弃这些百姓，开始天气干旱而最后又赐给他们大雨，使我和你们几位，能够一起在这亭子里自在地享乐，这都是一场大雨恩赐的呀。我们怎么能忘记这场雨呢？

　　我已经用雨给亭子起好了名儿，就再为它唱个歌吧。歌是这样唱的：假如天上掉下珍珠，受冻的人不能当作衣裳。假如天上掉下白玉，挨饿的人不能当作食粮。一场大雨下了三天，那究竟是谁的力量？百姓说是太守，太守没有这样的神力；把它归功于皇帝，皇帝也不会同意；归功于造物主，造物主不认为那是自己的功劳；归功于太空，太空是那样虚无缥缈，没办法来命名它，我就用雨来命名我的亭子。

【品读】

　　本文以喜雨亭作"文眼"，表现了作者与百姓久旱逢雨的喜悦心情。全文活泼灵动，多用排比句，穿插以对话、歌谣，令人耳目一新。

放鹤亭记

熙宁十年秋，彭城大水①，云龙山人张君之草堂②，水及其半扉。明年春，水落，迁于故居之东，东山之麓。升高而望，得异境焉，作亭于其上。彭城之山，冈岭四合，隐然如大环，独缺其西十二，而山人之亭适当其缺。春夏之交，草木际天。秋冬雪月，千里一色。风雨晦明之间，俯仰百变。山人有二鹤，甚驯而善飞，旦则望西山之缺而放焉，纵其所如，或立于陂田，或翔于云表，暮则傃东山而归③。故名之曰"放鹤亭"。

郡守苏轼，时从宾佐僚吏往见山人，饮酒于斯亭而乐之，揖山人而告之曰："子知隐居之乐乎？虽南面之君，未可与易也。《易》曰：'鸣鹤在阴，其子和之。'《诗》曰：'鹤鸣于九皋，声闻于天。'盖其为物，清远闲放，超然于尘垢之外，故《易》《诗》人以比贤人君子隐德之士。狎而玩之，宜若有益而无损者，然卫懿公好鹤则亡其国④。周公作《酒诰》，卫武公作《抑戒》⑤，以为荒惑败乱无若酒者，而刘伶、阮籍之徒以此全其真而名后世⑥。嗟夫，南面之君，虽清远闲放如鹤者犹不得好，好之则亡其国，而山林遁世之士，虽荒惑败乱如酒者犹不能为害，而况于鹤乎。由此观之，其为乐未可以同日而语也。"

　　山人欣然而笑曰："有是哉。"乃作放鹤招鹤之歌曰：鹤飞去兮，西山之缺。高翔而下览兮，择所适。翻然敛翼，宛将集兮，忽何所见，矫然而复击。独终日于涧谷之间兮，啄苍苔而履白石。鹤归来兮，东山之阴。其下有人兮，黄冠草履葛衣而鼓琴。躬耕而食兮，其馀以汝饱。归来归来兮，西山不可以久留。元丰元年十一月初八日记。

【译文】

　　熙宁十年秋天，徐州发大水，云龙山人张天骥先生的草屋前，水已淹到它半个门高了。第二年春天，大水才退去，他就搬迁到原来住所的东面，在东山脚下。登高远望，在这儿发现了一个奇异的境界，就在山上修了一个亭子。徐州的山四面合拢，隐约像个大环，唯独缺少了大环西面的十分之二，而山人的亭子恰好就对着这个缺口。春夏交替的时节，花草树木一直延伸到天边。秋冬下雪的时节，几千里一片白茫茫。随着天气刮风下雨、晴朗阴沉的变化，这里的景色也瞬息万变。山人有两只鹤，很听话，又善于飞翔。白天他就望着西山的缺口放飞，随便它们飞向哪里。鹤有时停在田里，有时飞到云中，晚上就朝东山方向飞回来。所以，山人把这亭子命名为放鹤亭。

　　地方长官苏轼，经常带着客人、幕僚、官吏去看望山人，在这亭子里饮酒作乐，对山人拱手作揖并告诉他说："你知道隐居的快乐吗？即使是朝南坐的君王，也不能换来这样的快乐。《周易》里说：'鹤在隐幽的地方鸣叫，它的孩子小鹤们也应和着一起叫。'《诗经》里说：'鹤在深泽里鸣叫，叫声一直传到天上。'因为鹤这种动物，生性清高，安闲而放达，超脱在世俗之外，所以《周易》《诗经》的作者把它比作贤人、君子或品德高尚的人。亲近它，玩赏它，似乎是有益无害的，但卫懿公因溺爱鹤而导致国家灭亡。周公写《酒诰》，卫武公写《抑戒》，认为使人荒淫迷惑、导致国家混乱的东西没有一样比酒更厉害，然而刘伶、阮籍这些人靠酒来保全自己的天性并留名千古。唉，朝南坐的君王，即使像鹤这样生性清高、安闲放达的动物都不能够去喜欢，喜欢了就要亡国，然而山林中避世的隐士，即使像酒这样使人荒淫迷惑，导致亡国的东西，还是不能伤害他们，何况是鹤呢？由此可见，这两类人的快乐是不能相提并论的呀。"

山人高兴地笑着说："真是这样的吗？"于是作了一首放鹤招鹤的歌："鹤飞去了，向西山的缺口飞去了。飞得高高地往下看，选一个要去的地方。转身收起翅膀，盘旋着要停下来。忽然发现了什么，矫健地再次冲天飞去。整天在山谷深涧之间独自飞翔，嘴巴啄啄青苔，双脚踩踩白石。鹤飞回来了，朝东山的北坡飞回来了。下面有个人，头戴黄帽，脚穿草鞋，身披麻衣，正弹着琴。他自己种地，自食其力，剩下的就来喂饱你。回来吧，回来吧，西山不是你久留之地。"元丰元年十一月八日记。

【品读】

从放飞的鹤那自由翱翔的身姿里，作者发现了隐居之乐。

超然台记

凡物皆有可观。苟有可观，皆有可乐，非必怪奇伟丽者也。餔糟啜醨[1]，皆可以醉，果蔬草木，皆可以饱。推此类也，吾安往而不乐？

夫所为求福而辞祸者，以福可喜而祸可悲也。人之所欲无穷，而物之可以足吾欲者有尽。美恶之辨战乎中，而去取之择交乎前，则可乐者常少，而可悲者常多。是谓求祸而辞福。夫求祸而辞福，岂人之情也哉！物有以盖之矣。彼游于物之内，而不游于物之外。物非有大小也，自其内而观之，未有不高且大者也。彼挟其高大以临我，则我常眩乱反复，如隙中之观斗，又乌知胜负之所在？是以美恶横生，而忧乐出焉；可不大哀乎！

予自钱塘移守胶西[2]，释舟楫之安，而服车马之劳；去雕墙之美，而庇采椽之居；背湖山之观，而行桑麻之野。始至之日，岁比不登，盗贼满野，狱讼充斥；而斋厨索然，日食杞菊。人固疑予之不乐也。处之期年，而貌加丰，发之白者，日以反黑。予既乐其风俗之淳，而其吏民亦安予之拙也。于是治其园圃，洁其庭宇，伐安丘、高密之木，以修补破败，为苟完之计。而园之北，因城以为台者旧矣；稍葺而新之。时相与登览，放意肆志焉。南望马耳、常山，出没隐见，若近若远，庶几有隐君子乎！而其东则卢山，秦人卢敖之所从遁也③。西望穆陵④，隐然如城郭，师尚父、齐桓公之遗烈⑤，犹有存者。北俯潍水⑥，慨然太息，思淮阴之功⑦，而吊其不终。台高而安，深而明，夏凉而冬温。雨雪之朝，风月之夕，予未尝不在，客未尝不从。撷园蔬，取池鱼，酿秫酒⑧，瀹脱粟而食之⑨。曰：乐哉游乎！

方是时，余弟子由适在济南，闻而赋之，且名其台曰"超然"，以见余之无所往而不乐者，盖游于物之外也。

注释

① 餔（bǔ）：吃。

啜（chuò）：喝。

醨（lí）：淡酒。

② 钱塘：今浙江杭州。

胶西：指密州（今山东诸城）。

③ 卢敖：秦朝博士，后隐居卢山。

④ 穆陵：关名，故址在今山东临朐东南大岘山上。

⑤ 师尚父：即吕尚，也就是辅佐周武王的姜太公。

齐桓公：春秋时齐国国君，春秋五霸之一。

⑥ 潍水：即潍河，在山东境内。

⑦ 淮阴：指西汉名将韩信，封淮阴侯，曾使潍水决口而大败楚军。

⑧ 秫（shù）：黏高粱。

⑨ 瀹（yuè）：用汤煮物。

凡是事物都有可以观赏的地方。假如有可以观赏的地方,那么都会有让人快乐的地方,不一定非是奇异壮丽不可。吃酒糟,喝淡酒,都可以叫人醉醺醺,水果蔬菜,都可以吃饱。以此类推,我去哪里不快乐呢?

人们常说要寻求福气而躲避灾祸,因为福气是可喜的,灾祸是可悲的。人的欲望没有尽头,但可以用来满足我们欲望的物质是有限的。辨别美好与丑恶的念头在内心争斗,取舍的抉择在面前交战,那么使人快乐的东西常常就少,使人悲哀的东西往往就多。这叫作寻求灾祸而躲避福气。寻求灾祸而躲避福气,难道是人之常情吗?那都是因为受了外物蒙蔽呀。人们只是游心于事物的内部,而不能游心于事物之外。事物是没有大小差别的,从内部来看它,没有什么事物不是高大的。它对我居高临下,那我就常常眼花缭乱,犹豫不定,就像从缝隙中看人争斗,又哪里知道谁胜谁负呢?因此,美好和丑恶交相产生,忧愁和快乐一并出现,这不是极大的悲哀吗!

我从钱塘调到胶西一带做知州,放弃了坐船的安逸,而经受车马颠簸的劳苦,放弃带有彩绘墙壁的华丽住宅,而蜗居在用柞木做椽的屋子里;离开了湖光山色,而来到田间地头。刚来的时候,这里连年歉收,到处是强盗小偷,案子多得不得了;厨房里也做不出什么菜,只好每天吃枸杞、菊花,人们自然疑虑我并不快乐。在这儿满一年了,我的脸渐渐丰润起来,白头发也一天天变黑了。我已经喜欢上这里淳厚的民风民俗,而这里的官吏和百姓也习惯了我的笨拙朴实。于是就整治果园菜园,打扫了庭院屋宇,采伐了安丘、高密县的树木,来修补破败之处,作为苟且求安的打算。在园子北面,那个靠城墙修建的高台已经很陈旧了，稍微修葺一下使它新一点儿。我常常和人一起登台观景，在这里放开心胸，纵情快乐。向南眺望，看见马耳山、常山，若隐若现，若近若远，大概那里住着隐士吧！而高台的东面就是卢山，秦朝人卢敖就是在那里隐居的。向西望是穆陵，隐约像城池，师尚父、齐桓公的功业，还有留存。向北俯瞰是潍水，我不禁感叹，想起淮阴侯的功绩，而哀悼他的不得善终。这座台高大结实，幽深敞亮，夏天凉爽，冬天暖和。雨雪纷飞的早晨，风清月明的夜晚，我没有不在台上的，客人们也没有不跟着我去的。采摘园子里的蔬菜，钓取池塘里的鱼儿，用高粱酿酒，拿糙米煮汤，大家都说："玩儿得真痛快啊！"

当时，我弟弟子由正好在济南，听说了这事儿，就写了一篇赋，并把这台命名为"超然"，以表示我到哪里都不会不快乐的原因，就是因为我能够游心于事物之外啊。

【品读】

本文为亭台记，实际上重在抒写一种超然的生活态度，也就是要"游于物之外"，懂得知足常乐的道理。文章结构看似随意，其实脉络清晰。

竹之始生，一寸之萌耳，而节叶具焉。自蜩腹蛇蚹②，以至于剑拔十寻者，生而有之也。今画者乃节节而为之，叶叶而累之，岂复有竹乎？故画竹必先得成竹于胸中，执笔熟视，乃见其所欲画者，急起从之，振笔直遂，以追其所见，如兔起鹘落，少纵则逝矣。与可之教予如此。予不能然也，而心识其所以然。夫既心识其所以然，而不能然者，内外不一，心手不相应，不学之过也。故凡有见于中，而操之不熟者，平居自视了然，而临事忽焉丧之，岂独竹乎？子由为《墨竹赋》以遗与可曰："庖丁，解牛者也，而养生者取之③；轮扁，斫轮者也，而读书者与之④。今夫夫子之托于斯竹也，而予以为有道者则非耶？"子由未尝画也，故得其意而已。若予者，岂独得其意，并得其法。

与可画竹，初不自贵重。四方之人持缣素而请者⑤，足相蹑于其门。与可厌之，投诸地而骂曰："吾将以为袜！"士大夫传之，以为口实。及与可自洋州还，而余为徐州。与可以书遗余曰："近语士大夫：'吾墨竹一派，近在彭城，可往求之。袜材当萃于子矣。'"书尾复写一诗，其略曰："拟将一段鹅溪绢⑥，扫取寒梢万尺长。"予谓与可："竹长万尺，当用绢

文与可画筼筜谷偃竹记①

苏轼　309

二百五十匹，知公倦于笔砚，愿得此绢而已！"与可无以答，则曰："吾言妄矣！世岂有万尺竹哉？"余因而实之，答其诗曰："世间亦有千寻竹，月落庭空影许长。"与可笑曰："苏子辩矣，然二百五十匹绢，吾将买田而归老焉！"因以所画《筼筜谷偃竹》遗予曰："此竹数尺耳，而有万尺之势。"筼筜谷在洋州，与可尝令予作《洋州三十咏》，《筼筜谷》其一也。予诗云："汉川修竹贱如蓬，斤斧何曾赦箨龙。料得清贫馋太守，渭滨千亩在胸中。"与可是日与其妻游谷中，烧笋晚食，发函得诗，失笑喷饭满案。

元丰二年正月二十日，与可没于陈州[7]。是岁七月七日，予在湖州曝书画，见此竹，废卷而哭失声。

昔曹孟德祭桥公文，有"车过""腹痛"之语[8]，而予亦载与可畴昔戏笑之言者，以见与可于予亲厚无间如此也。

注释

① 文与可：文同，字与可，北宋著名画家，"文湖州竹派"的创始人，是苏轼的表兄。

筼筜（yún dāng）谷：在洋州（今陕西洋县），多竹。

偃：这里指倾斜。

② 蛇蚹（fù）：蛇腹下横生的鳞片。

③ 庖（páo）丁：厨师的名字。其解牛事见《庄子·养生主》。

④ 轮扁：造车轮者的名字。其斫轮事见《庄子·天道》。

⑤ 缣（jiān）素：作画用的白绢。

⑥ 鹅溪：在四川盐亭西北，以产绢闻名。

⑦ 陈州：今河南淮阳。

⑧ 曹孟德：曹操，字孟德。

桥公：指桥玄，曹操《祀故太尉桥玄文》中说桥玄曾与他约定，如果将来曹操路过他坟墓时不祭奠，车过三步就会得到肚子疼的报应。

【译文】

竹子刚开始生长，只有一寸长的嫩芽，但竹节、竹叶都完备了。从竹节像蝉腹上的纹理、蛇腹上的鳞片那样，长到高大挺拔，这都是自然生长的结果啊。现在画竹的人一节节地描画，一张张叶子地叠加，哪还能画出形象完整的竹子呢？因此，要画竹子，心中必定先要有成熟完整的竹子形象，手握画笔，眼睛仔细地看，才看得见所要画的东西。于是迅速落笔，一气呵成，来追赶他所见的竹子，快得就像兔子一跃而起，鸷鸟俯冲直下，稍稍一放松它就消失了。与可教我画竹的方法就是这样。我做不到，但心里是明白的。心里既然已经明白，却不能办到，想的和做的不一样，心中和手下不相适应，这是因为没有学习的缘故。所以凡是心中有想法，而做起来不熟练的人，平时自认为明白，事到临头忽然就忘记了该怎么办，难道只有画竹子才这样吗？子由写了一篇《墨竹赋》送给与可，并说："庖丁是宰牛的人，但养生的人从他那里吸取经验；轮扁是砍削车轮的人，但读书人从他那里明白道理。现在您把这样的道理寄托在画竹子之中，因而我认为您也是懂得道的人，难道不是吗？"子由未曾画画，只是明白其中的道理而已。像我这样，不仅明白其中的道理，而且也领会了画画的方法。

与可画竹子，一开始自己也不当回事儿。四面八方的人，拿着作画用的白绢来请他画，家门口人都挤得互相踩着脚了。与可很厌恶，把白绢朝地上一扔，还骂道："我要用这些白绢做袜子！"士大夫中流传着这事儿，还作为话柄。等到与可从洋州回来时，我在徐州做官。与可给我写信说："我最近告诉士大夫们：'我们画墨竹的一派中有人就近在徐州，你们可以去请他画。'做袜子的材料应该都集中到您这儿了。"信尾还写了一首诗，大略说："准备用一段鹅溪出产的绢，画它一万尺墨竹。"我告诉与可："墨竹长一万尺，应该用二百五十匹绢来画，我知道您厌倦了画画，只是想得到这些绢罢了！"与可没办法回答我，就说："我的话错了！世界上哪有一万尺长的竹子呢？"我就偏偏来证实它，回了他一首诗："世上也有千寻长的竹子，月光照在空旷的庭院里，竹子的影子就有这么长。"与可笑着说："你老兄能狡辩，但这二百五十匹绢，我将用来买块田地回家养老了！"因而就把所画的《筼筜谷偃竹》送给我说："这竹子不过几尺长，却有万尺的气势。"筼筜谷在洋州，与可曾让我作歌咏洋州的三十首诗，筼筜谷就是其中歌咏的一个地方。我的诗是这样的："汉水一带的竹子便宜得像蓬草，斧子何曾放过笋呢？料想这里的穷太守嘴馋，渭水之滨的千亩绿竹都在他胸中。"这天与可和妻子在筼筜谷中游玩，晚上煮笋吃，拆开信封见到这首诗，忍不住笑得嘴里饭喷了一桌子。

元丰二年正月二十日，与可在陈州去世。这年七月七日，我在湖州晒书画，看见这幅墨竹，放下画卷失声痛哭。

从前曹孟德为桥公写的祭文中，有"车过""腹痛"的话，而我也记下与可过去说的玩笑话，表明与可和我的关系就是像这样亲密无间啊。

【品读】

　　本文寄托着作者对文同的深切怀念，同时又揭示了"画竹必先得成竹于胸中"这一艺术创作规律。文中所记的那些朋友间诙谐的玩笑反衬出生者的无尽的悲痛。

象犀珠玉怪珍之物，有悦于人之耳目，而不适于用。金石草木丝麻五谷六材^②，有适于用，而用之则弊，取之则竭。悦于人之耳目而适于用，用之而不弊，取之而不竭，贤不肖之所得，各因其才，仁智之所见，各随其分，才分不同，而求无不获者，惟书乎！

自孔子圣人，其学必始于观书。当是时，惟周之柱下史老聃为多书^③。韩宣子适鲁^④，然后见《易象》与《鲁春秋》^⑤。季札聘于上国^⑥，然后得闻《诗》之风、雅、颂。而楚独有左史倚相^⑦，能读《三坟》《五典》《八索》《九丘》。士之生于是时，得见六经者盖无几，其学可谓难矣。而皆习于礼乐，深于道德，非后世君子所及。

自秦、汉以来，作者益众，纸与字画日趋于简便，而书益多，士莫不有，然学者益以苟简，何哉？余犹及见老儒先生，自言其少时，欲求《史记》《汉书》而不可得，幸而得之，皆手自书，日夜诵读，唯恐不及。近岁市人转相摹刻诸子百家之书，日传万纸，学者之于书，多且易致如此，其文词学术，当倍蓰于昔人^⑧，而后生科举之士，皆束书不观，游谈无根，此又何也？

余友李公择，少时读书于庐山五老峰下白石庵之僧舍。公择既去，而山中之人思之，指其所居为李氏山房。藏书凡九千余卷。公择既已涉其流，探其源，采剥其华实，而咀嚼其膏味，以为己有，发于文词，见于行事，以闻名于当世矣。而书固自如也，未尝少损。将以遗来者，供其无穷之求，而各足其才分之所当得。是以不藏于家，而藏于其故所居之僧舍，此仁者之心也。

余既衰且病，无所用于世，惟得数年之闲，尽读其所未见之书，而庐山固所愿游而不得者，盖将老焉。尽发公择之藏，拾其余弃以自补，庶有益乎？而公择求余文以为记，乃为一言，使来者知昔之君子见书之难，而今之学者有书而不读为可惜也。

注释

① 李氏：指李常，字公择，建昌（今江西南城）人，曾任御史中丞，是苏轼的好友。
② 六材：古代用来制弓的六种材料。
③ 柱下史：周秦官名，掌管图书。
　 老聃：即老子，姓李名耳，先秦道家学派创始人。
④ 韩宣子：春秋时晋国大夫。
⑤《易象》：《周易》的《象辞》。
　《鲁春秋》：即孔子编订的鲁国史书《春秋》。

⑥ 季札：春秋时吴国公子。

⑦ 左史：史官名，掌记事。

倚相：人名，据说他能读《三坟》《五典》《八索》《九丘》这几种传说中的古书。

⑧ 蓰（xǐ）：五倍。

【译文】

象牙、犀牛角、珍珠、美玉这类珍奇的东西，可以使人看了感到高兴，却没有实用价值。金属、石头、花草、木材、蚕丝、麻布及五谷、六材这些东西，虽有实用价值，但用了就要坏，而且总会用完。使人高兴又有实用价值，用过了不会坏，而总也用不完，贤人庸才可以根据他们才能的不同各有所得，仁者智者可以基于他们素质的不一各有所见，才能不同，但只要去求取，就不会从中一无所得的，只有图书吧！

从孔子那样的圣人起，学习就必定从读书开始。那时，只有周朝的柱下史老聃那里藏书多。韩宣子到鲁国去，之后才读到《易象》和《鲁春秋》这两部书。季札朝聘于中原的诸侯国，之后才听到《诗经》中风、雅、颂的音乐。而楚国只有担任左史的倚相能够读懂《三坟》《五典》《八索》《九丘》这些古书。读书人生活在那个时代，能读到六经的大概没几个人，他们想要学习可以说太困难了！然而他们都学会了礼制和音乐，而对于道德有很深的造诣，那不是后来的君子能赶得上的。

从秦、汉两代以来，写书的人更多了，纸张和文字的笔画渐渐变得越来越简便，图书也更多了，读书人没人不拥有书的，但学习的人却更加苟且和草率了，为什么呢？我还能赶上见到一些读书的老先生，他们自己说，年轻时，想得到《史记》《汉书》却不可能；侥幸得到了，都是亲自手抄，整天朗读，只怕来不及。近年来商人相互辗转刻印诸子百家的著作，每天能印一万张纸。书对于学习的人来说是那样多，并且容易获得，他们的文章和学问，应该成倍地超过前人。然而考科举的青年们，都将书捆扎起来，不去读它，自己在那里毫无根据的信口胡说，这又是为什么呢？

我的朋友李公择，年轻时在庐山五老峰下白石庵的僧房里念书。公择离开以后，山里人想念他，称他住过的房子为"李氏山房"。那里的藏书总共有九千多卷，公择已经广泛涉猎各类图书，探讨典籍的源流，吸取书中的菁华，品尝其中的滋味，作为自己的知识，通过文辞表达出来，在行为举动中显示出来，在当时是很有名的啊。这些图书却依然是老样子，未曾有丝毫的损毁。它们将会留给后人，供给他们对知识的无限需求，满足他们根据各自的才分对知识的获取。所以这些书不藏在家里，而藏在公择自己以前住过的僧房里，这真是仁者的苦心啊！

我已经年老多病，对社会也没有什么贡献，只想拥有几年的空闲，来读完我没读过的书，而庐山本来就是我想去游览却没能去的地方，大概将在这里了此一生了。我把公择的藏书全都翻出来，捡他剩下的学问来充实自己，大概很有好处吧？而公择请求我写篇文章来记载藏书的事，我就写了这一席话，让后人明白以前的君子读书有多难，而现在学习的人拥有图书却不去读，实在是一件可惜的事啊。

　　本文为作者应好友李常之邀而写，作于熙宁九年（1076）。文章赞扬了李氏将藏书留赠后人的善举，并在"昔之君子见书之难"与"今之学者有书而不读"的对比中，批评了当时的不良学风。

《水经》云："彭蠡之口，有石钟山焉②。"郦元以为"下临深潭，微风鼓浪，水石相搏，声如洪钟③。"是说也，人常疑之。今以钟磬置水中，虽大风浪，不能鸣也，而况石乎？至唐李渤始访其遗踪④，得双石于潭上，扣而聆之，南声函胡，北音清越，枹止响腾，馀韵徐歇，自以为得之矣。然是说也，余尤疑之。石之铿然有声者，所在皆是也，而此独以"钟"名，何哉？

元丰七年六月丁丑，余自齐安舟行适临汝⑤。而长子迈将赴饶之德兴尉⑥，送之至湖口，因得观所谓"石钟"者。寺僧使小童持斧，于乱石间，择其一二扣之硿硿焉，余固笑而不信也。至其夜月明，独与迈乘小舟，至绝壁下。大石侧立千尺，如猛兽奇鬼，森然欲搏人；而山上栖鹘，闻人声亦惊起，磔磔云霄间；又有若老人欬且笑于山谷中者，或曰："此鹳鹤也。"余方心动欲还，而大声发于水上，噌吰如钟鼓不绝⑦，舟人大恐。徐而察之，则山下皆石穴罅，不知其浅深，微波入焉，涵澹澎湃而为此也。舟回至两山间，将入港口，有大石当中流，可坐百人，空中而多窍，与风水相吞吐，有窾坎镗鞳之声⑧，与向之噌吰者相应，如乐作焉。因笑谓迈曰：

"汝识之乎？噌吰者，周景王之无射也[9]，窾坎镗鞳者，魏庄子之歌钟也[10]。古之人不余欺也。"

事不目见耳闻而臆断其有无，可乎？郦元之所见闻，殆与余同，而言之不详；士大夫终不肯以小舟夜泊绝壁之下，故莫能知；而渔工水师，虽知而不能言；此世所以不传也。而陋者乃以斧斤考击而求之，自以为得其实。余是以记之，盖叹郦元之简，而笑李渤之陋也。

注释

① 石钟山：在今江西湖口。

②《水经》：我国第一部记叙河道水系的专著，汉代桑钦（一说西晋郭璞）撰。

彭蠡：即鄱阳湖。

③ 郦元：即郦道元，北魏地理学家，曾作《水经注》。

④ 李渤：唐人，曾任江州刺史，有《辨石钟山记》文。

⑤ 齐安：今湖北黄冈。

临汝：今属河南。

⑥ 长子迈：苏轼长子苏迈，字伯达，一说字维康。

饶之德兴：饶州德兴县，今属江西。

⑦ 噌吰（chēng hóng）：象声词，多形容钟声。

⑧ 窾坎（kuǎn kǎn）：击物声。

镗鞳（tāng tà）：钟鼓声。

⑨ 周景王：周代国君。

无射（yì）：景王所铸大钟名。

⑩ 魏庄子：即魏绛，春秋时晋国大夫。

【译文】

　　《水经》说："鄱阳湖口有一座石钟山。"郦道元认为"山下面对着深潭，每当微风吹起浪花，湖水和山石就相互拍击，发出大钟般洪亮的响声"。对于这种说法，人们常常是怀疑的。现在把钟和磬放在水里，即使有大风浪它们也一声不响，更何况是石头呢？到了唐代，李渤第一个探访石钟山的所在地，在潭上寻到两块石头，敲击它们，再听听声音，南面那块响声浊模糊，北面那块声音清脆响亮，槌子停了，响声扬起，余响慢慢地消失。于是，他自认为了解了石钟山命名的缘由。然而，对这种说法，我更加怀疑。敲击后能发响声的石头到处都有，唯独这里用石钟来命名，又是为什么呢？

　　元丰七年六月丁丑日，我从齐安乘船往临汝，而大儿子苏迈将要去饶州德兴县任县尉，我送他到湖口，因而有机会见到李渤所说的石钟山。庙里的和尚让一个小孩拿着斧子，在乱石丛中选一两块敲敲，石头空空作响，我当然笑笑不相信这就是石钟山得名的原因。到了这天夜里，月色明亮，我独自和苏迈乘一叶小舟，来到悬崖峭壁下面。只见大石头斜立着仿佛有千尺高，像猛兽和奇异的鬼怪，阴森森地要来捉人。而山上栖息的鹘鸟，听见人的声音也受惊飞起，在云端呱呱地叫。山中又有像老人边咳嗽边笑的声音，有人说："那是鹳鹤啊。"我心里有些害怕，正想回去，却听见水上发出巨响，轰隆隆的就像撞钟击鼓的声音，一直不停。船夫非常害怕。我细细察看，原来山下都是石洞石缝，不知它的深浅，小浪头打进去，水波奔腾激荡，才发出这样的响声。小舟驶回石钟山南北两山之间，将要进港时，有一块大石头挡在水中央，上面可以坐一百人，里面空空的又有很多洞，它们和风、水互相吞吐，发出物体碰撞和钟鼓齐鸣的声音，跟刚才轰隆隆的声音相应和，就像在演奏音乐。我就笑着对苏迈说："你明白了吗？轰隆隆的声音，就像是周景王的无射钟发出的，物体碰撞和钟鼓齐鸣的声音，就像是魏庄子的编钟发出的。古人没骗咱们呀！"

凡事没有亲眼看见，亲耳听见，就凭主观想法去断定有或没有，这样做行吗？郦道元的所见所闻，大概和我差不多，但他说得不详细。士大夫一般终究不肯乘小舟夜里停在悬崖峭壁之下，因而不能知道真相。而渔夫、船夫即使知道也没法记下来。这就是石钟山命名的原因始终没在世上流传开来的缘故。见识浅陋的人竟用斧子敲击石头的办法来探求这个原因，还自认为知道了真相。我之所以记下事情的经过，是因为惋惜郦道元解释得过于简单，也为了嘲笑李渤见识的浅陋。

【品读】

元丰七年（1084）六月，作者由黄州赴汝州，途经江西湖口时实地考察了石钟山命名的缘由，终于发现前人解释的疏漏和错误，并弄清了事实真相。文中乘小舟夜泊绝壁之下的一段描写，阴森恐怖，尤为精彩。

记承天寺夜游①

元丰六年十月十二日夜，解衣欲睡，月色入户，欣然起行。念无与乐者，遂至承天寺，寻张怀民②。怀民亦未寝，相与步于中庭。

庭下如积水空明，水中藻、荇交横③，盖竹柏影也。

何夜无月？何处无竹柏？但少闲人如吾两人者耳。

注释

① 承天寺：故址在今湖北黄冈南。
② 张怀民：字孟得，当时也贬居黄州。
③ 荇（xìng）：水草名。

【译文】

　　元丰六年十月十二日夜里，我脱了衣服正想睡觉，月光照进房间来，于是我高兴地起身出门。想到身边没有分享这快乐的人，就到承天寺来找张怀民。怀民也没睡，我们便一同在庭院里散步。

　　庭院中的月光仿佛一泓积水那样澄明清澈，只见其中水草交错，原来是竹子和松柏的影子。

　　哪一夜没有月光？哪一处没有竹子和松柏？缺的仅仅是像我们这样的两个闲人罢了。

【品读】

　　这篇玲珑剔透的妙文，被后人誉为"仙笔"。

日喻

　　生而眇者不识日①，问之有目者。或告之曰："日之状如铜槃。"扣槃而得其声。他日闻钟，以为日也。或告之曰："日之光如烛。"扪烛而得其形。他日揣籥②，以为日也。日之与钟、籥亦远矣，而眇者不知其异，以其未尝见而求之人也。道之难见也甚于日，而人之未达也，无以异于眇。达者告之，虽有巧譬善导，亦无以过于槃与烛也。自槃而之钟，自烛而之籥，转而相之，岂有既乎？故世之言道者，或即其所见而名之，或莫之见而意之，皆求道之过也。然则道卒不可求欤？苏子曰：道可致而不可求。何谓致？孙武曰："善战者致人，不致于人③。"子夏曰："百工居肆，以成其事；君子学，以致其道④。"莫之求而自至，斯以为致也欤！

　　南方多没人⑤，日与水居也。七岁而能涉，十岁而能浮，十五而能没矣。夫没者岂苟然哉？必将有得于水之道者。日与水居，则十五而得其道；生不识水，则虽壮，见舟而畏之。故北方之勇者，问于没人，而求其所以没，以其言试之河，未有不溺者也。故凡不学而务求道，皆北方之学没者也。

　　昔者以声律取士⑥，士杂学而不志于道；今也以经术取士⑦，士知求道而不务学。渤海吴君彦律⑧，有志于学者也，方求举于礼部，作《日喻》以告之。

注释

① 眇者：盲人。

② 籥（yuè）：一种笛子状的管乐器。

③ 孙武：春秋时军事家。这句话见《孙子·虚实篇》。

④ 子夏：孔子弟子。这句话见《论语·子张》。

⑤ 没：潜水。

⑥ 声律：指诗赋。

⑦ 经术：此指王安石改革科举后用来取士的经义文。

⑧ 渤海：郡名，属今山东滨州。

　吴君彦律：吴琯，字彦律，时任徐州监酒正字。

【译文】

　　天生眼盲的人不认识太阳，便向目明者打听。有人告诉他："太阳的形状就像铜盘。"他敲敲铜盘，听到了它发出的响声。有一天听见钟声，就当是太阳了。又有人告诉他："太阳的亮光像蜡烛。"他摸摸蜡烛，知道了它的形状。有一天摸到一支籥，就当是太阳了。其实太阳和钟、籥差得太远了，但盲人不知它们的差异，那都是因为他自己未曾看见，而去向别人打听的缘故。道比太阳还要难见，没能认识道的人，和瞎子没什么两样。已经认识道的人要告诉他，即使有巧妙的比喻，高明的指引，也不会超过用盘、烛作比喻的水平。从盘到钟，从钟再到籥，辗转相比，哪会有完？所以世上谈论道的人，有的只是就自己所见来解释它，有的是并没见到什么而来臆测它，都是求道的弊病。那么道终究是不可求的吗？我认为："道只可致而不能去强求。"那什么叫"致"呢？孙武说："善于打仗的人会让敌人自投罗网，而自己不被敌人牵着鼻子走。"子夏说："工匠住在作坊里，完成他们的工作；君子通过学习，来认识和掌握道。"不去强求道而道自己光临了，这就是"致"啊！

　　南方会潜水的人很多，因为他们每天与水相伴，七岁就能蹚水，十岁就会游水，十五岁就能够潜水了。潜水者难道随随便便就学会了吗？他们肯定是识水性了。每天和水相伴，那么十五岁就识水性。生下来不识水性的人，即使到了壮年，看见船还要害怕。所以，北方的勇士向潜水者打听，想得到潜水的方法，用他们所说的办法在河里一试，结果没有不溺水的。因此，凡是不学习而致力于认识道的人，都好像北方学潜水的人一样。

　　以前朝廷用诗赋选拔读书人，读书人所学芜杂，不专心于道。

现在用经术来选拔，读书人就只知追求空疏的道而不去学习扎实的学问。渤海吴彦律君是有志于学问的人，正准备参加礼部主持的考试，我就写了这篇《日喻》来告诉他一些道理。

【品读】

本文以眇人观日、没人潜水这两个例子来说明"道可致而不可求"的道理，将抽象的说教化为生动的说理。

书蒲永昇画后

古今画水，多作平远细皱，其善者不过能为波头起伏。使人至以手扪之，谓有洼隆，以为至妙矣。然其品格，特与印板水纸争工拙于毫厘间耳。

唐广明中，处士孙位始出新意^①，画奔湍巨浪，与山石曲折，随物赋形，尽水之变，号称神逸。其后蜀人黄筌、孙知微，皆得其笔法^②。始，知微欲于大慈寺寿宁院壁作湖滩水石四堵^③，营度经岁，终不肯下笔。一日，仓皇入寺，索笔墨甚急，奋袂如风，须臾而成，作输泻跳蹙之势，汹汹欲崩屋也。知微既死，笔法中绝五十余年。

近岁成都人蒲永昇，嗜酒放浪，性与画会，始作活水，得二孙本意，自黄居寀兄弟、李怀衮之流^④，皆不及也。王公富人或以势力使之，永昇辄嘻笑舍去，遇其欲画，不择贵贱，顷刻而成。尝与余临寿宁院水，作二十四幅，每夏日挂之高堂素壁，即阴风袭人，毛发为立。永昇今老矣，画亦难得，而世之识真者亦少。如往时董羽，近日常州戚氏画水^⑤，世或传宝之；如董、戚之流，可谓死水，未可与永昇同年而语也。元丰三年十二月十八日夜，黄州临皋亭西斋戏书^⑥。

注释

① 孙位：唐代画家，擅长画水。

② 黄筌：五代后蜀画家，成都人，擅长花鸟画。

　孙知微：宋代画家，眉山（今属四川）人，擅长宗教故事画。

③ 大慈寺：在四川成都。

④ 黄居寀（cǎi）：一作"黄居寀（shǎn）"。黄筌第三子，与他的兄弟黄居实、黄居宝继承家传，都是画家。

　李怀衮：宋代画家，擅画花竹翎毛。

⑤ 董羽：毗陵（今江苏常州）人，南唐、北宋宫廷画师。

　戚氏：指戚文秀，北宋画家，擅画山水。

⑥ 临皋亭：在黄州南长江边，苏轼曾居此处。

【译文】

　　古今画家画水，大多只画些水平线条和细微的波纹，好一点的也不过能画起伏的波浪，使人甚至忍不住要用手去摸，说纸面上仿佛凹凸不平，而认为这样画水就是最妙的了。然而，这种画的品质，只不过能和版刻印制的水的图案比比高低罢了。

　　唐代广明年间，隐士孙位开始画出新意，画奔腾的急流大浪和嶙峋弯曲的山石，能根据所遇山石的不同形态，赋予笔下的水以不同的姿态，穷尽了水的各种形态变化，以传神超逸著名。后来后蜀的黄筌、孙知微都继承了他的画法。起初，知微想要在大慈寺的寿宁院墙壁上画四堵墙长的湖滩水石，酝酿了一年，最终不肯落笔。有一天，他慌慌张张地跑进寺里，急着讨笔墨，然后挥动衣袖运笔作画，像风一样迅疾，一会儿便画完了。只见画中的水奔流直下，汹涌翻滚，那浩大的水势简直要使房屋崩塌。知微去世后，画水的技法失传了五十多年。

近年来，有个成都人蒲永昇，喜爱喝酒，生活放纵，性情和绘画完全融为一体。他开始画活水，掌握了两位孙姓画家绘画的原意。从黄居寀兄弟、李怀衮等以下的画家，都画得不如他好。王公贵族和有钱人家有的凭借势力来让他作画，永昇呵呵一笑就走了。遇到他愿意画时，不分富人穷人，都在顷刻间为他们画成。他曾和我临摹寿宁院知微所画的水，画了二十四幅，每逢夏天就将画挂在厅堂的白墙壁上，立刻让人觉得有阵阵冷风吹来，毛发都竖起来了。永昇现在已经老了，他的画更加难得，而且世上能懂得画水真趣的人也少了。像从前的董羽、现在常州的戚氏所画的水，世上有人就当宝贝相传。像董、戚这类人所画的，只能称为死水，不能和永昇相提并论啊。元丰三年十二月十八日夜，随手写于黄州临皋亭西斋。

【品读】

本文一题《画水记》。文中提出画水时有"死水""活水"之别，高度称赞了蒲永昇的画艺。

文说

　　吾文如万斛泉源[①]，不择地而出，在平地滔滔汩汩[②]，虽一日千里无难。及其与山石曲折，随物赋形而不可知也。所可知者，常行于所当行，常止于不可不止，如是而已矣。其他虽吾亦不能知也。

注释

① 斛（hú）：容量单位，相当于十斗。
② 汩（gǔ）汩：水流动的样子。

【译文】

　　我的文章就好像万斛清泉，随地喷涌出来，在平地上滔滔奔流，即使是一天流出千里也没什么困难。碰上嶙峋弯曲的山石，就根据石头的形状来改变自己的形状，我也无法预知。所能知道的，是它该流动的时候就流动，遇上不能不停的时候就停止，如此而已。其他的情况即使我自己也不能够知晓呀。

【品读】

　　本文一题《自评文》，作者提出了"随物赋形"的著名创作主张。

答谢民师书①

轼启：近奉违，亟辱问讯，具审起居佳胜，感慰深矣。轼受性刚简，学迂材下，坐废累年，不敢复齿缙绅②。自还海北，见平生亲旧，惘然如隔世人，况与左右无一日之雅而敢求交乎？数赐见临，倾盖如故，幸甚过望，不可言也。

所示书教及诗赋杂文，观之熟矣。大略如行云流水，初无定质，但常行于所当行，常止于所不可不止，文理自然，姿态横生。孔子曰："言之不文，行而不远③。"又曰："辞达而已矣④。"夫言止于达意，即疑若不文，是大不然。求物之妙，如系风捕影；能使是物了然于心者，盖千万人而不一遇也，而况能使了然于口与手者乎？是之谓辞达。辞至于能达，则文不可胜用矣。

扬雄好为艰深之辞⑤，以文浅易之说；若正言之，则人人知之矣。此正所谓"雕虫篆刻"者⑥，其《太玄》《法言》皆是类也。而独悔于赋，何哉？终身雕虫而独变其音节，便谓之"经"，可乎？屈原作《离骚经》，盖风、雅之再变者，虽与日月争光可也，可以其似赋而谓之"雕虫"乎？使贾谊见孔子，升堂有馀矣；而乃以赋鄙之，至与司马相如同科。雄之陋如此比者甚众。可与知者道，难与俗人言也。

因论文偶及之耳。欧阳文忠公言文章如精金美玉，市有定价，非人所能以口舌定贵贱也^⑦。纷纷多言，岂能有益于左右，愧悚不已。

所须惠力"法雨堂"字^⑧，轼本不善作大字，强作终不佳，又舟中局迫难写，未能如教。然轼方过临江^⑨，当往游焉。或僧欲有所记录，当为作数句留院中，慰左右念亲之意。今日已至峡山寺^⑩，少留即去，愈远。惟万万以时自爱，不宣。

注释

① 谢民师：谢举廉，字民师，新淦（今江西新干）人，当时在广州。苏轼北归经过这里，与他结交。

② 缙（jìn）绅：指士大夫。

③ 言之不文句：见《左传·襄公二十五年》。

④ 辞达句：见《论语·卫灵公》。

⑤ 扬雄：西汉文学家。他模仿《周易》《论语》写了《太玄》《法言》两部著作。

⑥ 雕虫篆刻：见《法言·吾子》。

⑦ 欧阳文忠公：指欧阳修，这里的引文不见于他的文集。

⑧ 惠力：寺名，在今江西樟树。

⑨ 临江：临江军，今江西樟树。

⑩ 峡山寺：在广东清远。

　　苏轼上言：近日分别后，又承蒙您屡次问候，知道您日子过得还不错，深感欣慰。我秉性刚直简慢，学问迂阔，才能资质低下，因事贬官多年，不敢自居于士大夫的行列。从渡海北还之后，遇见亲朋好友，心里就觉得失意，好像他们是隔代的人，何况与您从来没有交往，哪还敢订交呢？承蒙您几次来看望我，我们就像老朋友一样谈得来，这种荣幸我自己也没料到，简直不能用语言来形容。

　　您给我看的书启、诗赋、杂文，我都仔细看过了。大体就像行云流水，本来没有一定的状态，只是作文该放时应当放，该收时不能不收，文章的脉络合乎自然，姿态也变化多端。孔子说："语言没有文采，流传就不会广。"又说："言辞能表达意思就足够了。"言辞只要求能表达意思，因而就认为似乎不需要文采了，这种看法很不对。探求事物的奥妙，就像拴住风、捉住影子那样困难。心里能把这样东西彻底弄明白的人，大概千万人中也找不到一个，更何况能要用口和手把它说清楚、写清楚呢？这就叫"辞达"。言辞能做到达意，那文采就用不胜用了。

　　扬雄喜欢用艰深的言辞来掩饰浅显的意思，如果直截了当说出来，那么人人都能明白。这正是他所批评的"雕虫篆刻"的毛病，他写的《太玄》《法言》都是这一类作品，而他却唯独对自己的赋不满，这是为什么呢？一辈子雕琢字句，《太玄》《法言》，只是改变了音节，使赋散文化罢了，就把它们称为"经"，这样行吗？屈原创作《离骚》，是风、雅传统的发展，即使和太阳、月亮争辉也毫不逊色。难道我们能因为它像赋就说它是"雕虫小技"吗？如果贾谊能做孔子的学生，那他的学问造诣已足以"升堂"。然而扬雄竟因为他写过赋而贬低他，将他跟司马相如同样看待。像这类浅陋的见识，扬雄还有很多呢！这些道理只可以跟明白人说说，却难对俗人讲啊！我只不过是评论文章偶尔谈到这些罢了。欧阳文忠公说："文章就好像精美的金玉，市场上有一定的价格，不是人们随便说说就可以判定贵贱的。"我讲了这么多废话，不一定对您有益处，真是惭愧惭愧。

您要的惠力寺"法雨堂"的题字，因为我本来就不善于写大字，勉强写终究写不好，又因船里地方小就更难写了，所以没能照办。但我就要经过临江，应该会去游览。也许和尚要我写些什么，我就写几句话留在寺院里，来安慰您的思亲之情。现在已经到了峡山寺，我稍微停留一会儿就走，我们离得越来越远了。请您千万时时保重，就此搁笔。

【品读】

这封书信也包含了作者的创作主张，可与前文参读。

342

方山子，光、黄间隐人也②。少时慕朱家、郭解为人③，闾里之侠皆宗之。稍壮，折节读书，欲以此驰骋当世，然终不遇。晚乃遁于光、黄间，曰岐亭④。庵居蔬食，不与世相闻，弃车马，毁冠服，徒步往来山中，人莫识也。见其所著帽，方屋而高，曰："此岂古方山冠之遗像乎⑤！"因谓之方山子。

余谪居于黄，过岐亭，适见焉。曰："呜呼！此吾故人陈慥季常也，何为而在此？"方山子亦矍然问余所以至此者。余告之故，俯而不答，仰而笑，呼余宿其家，环堵萧然，而妻子奴婢皆有自得之意。余既耸然异之。

独念方山子少时，使酒好剑，用财如粪土，前十有九年，余在岐下，见方山子从两骑，挟二矢，游西山，鹊起于前，使骑逐而射之，不获，方山子怒马独出，一发得之。因与余马上论用兵及古今成败，自谓一世豪士。今几日耳，精悍之色，犹见于眉间，而岂山中之人哉？

然方山子世有勋阀，当得官，使从事于其间，今已显闻。而其家在洛阳，园宅壮丽，与公侯等。河北有田，岁得帛千匹，亦足以富乐。皆弃不取，独来穷山中，此岂无得而然哉？

余闻光、黄间多异人，往往阳狂垢污⑥，不可得而见，方山子傥见之与！

注释

① 方山子：即陈慥，字季常，凤翔知府陈希亮之子，作者的朋友。
② 光、黄：光州（今河南潢川）和黄州（今湖北黄冈）。
③ 朱家、郭解：均为汉代著名游侠。
④ 岐亭：在今湖北麻城。
⑤ 方山冠：汉代祭祀宗庙时乐师所戴的帽子。
⑥ 阳狂：即佯狂，装疯。

【译文】

　　方山子是光州、黄州一带的隐士。年轻时仰慕朱家、郭解的为人，乡里侠士都十分崇拜他。随着年岁的增长，他改变志向，发愤读书，想以此来展展抱负，在当时干一番大事业，但终究郁郁不得志。晚年就隐居在光州、黄州间的岐亭。他身居草屋，只吃蔬菜，过着与世隔绝的生活。原有的车马衣帽，他都废弃不用，他徒步在山里行走时，谁也不认识他。人家看他戴的帽子高高耸起，就说："这不就是古代方山冠的样式吗？"于是索性将他称为方山子了。

　　我贬官后住在黄州，一天路过岐亭，正好遇见他。我不禁大叫："唉！这是我的老朋友陈慥陈季常啊，怎么会在这里呢？"方山子也惊讶地望着我，问起我到这里来的原因。我把贬官的前因后果都告诉他，他低头沉默良久，忽然仰头大笑起来，接着就邀我上他家住宿，我四下一看，只见家徒四壁，但妻儿奴婢的脸上似乎还有些得意的神色。此情此景，真让我吃惊。

　　我独自回忆方山子年轻时的情景，他酗酒任性，又喜好剑术，花起钱来简直把钱当作粪土一般。十九年前，我在岐山下的凤翔任职，曾见过方山子带两个骑马的随从，胳膊底下夹着两枝箭，在岐山西山中游猎。忽然有只喜鹊飞过面前，方山子让随从追上并射它，结果却没捉到。于是他独自奋马直追，一箭射中目标。于是，他和我在马上大谈用兵之道及古今成败的经验教训，自认为是一代豪杰。那时到现在才多少时间呀，他的眉宇之间还流露着精明强悍的神色，他哪里只是山中的隐士呢？

　　因方山子世代有功勋，本该做官的，假如他混迹官场，现在早已赫赫有名了。他老家在洛阳，庭园房舍富丽堂皇，和公侯贵族一样。

在河北还有田产，每年可收得丝帛千匹，这足够让他日子过得富足快乐。而所有这些，他都放弃了，独自来到这穷山之中，假如不是别有会心，他能这样做吗？

我听说光州、黄州一带有很多奇人逸士，他们往往假装疯癫，满身污垢，很难见着他们。方山子或许见过这些人吧！

【品读】

本文仅写了几件小事，就将方山子豪迈淡泊的性格特征准确刻画出来，使这位奇人须眉欲动地展现在读者眼前，颇得《史记》神韵。

匹夫而为百世师，一言而为天下法，是皆有以参天地之化，关盛衰之运，其生也有自来，其逝也有所为。故申、吕自岳降，傅说为列星②，古今所传，不可诬也。孟子曰："我善养吾浩然之气③。"是气也，寓于寻常之中，而塞乎天地之间，卒然遇之，则王公失其贵，晋、楚失其富，良、平失其智，贲、育失其勇，仪、秦失其辩④，是孰使之然哉？其必有不依形而立，不恃力而行，不待生而存，不随死而亡者矣。故在天为星辰，在地为河岳；幽则为鬼神，而明则复为人，此理之常，无足怪者。

自东汉以来，道丧文弊，异端并起，历唐贞观、开元之盛，辅以房、杜、姚、宋而不能救⑤。独韩文公起布衣，谈笑而麾之，天下靡然从公，复归于正，盖三百年于此矣。文起八代之衰，而道济天下之溺，忠犯人主之怒，而勇夺三军之帅，此岂非参天地，关盛衰，浩然而独存者乎？

盖尝论天人之辨，以谓人无所不至，惟天不容伪；智可以欺王公，不可以欺豚鱼；力可以得天下，不可以得匹夫匹妇之心。故公之精诚，能开衡山之云，而不能回宪宗之惑；能驯鳄鱼之暴，而不能弭皇甫镈、李逢吉之谤⑥；能信于南海之民，庙

潮州韩文公庙碑①

食百世，而不能使其身一日安于朝廷之上。盖公之所能者，天也。其所不能者，人也。

始潮人未知学，公命进士赵德为之师。自是潮之士，皆笃于文行，延及齐民，至于今，号称易治。信乎孔子之言："君子学道则爱人，小人学道则易使也⑦。"潮人之事公也，饮食必祭，水旱疾疫，凡有求必祷焉。而庙在刺史公堂之后，民以出入为艰，前太守欲请诸朝，作新庙，不果。元祐五年，朝散郎王君涤来守是邦⑧，凡所以养士治民者，一以公为师。民既悦服，则出令曰："愿新公庙者，听。"民欢趋之。卜地于州城之南七里，期年而庙成。或曰："公去国万里，而谪于潮，不能一岁而归，没而有知，其不眷恋于潮也，审矣。"轼曰："不然，公之神在天下者，如水之在地中，无所往而不在也。而潮人独信之深，思之至，焄蒿凄怆⑨，若或见之。譬如凿井得泉，而曰水专在是，岂理也哉！"元丰七年，诏封公昌黎伯，故榜曰："昌黎伯韩文公之庙。"潮人请书其事于石，因作诗以遗之，使歌以祀公。

其词曰：公昔骑龙白云乡，手抉云汉分天章，天孙为织云锦裳⑩，飘然乘风来帝旁。下与浊世扫粃糠，西游咸池略扶桑⑪，草木衣被昭回光。追逐李杜参翱翔，汗流籍湜走且僵^⑫，灭没倒景不可望。作书诋佛讥君王，要观南海窥衡湘，历舜九疑吊英皇^⑬。祝融先驱海若藏^⑭，约束鲛鳄如驱羊。钧天无人帝悲伤，讴吟下招遣巫阳^⑮。爆牲鸡卜羞我觞^⑯，于粲荔丹与蕉黄。公不少留我涕滂，翩然被发下大荒。

注释

① 潮州：今广东潮州。
　韩文公：指韩愈。
② 申、吕：指申伯、吕侯（甫侯），均为西周时大臣。
　傅说：商王武丁的大臣。
③ 我善句：语见《孟子·公孙丑上》。
④ 良、平：指张良、陈平，均为西汉开国功臣，足智多谋。
　贲、育：指孟贲、夏育，均为古代勇士。
　仪、秦：指张仪、苏秦，战国著名纵横家、辩士。
⑤ 房、杜：指房玄龄、杜如晦，唐太宗时著名的贤相。
　姚、宋：指姚崇、宋璟，唐玄宗前期的贤相。
⑥ 皇甫镈（bó）：唐宪宗时宰相，曾诽谤韩愈。
　李逢吉：唐穆宗时宰相，曾挑拨韩愈与他人关系。
⑦ 君子句：语见《论语·阳货》。
⑧ 朝散郎：文官名。
　王君涤：王涤，事迹不详。
⑨ 焄（xūn）蒿：香气上升。
⑩ 天孙：织女星。
⑪ 咸池：神话传说中太阳沐浴处。
　扶桑：神话传说中的神木，太阳从这里升起。

⑫ 籍湜：指张籍、皇甫湜，唐代诗人，分别为韩愈的友人和学生。

⑬ 舜：传说中上古的贤明君主。

　　九疑：山名，在今湖南宁远，相传为埋葬舜的地方。

　　英皇：女英、娥皇，传说中尧的女儿，舜的妃子。

⑭ 祝融：南海之神。

　　海若：海神。

⑮ 巫阳：神巫名。

⑯ 犦（bó）：牦牛。

【译文】

　　身为普通人而能成为百代效法的师表，说出一句话就能作为人们行为的准则，这都是因为他有与天地共同化育万物的能力，又关系到国家盛衰的命运。他的降生有来历，他的逝世也有所作为，不会苟且。所以申伯、吕侯出生时有高山降神的先兆，傅说死后升天为星宿。从古到今的这些传说，是不会骗人的。孟子说："我善于培养我正大刚直的元气。"这股气，寄托在寻常事物之中，并充满了天地之间，突然遇到它，（和他相比），王公贵族就显得不那么尊贵，晋国和楚国就显得不那么富庶，张良、陈平就显得不那么有智慧，孟贲、夏育就显得不那么勇猛，张仪、苏秦就显得不那么有口才，是谁使它这样的呢？它必定具有一种不依附形体而成立，不依靠外力而运行，不等到出生就存在，不随着死亡而消失的性质。所以在天上就化为星辰，在地上就化作山河，在阴间就成为鬼神，而到了阳间又重新变为人。这本是正常的规律，没什么值得奇怪的。

　　从东汉以来，儒道沦丧，文章凋敝，各种不合正统的观念纷纷出现，经过唐代贞观、开元那样的盛世，有房玄龄、杜如晦、姚崇、宋璟辅佐却没法挽救。唯独韩文公出身平民，在谈笑之间发出号召，天下人就一下子跟着他，重新回到正路上来，到现在已经有三百年了。他的文章振兴了八代以来衰弱的文风，他的思想拯救了沉溺于佛道的人们；他的忠诚曾触怒了皇帝，他的勇气折服了三军统帅。这难道不是那与天地共同化育万物，并关系到国家盛衰的，独立存在的浩然正气吗？

我曾经议论过天道人事的区别，认为有些人为了私利会不择手段，只有老天不容许人们作伪；人的智慧可以用来欺骗王公贵族，却不能欺骗小猪和鱼；人的勇力可以用来夺得天下，却不能赢得普通百姓的心。所以，韩文公的专心诚意，能驱散衡山的阴云，却不能挽回宪宗的执迷不悟；能驯服鳄鱼的凶暴，却不能消除皇甫镈、李逢吉的诽谤；能取信于南海的百姓，使他们为他立庙，永远祭祀他，却不能使自己有一天在朝廷安身。因为韩文公所能做到的，是遵循天道；他所不能做到的，是屈从人事。

过去潮州人不知学习，韩文公指定进士赵德做他们的老师。从此潮州的读书人都专心于学问和品行修养，这影响普通百姓直到现在。潮州就成了有名的容易治理的地方。孔子说得真对："君子学习了道就会爱护别人，小民学习了道就容易听使唤。"潮州人侍奉韩文公，吃喝的时候一定会祭奠他，遇上水灾旱灾或生病，凡是有求于神灵的时候，一定会向他祷告。而韩文公庙在潮州刺史办公的房子后面，老百姓进出太不方便。前任太守想要向朝廷请示建造一座新庙，没有成功。元祐五年，朝散郎王涤先生来镇守潮州，凡是制订培养读书人和治理老百姓的措施，完全以韩文公为榜样。百姓心悦诚服之后，他才下命令："谁愿意重新建造韩文公庙，听便。"老百姓高兴地拥护，在城南七里占卜得一块地皮，一年之后庙就建成了。有人说："韩文公从万里之遥的京城，被贬官来到潮州，不满一年就回去了，如果死后地下有知，他是不会眷恋潮州的，这是明摆着的呀！"我说："不对，韩文公的英灵在人间，好比水在土地里，到哪儿都有啊！"但潮州人信奉得特别深，思念得格外切，祭奠时香烟袅袅，十分悲伤，就像看见了韩文公一样。好比挖井找到水，却说水专在这个地方，难道有这样的道理吗？"元丰七年，朝廷下诏书封韩文公为昌黎伯，所以就在庙的匾额上题写："昌黎伯韩文公之庙。"潮州人请我将这件事记下来刻在石头上，我就作了一首诗送给他们，让他们歌唱着祭祀韩文公。

歌词说：您从前骑着龙遨游仙境，双手拨开银河，分开云彩，织女为您织云锦的衣裳，您轻快地乘风飞到天帝身旁。您下凡来给混乱的社会扫除异端，西游咸池，东巡扶桑。草木都享受您的恩泽，承受您普照的灵光。您追赶李白、杜甫，和他们并肩翱翔，您让张籍、皇甫湜奔走流汗，两腿跑僵，像倒影一样消失，也不能仰望您耀眼的光芒。您上书诋毁佛教，讥讽帝王，被贬潮州，途中见到了衡山、湘江。经过埋葬舜帝的九嶷山，凭吊了女英、娥皇。祝融早已逃走，海若也把自己隐藏，您管束鳄鱼是那样容易，仿佛在驱赶一群羊。天上没有人才，天帝为之悲伤，派巫阳唱着歌儿下凡，招您重新回到他的身旁。用牦牛作祭品，用鸡骨来占卜，我敬献美酒一觞，再加上鲜红的荔枝，金黄的香蕉。您不肯稍作停留，害得我痛哭哀伤，只能让您披散着头发，返回仙乡。

【**品读**】

　　元祐七年（1092）作者应潮州人士之请，为韩愈庙写了这篇著名的碑文。作者高度评价了韩愈在儒学和文学方面的成就，对其坎坷遭遇深表同情，同时也颂扬他在潮州的政绩。全文多用排偶，气势宏大。结尾歌词，亦模拟韩诗风格。

354

壬戌之秋②，七月既望，苏子与客泛舟，游于赤壁之下。清风徐来，水波不兴。举酒属客，诵明月之诗，歌窈窕之章③。少焉，月出于东山之上，徘徊于斗牛之间。白露横江，水光接天。纵一苇之所如，凌万顷之茫然。浩浩乎如冯虚御风④，而不知其所止；飘飘乎如遗世独立，羽化而登仙。

于是饮酒乐甚，扣舷而歌之。歌曰："桂棹兮兰桨，击空明兮溯流光。渺渺兮予怀，望美人兮天一方。"客有吹洞箫者，倚歌而和之。其声呜呜然，如怨如慕、如泣如诉，馀音嫋嫋，不绝如缕，舞幽壑之潜蛟，泣孤舟之嫠妇⑤。

苏子愀然，正襟危坐而问客曰："何为其然也？"客曰："'月明星稀，乌鹊南飞'⑥，此非曹孟德之诗乎？西望夏口，东望武昌⑦，山川相缪，郁乎苍苍，此非孟德之困于周郎者乎⑧？方其破荆州，下江陵⑨，顺流而东也，舳舻千里⑩，旌旗蔽空，酾酒临江⑪，横槊赋诗，固一世之雄也，而今安在哉？况吾与子渔樵于江渚之上，侣鱼虾而友麋鹿；驾一叶之扁舟，举匏樽以相属⑫。寄蜉蝣于天地⑬，渺沧海之一粟。哀吾生之须臾，羡长江之无穷。挟飞仙以遨游，抱明月而长终。知不可乎骤得，托遗响于悲风。"

苏子曰:"客亦知夫水与月乎?逝者如斯,而未尝往也;盈虚者如彼,而卒莫消长也。盖将自其变者而观之,则天地曾不能以一瞬。自其不变者而观之,则物与我皆无尽也,而又何羡乎!且夫天地之间,物各有主,苟非吾之所有,虽一毫而莫取。惟江上之清风,与山间之明月,耳得之而为声,目遇之而成色,取之无禁,用之不竭,是造物者之无尽藏也,而吾与子之所共适。"

客喜而笑,洗盏更酌,肴核既尽,杯盘狼籍。相与枕藉乎舟中,不知东方之既白。

注释

① 赤壁:在今湖北赤壁,长江南岸。东汉建安十三年(208),周瑜在这里大败曹操军队。苏轼所游的赤壁其实是黄冈城外长江边的赤鼻矶。
② 壬戌:指宋神宗元丰五年(1082)。
③ 明月之诗:指《诗经·陈风·月出》。
  窈窕之章:《月出》中有"舒窈纠兮"句,"窈纠"与"窈窕"音近,故云。
④ 冯(píng)虚:腾空。冯,同"凭"。
⑤ 嫠(lí)妇:寡妇。
⑥ 月明两句:曹操《短歌行》中的诗句。
⑦ 夏口:城名,故址在今湖北武汉。

⑧ 周郎：指周瑜，三国时东吴名将。

⑨ 荆州：东汉州名，州治在今湖北襄阳。

江陵：今属湖北。

⑩ 舳舻（zhú lú）：战船。

⑪ 酾（shī）酒：这里指斟酒。

⑫ 匏（páo）樽：葫芦做的酒器。

⑬ 蜉蝣（fú yóu）：一种小虫，寿命极短。

【译文】

壬戌年秋天的七月十六日，我和客人荡着小舟，在赤壁下面游览。清风缓缓地吹来，水面上不起波澜。举起酒杯，劝客痛饮，一边吟诵着《陈风·月出》的诗篇。一会儿，月亮从东山上升起，在斗宿和牛宿之间徘徊。白茫茫的雾气横锁江面，水光与天色连成一片。任凭苇叶似的小舟随意飘荡，飘浮在茫茫的万顷江面。浩浩荡荡地，就像凌空驾风，不知道停向何处；飘飘忽忽地，又如离开人世而独立，生出翅膀去升天成仙。

这时候，酒喝得高兴极了，就敲击着船帮唱起歌来："桂树做的棹啊，木兰制的桨，拍打着水中的月光啊，在光闪闪的水波上逆流而上；我的思念是那么遥远无尽，心上的人儿啊，仿佛在天的那一方。"客人中有个吹洞箫的，按着歌声的节拍伴奏起来。箫声呜呜，像哀怨，又像思慕；像哭泣，又像倾诉。尾声悠长婉转，像那似断非断的丝缕，简直能使潜藏深渊的蛟龙闻声起舞，又可以使孤舟上的寡妇哀泣悲苦。

我闻声凄然变色，不禁正襟危坐，向客人问道："为什么箫声如此悲凉？"客人答道："'月明星稀，乌鹊南飞'，这不是曹孟德的诗章吗？这里西望是夏口，东望是武昌，山围水绕，郁郁苍苍，不正是曹孟德被周瑜围困的地方吗？当曹孟德攻破荆州，打下江陵，顺长江东下的时候，战舰千里相接，旌旗遮蔽天空；对江酌酒痛饮，横矛吟诵诗章，真是一代英豪啊，可如今又在何方？何况你与我只是打鱼砍柴，生活在江边的沙洲；与鱼虾作伴，和麋鹿为友；驾一只苇叶似的小舟，举着酒杯相互劝酒；像大海中的一粒粟，像蜉蝣寄生在宇宙。哀叹生命是如此短促，羡慕那长江不停奔流。想要同飞仙一起遨游，想要和明月一样不朽，我知道这一切不可能一下子得到，只好在秋风中借箫声寄愁。"

我说："你也知道那流水和月亮的道理吗？逝去的就像那流水，而大江从不曾流走；时圆时缺的就像那明月，而明月始终并没有减少和增长。要是从变动的一面看，天地间的事物竟连片刻都不能存留；要是从不变的一面看，那么万物和我们都是无穷尽的，还羡慕什么呢？况且天地之间，万物各有其主；如果不是属我所有，即使一丝一毫也不应当求取。只有这江上的清风，和山间的明月，耳朵听到就成为悦耳的声音，眼睛看到就成为悦目的颜色；获取它没有禁止，用起来也永远不会竭尽。这才是自然界的无尽宝藏，是你我可以共同享受的清福。"

客人高兴地笑了，于是洗净酒杯，重新痛饮。菜肴和果品全部吃完，酒杯和盘子东歪西侧。主人与客人相互枕靠着在船中呼呼大睡，不知道东方已露出了白色。

苏轼被贬黄州后，心情苦闷。元丰五年（1082）七月十六日，他乘舟夜游赤壁，留下了这篇著名的文赋。作者以主客问答的形式，展现了自己对宇宙人生的深刻思考。文章又紧扣大江、清风、明月三个物象，将赤壁夜景写得如诗如画。

后赤壁赋

是岁十月之望，步自雪堂①，将归于临皋。二客从予，过黄泥之坂②。霜露既降，木叶尽脱，人影在地，仰见明月，顾而乐之，行歌相答。

已而叹曰："有客无酒，有酒无肴，月白风清，如此良夜何？"客曰："今者薄暮，举网得鱼，巨口细鳞，状如松江之鲈。顾安所得酒乎？"归而谋诸妇。妇曰："我有斗酒，藏之久矣。以待子不时之需。"

于是携酒与鱼，复游于赤壁之下。江流有声，断岸千尺，山高月小，水落石出。曾日月之几何，而江山不可复识矣。予乃摄衣而上，履巉岩，披蒙茸，踞虎豹，登虬龙，攀栖鹘之危巢，俯冯夷之幽宫③。盖二客不能从焉。划然长啸，草木震动，山鸣谷应，风起水涌。予亦悄然而悲，肃然而恐，凛乎其不可留也。反而登舟，放乎中流，听其所止而休焉。时夜将半，四顾寂寥。适有孤鹤，横江东来。翅如车轮，玄裳缟衣，戛然长鸣，掠予舟而西也。

须臾客去，予亦就睡。梦一道士，羽衣蹁跹④，过临皋之下，揖予而言曰："赤壁之游乐乎？"问其姓名，俛而不答。"呜呼噫嘻！我知之矣。畴昔之夜，飞鸣而过我者，非子也耶？"道士顾笑，予亦惊寤。开户视之，不见其处。

注释

① 雪堂：苏轼在黄州建造的住所。

② 黄泥之坂：黄泥坂，雪堂和临皋间的一段土坡。

③ 冯夷：水神。

④ 蹁跹（pián xiān）：轻快飘动的样子。

【译文】

　　这一年十月十五日，我从雪堂出来，准备回临皋。有两位客人跟着我，经过黄泥坂。霜露已经降下，树叶都落光了。我们的影子留在地上，抬头正望见一轮明月，向四周看看，心情就愉快起来。我们边走边唱，互相酬答。

　　过了一会儿，我叹息说："有客人却没有美酒，有美酒却没有佳肴。月色皎洁，清风吹拂，这样美妙的夜晚，我们怎么过呢？"客人说："今天傍晚，我撒网捕到一条鱼，大嘴巴，细鳞片，样子就像松江的鲈鱼。但到哪里去找酒喝呢？"我回家和妻子商量。妻子说："我有一斗酒，保存了很长时间，就是为了应付你临时的需要。"

　　就这样，我们带了酒和鱼，重新到赤壁下游览。江水流动，发出声响，崖岸高高耸立。山峰高峻，月亮更显得渺小，水位低落，礁石就暴露出来。才过了几天，上回游览所见的江山景物再也认不出来了。我就撩起衣服上岸，脚踩着陡峭的山石，分开稠密的草丛，蹲在形状像虎豹的岩石上，抓住虬龙般弯曲的树干，登上猛禽筑巢的险峰，俯瞰冯夷居住的深宫。两位客人不能跟着我再攀爬了。我哇地长啸了一声，花草树木都被震动了，山谷间响起回音。大风刮起来，江面上波涛汹涌。我感到一阵悲凉和惊恐，害怕得不能久留。回到江边，乘上小船，把船划到江心。听任小船漂到哪里就在那里停泊。这时快到夜半了，我向四周瞧瞧，周围冷冷清清。正好有一只孤零零的鹤，横飞过江面往东边来，翅膀好像车轮一样大，身白尾黑，发出一声长鸣，声音清脆，擦过我的船向西边飞去了。

　　过了一会儿，客人走了，我也回去睡觉。梦见一个道士，身着羽毛制成的道服，轻盈飘逸。他走过临皋亭下，对我拱手作揖说："赤壁的游览快乐吗？"我问他姓名,他低头不回答。"啊呀呀！我明白了。昨天夜里,边飞边叫经过我船上的,不就是你吗？"道士回头笑了笑,我也惊醒了,开门再看他,已经不知到哪里去了。

【品读】

　　三个月后,作者再游赤壁,此番作赋,句句写冬景,气氛萧瑟幽森,反映了作者孤寂的心境。文章以一梦作结,更给人神秘莫测之感。

字子由，晚号颍滨遗老，眉州眉山（今属四川）人。宋代散文家。

嘉祐二年（一〇五七）与兄苏轼同中进士，嘉祐六年（一〇六一）又同中制科。曾任大名府（今属河北）河南府推官。「乌台诗案」发生后，受乃兄连累，贬监筠州盐酒税。元祐元年（一〇八六）旧党执政，历任秘书省校书郎、右司谏，累官至尚书右丞、门下侍郎。哲宗亲政后被贬官，曾为化州别驾，雷州安置。徽宗时复任太中大夫，后归隐许州（今河南许昌），直至去世。

苏辙认为文章乃「气之所形」，注重作者道德情操的培养。其文汪洋澹泊，含蓄温厚，笔力稳健，与父兄文风有所不同。有《栾城集》。

苏辙

一〇三九——一一一二

太尉执事：辙生好为文，思之至深，以为文者气之所形。然文不可以学而能，气可以养而致。孟子曰："我善养吾浩然之气②。"今观其文章，宽厚宏博，充乎天地之间，称其气之小大。太史公行天下，周览四海名山大川，与燕、赵间豪俊交游，故其文疏荡，颇有奇气。此二子者，岂尝执笔学为如此之文哉？其气充乎其中，而溢乎其貌，动乎其言，而见乎其文，而不自知也。

辙生十有九年矣。其居家所与游者，不过其邻里乡党之人③；所见不过数百里之间，无高山大野，可登览以自广；百氏之书，虽无所不读，然皆古人之陈迹，不足以激发其志气。恐遂汩没④，故决然舍去，求天下奇闻壮观，以知天地之广大。过秦汉之故都，恣观终南、嵩、华之高，北顾黄河之奔流，慨然想见古之豪杰。至京师，仰观天子宫阙之壮，与仓廪府库城池苑囿之富且大也，而后知天下之巨丽。见翰林欧阳公⑤，听其议论之宏辩，观其容貌之秀伟，与其门人贤士大夫游，而后知天下之文章聚乎此也。太尉以才略冠天下，天下之所恃以无忧，四夷之所惮以不敢发，入则周公、召公⑥，出则方叔、召虎⑦，而辙也未之见焉。

且夫人之学也，不志其大，虽多而何为！辙之来也，于山见终南、嵩、华之高，于水见黄河之大且深，于人见欧阳公，而犹以为未见太尉也！故愿得观贤人之光耀，闻一言以自壮，然后可以尽天下之大观而无憾者矣。

辙年少，未能通习吏事。向之来，非有取于斗升之禄。偶然得之，非其所乐。然幸得赐归待选，使得优游数年之间。将归益治其文，且学为政。太尉苟以为可教而辱教之，又幸矣。

注释

① 枢密韩太尉：指韩琦，北宋名臣，官至宰相，时任枢密使，掌管军政大权。太尉，汉代官名，掌管军事，职权与宋代枢密使相当，故云。
② 我善句：语出《孟子·公孙丑上》。
③ 乡党：乡里。
④ 汩没：沉没。
⑤ 翰林欧阳公：指欧阳修，曾为翰林学士。
⑥ 召公：姓姬名奭，周初重臣。
⑦ 方叔、召虎：周宣王时大臣，受命南征有功。

【译文】

　　太尉阁下：我生平喜欢写作，对此思索很深，我以为文章是气质的表现。然而文章不可能一学就会，气质却是可以通过修养而得到的。孟子说："我善于养我的浩然之气。"现在看他的文章，宽仁敦厚、宏大渊博，充塞在天地之间，这同他气质的大小是相称的。司马迁走遍天下，看遍四海的名山大川，与燕赵一带的豪杰交往，所以他的文章舒畅跌宕，很有些奇特的气概。这两位先生，哪里只是拿着笔学写这样的文章呢？这是因为那种气质充塞在他们的心胸而流露到他们的形貌之外，触发了他们的言辞而表现在他们的文章之中，而他们却是并没有意识到。

　　我活了十九岁了。住在家乡时，我所交游的不过是邻里及周近的人，所见到的不过是几百里间的地方，没有什么高山旷野可以登临游览来开阔自己的心胸；诸子百家的书，虽然无所不读，但那都是古人的陈迹，不足以激发我的志气。我担心就这样下去而埋没了自己，因此下决心离开家乡，求寻天下的奇闻壮观，来了解天地的广大。我经过了秦、汉的旧都，纵情观赏了终南山、嵩山和华山的高峻；我向北看到了黄河的奔腾流泻，深有感慨地想起了古代的豪杰。到了京都，瞻仰了天子宫阙的雄壮，以及仓廪府库、城池园林的富庶和宏大，这才知道天下的巨大和壮丽。我见到了翰林欧阳公，聆听了他宏大和雄辩的议论，看到了他秀逸和壮伟的容貌，同他的门人及有才能的士大夫们交往，这才知道天下的文章都聚集在这里。太尉以您的才干谋略冠绝天下，天下百姓依仗您而无忧虑，四方外族惧怕您而不敢发难，在朝廷，您就是周公、召公；到边庭，您就是方叔、召虎，然而我还未见到过您呢。

况且一个人学习，如果不在远大的方面立志，学得再多又有什么用？我这一次来，在山的方面看到终南山、嵩山、华山的高峻；在水的方面看到了黄河的深广；在人的方面，见到了欧阳公，但认为还没见到您。所以希望能观瞻您的丰采，听您的谈论来壮大自己的志气，这样我就可以说是看尽了天下的宏伟景象，而没有什么遗憾的了。

　　我年纪小，还未能通晓当官的事。当初来的时候，并不指望得到升斗的俸禄，偶然得到，也不是我所乐意的。然而幸蒙皇上赐我回去等待朝廷的选拔，使我在几年里能得到悠闲，我将利用这段时间更好地研究文章，并且学习治理政事。太尉倘以为我还可教而屈辱地教诲我的话，那我就更感到幸运了。

【品读】

　　这是嘉祐二年（1057）作者中进士后写给韩琦的干谒文。文章围绕"气"字，将养气为文的观念和求见韩琦的迫切愿望结合在一起来写，既显示了自己博大的胸襟视野，又表达了对对方的赞美。本文也是一篇重要的文论作品。

武昌九曲亭记①

子瞻迁于齐安②，庐于江上。齐安无名山，而江之南武昌诸山，陂陁蔓延③，涧谷深密，中有浮图精舍④，西曰西山，东曰寒溪。依山临壑，隐蔽松枥⑤，萧然绝俗，车马之迹不至。每风止日出，江水伏息，子瞻杖策载酒，乘渔舟乱流而南。山中有二三子，好客而喜游，闻子瞻至，幅巾迎笑，相携徜徉而上。穷山之深，力极而息，扫叶席草，酌酒相劳，意适忘反，往往留宿于山上。以此居齐安三年，不知其久也。

然将适西山，行于松柏之间，羊肠九曲而获少平，游者至此必息。倚怪石，荫茂木，俯视大江，仰瞻陵阜，旁瞩溪谷，风云变化，林麓向背，皆效于左右。有废亭焉，其遗址甚狭，不足以席众客。其旁古木数十，其大皆百围千尺，不可加以斤斧。子瞻每至其下，辄睥睨终日⑥。一旦大风雷雨，拔去其一，斥其所据，亭得以广。子瞻与客入山视之，笑曰："兹欲以成吾亭耶！"遂相与营之。亭成而西山之胜始具，子瞻于是最乐。

昔余少年，从子瞻游，有山可登，有水可浮，子瞻未始不褰裳先之⑦。有不得至，为之怅然移日。至其翩然独往，逍遥泉石之上，撷林卉，拾涧实，

370

酌水而饮之，见者以为仙也。盖天下之乐无穷，而以适意为悦。方其得意，万物无以易之。及其既厌，未有不洒然自笑者也。譬之饮食，杂陈于前，要之一饱而同委于臭腐，夫孰知得失之所在？惟其无愧于中，无责于外，而姑寓焉。此子瞻之所以有乐于是也。

注释

① 武昌：今湖北鄂州。
　九曲亭：在鄂州西九曲岭。
② 齐安：即黄州。
③ 陂陁（pō tuó）：山势不平。
④ 精舍：指僧舍。
⑤ 枥：同"栎"，树名。
⑥ 睥睨（pì nì）：斜视。
⑦ 褰（qiān）：提起，撩起。

【译文】

　　子瞻被贬谪到齐安，在长江边盖屋居住。齐安没有名山，而在长江南面的武昌群山，山势倾斜、蜿蜒曲折，山涧山谷又深又密，中间有和尚寺院，西边的叫西山寺，东边的叫寒溪寺。寺院后面靠山前面临沟，隐藏在松栎林中，环境清静与世隔绝，从未有过车马的踪迹。每当风停日出，江水宁静，子瞻拄着木杖携着酒具，乘上渔船渡江往南。山中有几个朋友，待客热情且喜欢游览，听说子瞻来到，头裹幅巾笑着迎上，相互搀扶着漫步上山。游到山的深处，累极了就休息，扫去树叶坐上草地，相互斟酒问候，心情舒畅以致忘了回去，常常留宿在山上。因此，他住在齐安三年，不觉得时间的长久。

　　然后准备去游西山，行进在松柏之间，经过曲折的羊肠小道，发现稍微平坦的地方，游山的人到这里必定停息下来。倚靠在怪石上，遮蔽在茂林里，俯视大江，仰观山峰，注视着四周的溪水陵谷，其中风云变幻无穷，山林的正面和反面景色各异，都呈献在游人的面前。有一个废弃的亭子，它的遗址很狭小，坐不下众多的游人。亭子旁有几十株古树，大的都有百围粗千尺高，无法用斧子砍伐。子瞻每次到古树下面，就长时间在这里观察。一天，刮起大风下起雷雨，吹倒了其中一株，就空出了它原来所占的地方，亭子的范围就能扩大了。子瞻与游人进山察看，笑着说："这是要帮我建成我的亭子吧？"于是一齐动手营造亭子。亭子建成后西山的胜景才齐备，子瞻对这件事最为高兴。

　　过去我年轻的时候，跟着子瞻游览。有山可以攀登，有水可以漂流，子瞻总是提起下衣走在我的前头。如有不能去的地方，就会为此而好几天闷闷不乐。至于他有时候飘飘然独自前往，在清泉危石中间自由自在地游玩，摘取树林中的花草，采拾山涧中的果实，舀泉水饮用，看见的人都认为他是仙人。天下的乐事是无穷无尽的，但总以合于心意为最大的快乐。当他得意的时候，任何东西都不能与这种快乐调换。等到他厌倦了，没有不洒脱地自己暗笑的。好比饮食，许多东西放在你的面前，总之是为了一饱，而都将归于腐烂发臭，谁知道它的得失在哪里？只要内心无愧，外人又无从责备，姑且寄寓心意就可以了。这就是子瞻在这里感到快乐的原因所在。

【品读】

　　元丰五年（1082），作者去黄州看望谪居的苏轼，弟兄同游武昌西山，赋诗作文，这是其中的一篇。

黄州快哉亭记①

江出西陵②，始得平地，其流奔放肆大。南合湘沅，北合汉沔③，其势益张。至于赤壁之下，波流浸灌，与海相若。清河张君梦得④，谪居齐安，即其庐之西南为亭，以览观江流之胜，而余兄子瞻，名之曰"快哉"。

盖亭之所见，南北百里，东西一舍。涛澜汹涌，风云开阖。昼则舟楫出没于其前，夜则鱼龙悲啸于其下。变化倏忽，动心骇目，不可久视。今乃得玩之几席之上，举目而足。西望武昌诸山，冈陵起伏，草木行列，烟消日出，渔夫樵父之舍，皆可指数。此其所以为快哉者也。至于长洲之滨，故城之墟，曹孟德、孙仲谋之所睥睨⑤，周瑜、陆逊之所骋骛⑥，其流风遗迹，亦足以称快世俗。

昔楚襄王从宋玉、景差于兰台之宫⑦，有风飒然至者，王披襟当之，曰："快哉此风！寡人所与庶人共者耶？"宋玉曰："此独大王之雄风耳，庶人安得共之！"玉之言盖有讽焉。夫风无雄雌之异，而人有遇不遇之变。楚王之所以为乐，与庶人之所以为忧，此则人之变也，而风何与焉？士生于世，使其中不自得，将何往而非病？使其中坦然，不以物伤性，将何适而非快？今张君不以谪为患，窃会计之馀功⑧，而自放山水之间，此其中宜有以过人者。将蓬户瓮牖，无所不快；而况乎濯长江之清流，挹西山之白云，穷耳目之胜以自适也哉！不然，连山绝壑，长林古木，振之以清风，照之以明月，此皆骚人思士之所以悲伤憔悴而不能胜者，乌睹其为快也哉？

注释

① 快哉亭：在黄州城南。
② 西陵：指西陵峡，长江三峡之一，在湖北宜昌西北。
③ 汉沔（miǎn）：即汉水，源出陕西宁强，流经汉中，在武汉汉口汇入长江。
④ 张梦得：张怀民，字梦得，苏辙友人。
⑤ 曹孟德：曹操，字孟德。
   孙仲谋：孙权，字仲谋。
⑥ 陆逊：三国时吴国名将。
   骋骛：驰骋。
⑦ 宋玉：战国楚大夫，继屈原之后的楚辞作家。其《风赋》描写了他与楚襄王、景差共游兰台的事。
   景差：楚大夫，楚辞作家。
   兰台：楚国官苑，在今湖北钟祥。
⑧ 会计：征收钱粮等公务。

【译文】

长江从西陵峡流出，开始进入平原，江流奔放浩大。南面汇合沅江、湘江，北面汇合汉水、沔水，水势越来越盛大。到了赤壁下面，水波浩荡，就像汪洋大海。清河张君梦得贬官后住在齐安，靠着他住宅的西南方修建了一座亭子，用来观赏江流胜景。我的兄长子瞻给它起名叫"快哉亭"。

在亭中所能见的范围，南北有一百里，东西有三十里。只见波涛汹涌，风云变幻。白天船只在眼前出没，夜晚鱼龙在下面悲鸣。变化之快，令人触目惊心，不能长久观赏。如今却可以在亭中几席上面尽情赏玩，只要放眼就能看个够。向西遥望武昌群山，山陵起伏，草木成行，烟霭消散，太阳升起，渔人樵夫的房舍，都历历可数，这就是把亭子命名为"快哉"的缘故吧。至于那长长沙洲的沿岸，旧城的废墟，曹操、孙权在这里不可一世，周瑜、陆逊在这里纵横驰骋，缅怀他们的风范和遗迹，也足以在世人面前称快。

从前楚襄王带着宋玉、景差同游兰台宫，有一阵风飒飒吹来，楚襄王敞开衣襟迎着风说道："痛快啊，这阵风！这是我和百姓共同享受的吧？"宋玉说："这只是大王的雄风罢了，百姓怎么能和您共同享受它呢！"宋玉的话大概含有讽喻的意思。那风并没有雌雄的区别，但人有遇和不遇的不同。楚襄王之所以感到快乐，百姓之所以感到忧愁，这是人的处境不同，与风有什么关系！读书人生活在世间，假如他心中不畅快，那么到哪里都会忧愁；假如他心中坦荡，不因外物而损害性情，那么到哪里都会快乐！如今张君不把贬官当成祸患，利用办公的余暇，在山水之间纵情游览，这当中应该有超过常人的地方。即使用蓬草编门，用破缸作窗，也没有什么不快乐的；

更何况在长江的清流中洗濯，观赏西山的白云，让耳目尽情享受来求得安适快乐呢！如果不是这样，山峦连绵，沟壑幽深，古木参天，清风在其中振荡，明月在其中高照，这些都是使伤感失意的文人士大夫悲伤憔悴而不能承受的景色，哪里能看出它们是令人快乐的呢！

元丰六年十一月朔日，赵郡苏辙记。

【品读】

元丰年间,谪居黄州的张怀民在寓所西南建一亭,苏轼命名为"快哉亭"。本文即描写此亭周围景致,并由"快哉"二字,说明士大夫身处逆境仍应保持旷达的心境。全文熔记叙、描写、抒情、议论于一炉,文笔从容不迫。